JN166809

壊れそうな君と、あの約束をもう一度

九条 蓮

MF文庫J

口絵・本文イラスト●ゆがー

序章

夢を見ていた。いや、これは夢というより過去を追体験している、という感覚だろうか。

夢の中では、少年が夏祭り会場を右往左往していた。慣れない浴衣にビーチサンダルで、名前を呼びながら幼馴染《おさななじみ》の少女を探している。

これは確か……小学四年生の頃の地元の夏祭りだ。出店に夢中になっている間に一緒にお祭りに行った幼馴染の子とはぐれてしまって、会場中を走り回る羽目になった。

祭りで人がごった返す中、たったひとりの女の子を探すのは至難の業だ。少女が見つかる気配はなく、少年の胸のうちを焦燥感が覆っていく。真夏の暑い夜に走り回って汗だくなのに、身体《からだ》はやけに冷たかった。小さいながらに、自分がとんでもない失態をやらかしたという実感だけは持っていたのだと思う。

泣き虫の彼女のことだから、きっと今も何処《どこ》かで泣いているに違いない。自分のせいで好きな子を泣かせたくない、早く彼女を安心させなくちゃいけない——そんな責任感と罪悪感に覆われながら、少年は幼馴染の姿を探し求めた。

その刹那、ふと祭りの屋台に並べられていたキャラもののヘアゴムが目に入って、立ち止まる。当時女子の間で密《ひそ》かに流行《はや》り始めていた、小麦粉の妖精のキャラクター・こむぎゆんだ。

彼女が好きかどうかはわからなかったけれど、ひとまずこれをあげれば喜んでくれるかもしれない。何となくの思いつきでそう考え、こむぎゅんのヘアゴムを手に取って店主に差し出した。今になって思えば、はぐれてしまった後ろめたさもあったのだろう。

財布が随分と軽くなったのを実感してから、幼馴染《おさななじみ》の捜索を再開する。

この日、彼女は赤い浴衣を着ていたはずだ。待ち合わせ場所で自慢げに浴衣を見せつけてきて、いっちょ前に似合うかどうか訊《き》いてきたのを何となく覚えている。目立つ色の浴衣なのだし、視界に入ればすぐに見つかるはずだ——そう思っていたものの、彼女は会場のどこにも見当たらなかった。

(どこで見つけたんだっけ？　確か、先に帰ったわけではなかったはずだけど……)

もう何年も前の話だ。どこかで彼女を見つけた記憶があるのは確かだが、細かい経緯までは覚えていない。ただ、もっと人が少ないところで見つけた記憶があった。

そう考えていた矢先、祭り会場の脇にあった竹林にふと視線が奪われる。この竹林には散策路があって、今日も祭り前はそこで待ち合わせていた。

(あ、そうだ。そういえば、あそこにいたんじゃなかったか？)

薄れてしまった記憶を掘り起こしながら、散策路に入る。竹林が祭りの音を遠ざけ、草木のざわめきと夏虫の鳴き声だけが耳の中を木霊した。

く。
（ここにいなかったらどうしよう？　もう他に心当たりがないんだけど）
幼き日の自分と気持ちが同期されているのか、どんどん胸の中で不安が膨れ上がってい

そして、散策路を歩くこと数分。女の子のすすり泣く声が聞こえてきて……赤い浴衣を着た少女の姿がすぐに視界に入った。彼女は散策路の分かれ道のところで座り込み、ひとり泣きじゃくっていた。大方、はぐれて探し回っているうちに竹林の方に出てしまい、会場内に戻る勇気がなくて待ち合わせ場所に行ったのだろう。確かに、お互いが闇雲に探し回るよりはある意味賢い選択だったのかもしれない。

少女は縋《すが》るように少年の名を呟《つぶや》きながら、嗚咽《おえつ》を堪《こら》えていた。

『独りにしないで……廉司《れんじ》くん。独りに、しないで』

夢の中の彼女の懇願が、頭の中に響く。

そういえば、この頃の彼女はいつもこんな感じでめそめそしていた。臆病で、引っ込み思案で、遠慮がちで……いつも人の後ろに隠れて何でもかんでも遠慮してしまうような、そんな女の子だった。だから、少年はこう言ったのだ。

『俺はどこにも行かないよ、祈織《いのり》』

呆《あき》れているような、それでいて安堵《あんど》しているような溜《た》め息を吐《つ》いて、少女の背中にそう語り掛ける。

そこで、小さな祈織《いのり》ははっと顔を上げてこちらを振り返った。普段は整った顔をしているのに、この時の泣き顔は酷《ひど》いものだった。

彼女に泣き止《や》んでほしい一心で、少年は続けた。

『不安にさせてごめん。もう寂しい思いはさせないから。約束する』

『ほんと……？』

彼女は不安げにこちらを見上げると、確認するようにして訊《き》いてきた。

その問いに対して、少年はしっかりと頷《うなず》いてみせる。

『うん、もちろん。これが、約束の証《あかし》だよ』

少年は小さな祈織に微笑《ほほえ》み掛けると、先程買ったこむぎゅんのヘアゴムをその小さな手に握り込ませた。

小さな祈織はおそるおそる手を広げ、そのヘアゴムをじっと見つめた。そして、みるみるうちに表情を輝かせて、安堵《あんど》と歓喜の色をその顔中に広げていく。

『ありがとう、廉司《れんじ》くん。大事にするね！』

そう言って、少女は早速自らの長い髪を括《くく》って、笑みを浮かべて見せる。これでもかというくらいの満面の笑み。その表情を見て、ふと思う。

（ああ、そうだった……祈織は昔、こんな風に笑っていたんだっけ）

この世の何よりも、大好きだったはずの笑顔。毎日見ていたはずなのに、いつしか見れなくなってしまって。きっとその要因は自分にあるのだろうけど、だからといって今更どうすればいいのかわからなくて。そうこうしているうちに、もう何年も経《た》ってしまった。

脳裏に蘇《よみがえ》るのは、今の彼女の笑顔。いや、それはもはや笑顔と呼べたものではない。申し訳なさそうで、何かを諦めてしまったような、ほろ苦い笑み。喜色に満ちたこの笑顔からは程遠いものだった。

（俺、この時の約束何も守れてねーじゃん……）

彼女に泣き止んでほしい一心で、出まかせで交わした約束。でも、この時の言葉に嘘偽《うそ》りはなくて、心からそう思っていたように思う。それなのに、実際の自分は全く約束を守れていなくて。ただ無暗《むやみ》に彼女を傷付けているだけな気がしてならなかった。

こんな風に、もう一度笑ってくれたらいいのに。そんな淡い願いを抱きながら、濡《ぬ》れた頬《ほお》に零《こぼ》れる涙を拭おうとそっと手を伸ばした。しかし——頬に触れる前に、少年の手はぴたりと止まる。小さな祈織がじっと悲しげにこちらを見上げていたのだ。

（え……？）

思わず困惑してしまう。記憶ではこの時の祈織はこんな顔をしていなかったはずだ。どこか責めるような目、そして口調で、彼女は呟《つぶや》いた。

『嘘吐《つ》き』

その言葉にはっとした刹那——小さな彼女は高校生の姿になっていた。そして、彼女に手を伸ばす少年もまた、高校生となっている。

彼女は悲しげな表情のまま、こう追い打ちをかけた。

『どこにも行かないって……もう寂しい思いさせないって、言ったのに』

＊

びくんと身体《からだ》が震えて、意識が強制的に覚醒へと導かれる。

驚いて目を開けると、そこは自分の部屋だった。カーテンの隙間からは朝陽《あさひ》が差し込んでいて、その角度から普段目を覚ます時刻よりもほんの少し早い時間帯だということがわかる。

「うっ……あれ？」

顔を上げるとＰＣの画面が煌々《こうこう》としていて、楽曲編集のソフトウェアが表示されたままだった。自らの腕枕の下には殴り書きされた五線譜がくしゃくしゃになっていて、ベッドの上には愛用しているロイヤルブルーの七弦ギター・Ｉｂａｎｅｚ《アイバニーズ》のＲＧ1527が投げ捨てられている。どうやら、オリジナル楽曲の制作にチャレンジしたものの、行き詰まってそのまま机の上で寝落ちしてしまったらしい。

「何でギターにベッド明け渡して俺が椅子で寝てるんだよ。アホか」

自分にツッコミを入れながら、月城廉司《つきしろれんじ》はベッドを占有するギターを楽器スタンドに立て掛け、自らの身体を伸ばす。

椅子で寝たせいで、身体の節々が痛かった。今日は始業式なので授業の負担はないが、それでも新学期の始まりとしては最悪な体調だ。

「にしても……何だあの夢」

途中まで作った楽曲データを保存してからＰＣの電源を切って、先程の夢に思いを巡らせる。確かあれは、初めて祈織《いのり》とふたりだけでお祭りに行った日の夢だ。以降、小学校卒業の年まで毎年ふたりで夏祭りには行っていたけれど、祈織が迷子になったのは最初の一回だけだったように思う。あの帰り、彼女はやたらと自慢げに自らのヘアゴムを見せびらかしていた。終始、嬉《うれ》しそうにしていたように思う。それからも暫《しばら》くはそのヘアゴムを付けて学校に行っていたから、余程気に入ってくれていたのだろう。ただ――

『嘘吐《うそつ》き』

この最後の叱責。これは現実とは違っていた。あの時の祈織はこんなことを言っていなかったはずだ。

「あんな言い方しなくたっていいだろ……」

夢の中の幼馴染《おさななじみ》が見せた悲痛な泣き顔がふと頭に過《よぎ》って、沈鬱な気持ちになった。

実際、あの言葉には何も反論できない。もし彼女があの約束を覚えていたとすれば、廉司は『嘘吐《うそつ》き』に違いないのだから。

　部屋から出ると、まだ両親は起きていないのか、家の中は静かだった。もう四月だというのに廊下はひんやりとしていて、その花冷えに肩をぶるっと震わせる。階段を降りると、階段下にある十か月前まで客間だった部屋の扉が開いて、制服姿の少女が姿を現した。

「あっ……」

　朝陽《あさひ》に照らされた彼女の横顔に、廉司《れんじ》は思わず目を瞠《みは》った。

　腰まである長い黒髪は艶《つや》やかに朝の光を反射して、制服から伸びた細く長い手足は瑞々《みずみず》しくしなやかにその身体《からだ》を支えていた。不意にこちらに気付いて彼女が首を巡らせると、リボンで軽く束ねられたサイドの髪がふわりと揺れた。こちらを見据えたその青み掛かった瞳は長い睫毛《まつげ》の向こうで、弱々しく煌《きら》めく。目尻の泣きぼくろと薄い唇、そして華奢《きゃしゃ》な体つきが彼女の儚《はかな》さを一層際立たせていた。自然と守ってあげたいという気持ちが湧き上がってくる。

　きっと、清楚《せいそ》だとか楚々《そそ》だとかいう形容詞は彼女の為《ため》にあるのだろう——毎日会っているのに、改めてそんな感想を抱いてしまった。そして、彼女こそ廉司が小学生の頃から片思いをしている幼馴染《おさななじみ》で、今朝の夢にも出てきた少女・望月祈織《もちづきいのり》だ。

「あっ……おはよう。廉司くん」

　祈織はいつもの遠慮がちな笑みを浮かべた。

「お、おはよう。こんなに早く起きてるのか？」

廉司《れんじ》は跳ねた髪を手で押さえつつ、廊下の壁掛け時計を見る。時刻はまだ七時前だ。普段起きる時間より三〇分ほど早い。

「うん。おばさん朝弱いから、今日から私が朝ご飯の仕度をすることになってて」

祈織《いのり》はちらりと両親の寝室がある二階の方を見た。廉司の母・静香《しずか》は低血圧で朝が弱い。冬場から春先に掛けては特にその傾向が強く、いつも辛《つら》そうに朝食を作っていた。祈織がそんな彼女を見兼ねたのか、或《あ》るいは頼まれて朝食の当番を交代したのだろう。

「そっか……なんか、悪いな」

「ううん。置いてもらってるのは、私の方だから」

祈織は眉をハの字に曲げて、申し訳なさそうに笑った。

置いてもらっている――決してそういうわけではないのに、彼女はいつもこういう言い方をする。まるで自分をどこかの捨て猫だとか、そんな風に思っているかのように。

「朝ご飯、すぐに作るね。少し待ってて」

祈織はそう言い残すと、まるで逃げるように台所の方へと向かっていった。

（やっぱり……あんな風にはもう笑ってくれないんだよな）

夢の中の彼女の笑顔を思い出して、ふとそんなことを思った。

今の彼女が見せる笑顔は、夢の中で見せてくれた幸せそうなそれとは程遠いもので。笑っているのに、まるで泣いているように見えてしまう。

でも、もう何年もそんな泣きそうな笑顔しか見ていなくて。その涙を拭う方法を、知らなくて。その意味で考えると、確かに廉司は彼女との約束を、何ひとつ守れていなかった。

そんな自分の無力感に打ちひしがれながら、彼女に背を向けて洗面所へと向かう。

最低限の会話はするけれど、必要以上のことを話すこともない——これが、今の廉司と祈織の関係性だった。

一章　春雷一震

1

四月八日、静岡県の相模《さがみ》湾沿いにある県立伊佐早《いさはや》高校は新学期を迎える。廉司《れんじ》は今日から高校二年生だ。部活はやっていないが、趣味のギターで演奏系動画の投稿やバンドサポートを行うなどの音楽活動をしている。成績は中の上といったところ。

家族構成は両親と廉司の三人家族で、もちろん一人っ子。父親が地域で有名な書道家で、よく家に弟子や生徒などが出入りするが、それを除けばごく普通の一般家庭だ。

しかし、十か月前にそんな我が家に新たな家族が加わった。それが、幼馴染《おさななじみ》の望月祈織《もちづきいのり》だ。

月城《つきしろ》家と望月家の関係はかなり深い。望月夫妻と廉司の両親は大学時代からの友人で、廉司の父親と祈織の母親に至っては昔からの幼馴染だったのだという。詳しいことは知らないが、もともと幼馴染だったふたりに、大学で仲良くなった祈織の父親と廉司の母親が加わり、やがてグループ交際へと発展したそうだ。そんな四人の関係もあって、廉司と祈織も物心がついた頃には顔見知りだった。

どうしてその祈織が唐突に我が家で暮らすことになったのか……それは、望月夫妻を襲った不幸にある。夫妻が車で出掛けていたところを運悪く飲酒運転の車に突っ込まれ、その事故でふたりは帰らぬ人となってしまったのだ。死の間際、祈織の両親は病院に駆けつけた親友のふたりに『祈織を頼む』と伝え、廉司の両親もその願いを受け入れた。これが祈織をうちで引き取ることになった経緯だ。もちろん強制ではなくて、祈織の意思も確認した上でのことである。

健全な男子高校生ならば、好きな女の子と同居というのはひとつの夢だろう。多くの男子からは羨ましがられる展開であるし、自分が彼らの立場だったならばきっと羨ましがるはずだ。実際に祈織がうちの家で住むことが決まった時は、望月夫妻の不幸や祈織の悲惨な状況に胸を痛めつつも、新しく迎える彼女との生活にワクワクやドキドキがあったことも否めない。きっとこれから何気なく手が触れてしまったり、ラッキースケベなイベントなんかにも見舞われたりして、特に華のなかった高校生活にも、そしてワケあって数年間断絶されてしまっていた祈織との関係も改善されるのではないかと勝手に期待したものだ。

だが、現実はそれほど甘くはなかった。ここ数年の間にできた彼女との溝は深く、それはただ一緒に暮らすというイベントだけで改善できるものでもなかったのだ。

今の関係を変えようと思うならば、彼女の笑顔を取り戻したいと願うならば、もっと劇的な変化が必要だった。それはきっと、環境面のような外的変化だけではなく、自身の心持ちだとか、祈織《いのり》の気持ちだったりとか、そういった内的変化も必要で……それがわかっているくせに立ち往生してしまっているのだから、救いようがない。

さっきだっていくらでも会話を発展させられたのに、一言二言だけで会話を終わらせてしまった。あまりのヘタレ具合に嫌になってしまう。本当のことを言うと、ヘタレではなくて、罪悪感だとかそういった感情も入り混じってしまっているのだとは思うけれど。

冷水でびしゃびしゃになった鏡の中の自分に、そう語り掛ける。

「はあ……切り替えろよ、俺。今日から二年だろ。何年こんな関係を続けるつもりだよ」

鏡の中の自分は、睡眠環境が悪かったせいか、顔色が悪かった。二年の始業式をこうも絶不調な状態で迎えるとは思っていなかったけれど、それでも今日から新しい学年が始まることには変わりない。

祈織がこの家に来てからもう十か月近く経《た》っているし、そろそろ新しい展開を迎えても良いはずだ。いや、迎えられるように廉司《れんじ》自身が変わらなければならない。それはきっと、間違いなかった。

寝不足で重い身体《からだ》を引きずりながら一旦部屋に戻り、だらだらと制服に着替えてリビングに降りる。いつの間にか両親も起きていたらしく、父・修司《しゅうじ》はリビングのソファーで新聞を読んでいた。母親は祈織が作った朝食を眠そうな顔で台所から運んでいる。

父親がこうして朝の食卓の場にいるのは珍しい。彼は書道家で、主な収入源は自らの書道教室。教室は昼下がりから始まるため、通常は昼前まで寝ていることが多い。

母親と同じく早起きが苦手な廉司は、いつも良い御身分《ごみぶん》だなとそんな父を見ていたものである。もっとも、その分仕事は夜遅くまでやっているし、深夜まで自身の作品作りをしているので、結局活動時間はそれほど普通の人と変わらないのだけれど。

父親の正面のソファーに腰を下ろし、廉司は訊《き》いた。

「今日は早いんだな」

「ん？　ああ。お弟子さんの教室があるからな」

新聞を開いたまま父が答えた。

「あ、そっか。今日水曜日だもんな」

カレンダーを見て、思い至る。毎週水曜日の午前は、お弟子さん向けの教室の日だ。お弟子さんと雖《いえど》も皆自身の教室を持っているプロで、家庭も持っている。彼らの都合も鑑みた上での時間設定らしい。謂《い》わば、武道とかと同じく流派みたいなもので、廉司の父はこの界隈《かいわい》ではかなり有名だ。県外にもいくつか教室を開いている。

御蔭《おかげ》様で、廉司はそのお弟子さん方や近所の人からは〝坊っちゃん〟や〝先生の息子さん〟などと呼ばれている。正直、未《いま》だに慣れないし、嫌な呼ばれ方だった。廉司自身は父親と同じ道に進む気はないし、何か成果があるわけでもないので、変に特別扱いをされるのもむず痒《がゆ》い。

「お前の方はどうなんだ。ギターの練習はしてるのか？」

父が新聞から目だけ覗《のぞ》かせて訊《き》いた。

「まあ、ぼちぼち頑張ってるよ。親父《おやじ》ほどじゃないけど」

「そうか。基礎練だけはしっかりな。基礎が大事なのは書道も音楽も同じだからな」

「ああ」

父親の言葉に頷《うなず》きつつ、テレビのチャンネルを回す。

先程はぼちぼち頑張っていると答えたが、実のところ、廉司《れんじ》は今の自分にそこそこ満足していた。というのも、Ｕｔｕｂｅの所謂《いわゆる》『弾いてみた』などの演奏系動画投稿者の中で、廉司はそこそこ名が知れているのだ。チャンネル登録者数は既に二万人を超え、国内の演奏系動画投稿者の中では一〇〇位圏内の登録者数を誇っている。

（まあ……本当に聴かせたい相手には聴かせられてないし、意味ないんだけどな）

廉司は台所で朝食を作っている祈織《いのり》をこっそりと見て、小さく溜《た》め息を吐《つ》く。

音楽への興味やギターを始めるきっかけも、彼女の影響だった。彼女に認めてほしかったから、いや、同じ目線で立っていたかったから、できもしないのに『ギターなんて俺でも弾ける』だなんて宣言してしまい、今に至るのだ。

祈織は昔、天才ピアニストとして名を馳《は》せていた。そんな彼女と幼馴染《おさななじみ》だった廉司には身近に音楽があって、コンクールで讃《たた》えられている彼女に憧れを持っていたのである。

ギターを弾き始めた切っ掛けも単純だった。彼女が昔かっこいいと言っていた人が大人気バンドのギタリストだったので、そのギタリストに嫉妬したのだ。

幼心に『俺だってこのくらいできるし。曲だって作るし』と息巻く廉司に、彼女は『じゃあ、廉司くんが作った曲は私が演奏するね』と嬉《うれ》しそうに言ってくれた。その言葉が切っ掛けで廉司はギターを始め、今も音楽活動や楽曲制作に取り組んでいるのである。もっとも、ギターが弾けるようになった頃には既に祈織との間に溝ができてしまっていて、彼女と音楽について話したことなどないのだけれど。

本当にギターを聴かせたいと思っていた相手には聴かせられず、名前も顔も知らない二万人には聴かせているというのが現状だ。きっと、チャンネル登録者数が三万人になっても五万人になっても、もう満足度は変わらないだろう。本当の満足は、たったひとりの身近な女の子に聴かせられて、ようやく得られるのだから。

それからしばらくテレビを見て時間を潰し、食卓にご飯が並び終えた頃合いで父と一緒にダイニングテーブルの方へと向かう。食卓には、祈織が作ったと思われる朝食が並んでいた。焼き魚と豆腐、味噌汁《みそしる》と如何《いか》にも健康的な朝食のメニュー。

好きな女の子の手料理を無条件で食べられるのは嬉しい。けれど、心から喜べないのはきっと、これが半分義務のような形で作られているからだ。

ご飯をよそっている祈織と目が合ったが、祈織はすぐに茶碗《ちゃわん》へと視線を移した。両親がいる前——特に母の前——だと、基本的に彼女とは殆《ほとん》ど話さない。たまに今朝みたいに話すこともあるのだけれど、話すのは大体ふたりきりの時だ。

祈織《いのり》が廉司《れんじ》と話すか話さないかの基準は不明確で、結局廉司の方からどう話し掛けていいのかもわからず……同じ屋根の下で暮らすのに、最低限の会話しか交わさなくなってしまった。これが『ドキドキ幼馴染《おさななじみ》との同居生活！』の実態だ。

母親は祈織を横目で一瞥《いちべつ》してから、廉司の顔を見てこれみよがしな溜《た》め息を吐《つ》いた。

「廉司。あんた、顔色悪いわよ？　また夜遅くまでギター弾いてたんじゃないでしょうね？」

「うるさいな。弾いてねーよ」

廉司は鬱陶しげに返事をして、「いただきます」と一言入れてから祈織の作った朝食に手を付けていく。嘘《うそ》は言っていない。何なら夜更かしをするつもりは一切なかった。ちょっと休憩するつもりで目を瞑《つぶ》ったら、そのまま寝落ちしてしまっただけである。

「今日から二年生だっていうのに、まだ音楽でプロになる、なんて夢見てるんじゃないでしょうね？　音楽やるのはいいけど、趣味の範囲にしてよね」

「……別に、夢なんて見てねえし」

母の訝《いぶか》しむような視線を無視して、ご飯を掻《か》き込《こ》んだ。せっかくの朝食だっていうのに、このやり取りで一気に気分が滅入《めい》る。

（うっさいな、こう見えてチャンネル登録者数は二万人超えてんだよ。こんなんでプロなんかになれないのもわかってるけどさ）

廉司は内心でそう独り言《ご》ちた。

演奏動画を投稿していることについては、誰にも話していない。もともと最初は祈織に聴かせたい曲をカバーして弾いて、その供養のためにアップしていただけだった。そんな中で視聴者コメントのリクエスト曲に応えているうちに、人気アニメ『滅鬼刀桜《メッキ》』の主題歌『紅蓮桜花《ぐれんおうか》』のカバー動画でバズり、以降アニソンに主軸を移したらチャンネル登録者数が伸びていったのだ。

バズる切っ掛けとなった楽曲『紅蓮桜花』をリクエストしてくれたのは、活動初期から応援してくれている『アイちゃん』というユーザー。アイちゃんはどの動画でもコメントしてくれて、毎回励みになっていた。こう、こちらが欲しいようなコメントをしてくれて、元気付けてくれるのだ。今では毎度たくさんのコメントがつくようになったが、真っ先にアイちゃんのコメントを探す癖がついている。

その折――ふと視線を感じて顔を上げると、祈織がこちらを見て僅かに微笑《ほほえ》みを浮かべていた。一体何なんだろうと思っていると、祈織の視線に気付いた母がじろっと彼女を睨《にら》んだ。彼女ははっとして視線を伏せ、自身の朝食に手を付ける。

そうして、無言の朝食が進んだ。テレビから流れるニュースバラエティー番組の司会が、余計に空気を重くしているように思えた。

新学期で新学年の朝。本当だったらもっと気持ちよく始めたいのに、朝から空気も気分も最悪だ。

(俺が悪かったのか?)

そうは思うものの、あれはどう答えるのが正解だったのだろう? 夜更かしせずギターも捨てて勉強します、とでも言えば満足だったのだろうか? 勘弁してほしい。学業に集中してほしいという親ならではのアレなのだろうが、今ギターも取り上げられたら本当に自分を支えるものが何もなくなってしまう。

ちらりともう一度祈織《いのり》の方を見ると、彼女もこっそりとこちらを見ていたのか、目が合う。が、彼女は慌てて視線を落としただけで、特に何も言わなかった。

(あーあ、何やってんだか……こんな空気になってなきゃ、この味噌汁《みそしる》美味《おい》しいよ、とか、何かしら気の利いたことも言えたはずなのに)

ちょうどそんなことを考えていた矢先、母親がその味噌汁を一口飲んで、祈織に声を掛けた。

「ねえ、祈織ちゃん」

「は、はい」

母の呼び掛けに、祈織が緊張した様子で背筋をぴっと伸ばす。彼女は祈織に目も向けずに続けた。

「ちょっとこのお味噌汁、塩辛くないかしら？　うちの味付けはもうちょっと薄味なんだけど」

母の口から出てきたのは褒め言葉ではなく、ただの苦言だった。その言葉には、さすがに廉司《れんじ》も苛立《いらだ》ちを隠せない。

「母さん、あのさぁ……！」

思わず、声を荒らげそうになる。

別に祈織の味噌汁は塩辛くなんてなかった。確かに人によっては少し塩辛く感じるのかもしれないけれど、別におかしな程ではない。そもそも自分の代わりに早起きをして朝食を作ってくれている人に対して、その言い草はあんまりではないか。

母のこれは、ただの八つ当たりだ。それがわかってしまうから余計に腹が立つ。何か一言言ってやらないと気が済まない。そう思ったのだけれど——

「ごめんなさい。次から気をつけます」

祈織はまるで廉司の言葉を遮るようにして、頭を下げた。そこで会話は終わり、また気まずい空気へと戻る。というより、さっきよりもっと空気が重くなっていた。

廉司が父親に無言で視線を送ると、父は呆《あき》れたような声音で「静香《しずか》」と一声掛けた。それに対して、母は鬱陶しげに「はいはい、わかりましたよ」と投げやりに応えただけだ。

父が小さく溜《た》め息を吐《つ》いて、やれやれとばかりにこちらを一瞥《いちべつ》したのは言うまでもない。

ここ最近――すなわち祈織《いのり》がこの家で暮らすようになってから一気に酷《ひど》くなってしまった妻のヒステリックを、彼も持て余しているのだ。

気まずい朝食を終えてから逃げ込むようにしてトイレに入ると、廉司《れんじ》は大きな溜め息を吐いた。

（……ほんと、朝から何やってんだろうなぁ）

結局、祈織に助けられてしまった。彼女がああして立ち回ることで、母親のヒステリックも収まって揉《も》め事に発展しなかったのだ。

だが、やっぱり納得できない。これでは祈織ひとりが損をしているではないか。朝早くから朝食を作らされ、文句を言われ、そして謝っているだけだ。

（マジでしっかりしろよ、俺）

先程、洗面台で自分に念じた言葉を繰り返して気持ちを何とか持ち直す。

トイレから出ると、ちょうど学校に行こうとしていた祈織と鉢合わせた。祈織が顔を伏せて横を通り過ぎようとしたので、廉司は咄嗟《とっさ》に呼び止める。

「あの、祈織」

「……どうしたの？」

祈織が立ち止まり、こちらを見上げて小首を傾《かし》げた。

可愛《かわい》いなぁ、ちくしょう。ただ何となくした仕草なのだろうけど、それがあまりに可愛くて、胸がきゅっと締め付けられる。

「お、俺は……その、好きだから」

さっきの空気のまま終わらせるのが嫌で、そう言った。ちゃんと朝食を作ってくれたことに対する感謝を伝えたかったのだ。

しかし、祈織は予想に反して「えっ!?」と驚き、顔を赤くして固まってしまった。

何でそんな反応をするんだろうと自分の言った言葉を思い返してみて、心臓が縮みそうになった。完全に目的語が欠けている。これではただいきなり告白しているだけのヤバい奴《やつ》だ。しかも自宅のトイレの前で。気持ち悪過ぎる。

「え、あれ!?　い、いや！　あの、そういう意味じゃなくて、そのッ、味噌汁《みそしる》のこと！　あの味、俺は好きだからってことでッ」

こそあど言葉を使って必死に言い訳すると、そこで祈織も理解したのか、ほっとした様子で笑みを浮かべた。

「ありがとう。あのお味噌汁、私の家の味だったから……そう言ってくれると嬉《うれ》しいな」

祈織がそう言ってくれたことで、ようやく安堵《あんど》の息を吐く。固く張り詰めた空気が、ほんの少しだけ和らいだ気がした。

「ほんと、ごめん。何か俺のせいで母さんの機嫌損ねちゃって……あんなの、完全に八つる。当たりだよな」

多分、あの味噌汁云々《みそしるうんぬん》は廉司《れんじ》のせいだ。廉司が母親を不機嫌にさせてしまったせいで、彼女の家庭の味……即《すなわ》ち、両親との数少ない思い出を否定させてしまった。決して許されることではない。

「ううん、平気。気にしないで。私、先行くね？」

祈織《いのり》はリビングの方をちらりと見てから、先を急ぐようにして言った。それはまるで、廉司との会話を早く終わらせたがっていたようにも見えた。

「え？　あ、ああ……行ってらっしゃい」

「行ってきます」

そんな短いやり取りをしてから、祈織の背中を見送った。

彼女が家を出たのを確認すると、廉司はもう一度自室に戻って、時間を潰す。廉司が家を出るのは、大体祈織が出発した五分後だ。同じ屋根の下で暮らしてはいるものの、登下校は別々、お昼ももちろん別々、家の中での会話も必要最低限。おまけに食卓ではあんな空気になってしまうこともある。これでどうやって関係を改善させられるというのか。というか、あの母親がいる時点でどうにもならないんじゃないか。そう思えてならなかった。

二階の自室から、先に登校する祈織の背中を眺める。もともと華奢《きゃしゃ》ではあるものの、ひとりでいる彼女の背中は実際よりも弱々しく見えた。

「今こそ……あの約束、守んなきゃだよな」

幼き日に交わした口約束を思い浮かべ、自らにそう言い聞かせる。

ずっと片思いをしていた幼馴染《おさななじみ》。そんな彼女が両親を失って心に深い傷を負い、更には孤独な状況に置かれている。

今、そんな彼女の一番近くにいるのは他ならぬ廉司だ。当然、その孤独から彼女を救うことができるのも、そしてあの約束を叶《かな》えることができるのも、廉司だけのはずである。

いや……そのはずだと、信じたかった。

2

「いやぁ、またお前と同じクラスになれて僕は嬉《うれ》しいよ、廉司！」

今日から一年間過ごす二年A組の教室に入るや否や、ひとりの男子生徒がそう言っていきなり肩を組んできた。

「またやかましい奴《やつ》と同じクラスになったもんだ……一年間憂鬱だよ、俺は」

廉司は大きな溜《た》め息を吐《つ》いて、組み付いてきた男子生徒を横目で見やる。クラス分けを確認した時点で何となくこうなる予想はできていたので、特段驚くこともなかった。

「おい！　中学時代の青春をともに駆け抜けた盟友に対してその言い草はないだろ!?」

「何が盟友だよ。そんな大したことしてなかっただろうが」

「そうだっけ？　まー、そんなもんなんじゃないの、青春なんて」

あっけらかんとして屈託のない笑みを浮かべるのは、中学時代の友人・北穂《きたほ》涼平《りょうへい》だ。その朗らかな表情と陽気な振舞いで教室の空気を明るくする、所謂《いわゆる》どこでもムードメーカー的なポジションになってしまうお調子者。その髪は栗色《くりいろ》でカジュアルに跳ねており、その自由な髪形が彼の無邪気さと好奇心を表していた。

涼平とは中学三年生の時に同じクラスになり、すぐに意気投合した。彼は他のクラスメイトとは異なり、大人びた価値観を持っていたのだ。表面上はお調子者のように振舞いながらも、その背後には全てを計算しているかのような冷静さが垣間《かいま》見えた。一言で言えば、掴《つか》めない奴《やつ》。しかし、彼のそんな複雑で不思議な雰囲気に、廉司《れんじ》は惹《ひ》かれた。同級生達を幼く感じていたから、涼平の大人っぽい思考や振舞いに共感を覚えたのかもしれない。

高校に入ってからはクラスが離れて挨拶を交わす程度だったが、めでたく二年のクラス替えで再会。面倒《めんど》そうにしているが、今年は楽しく過ごせそうだと内心喜んでいたのはここだけの話である。

「去年同じクラスだった奴とは皆離れたからな。涼平が居てくれて助かったよ」

廉司はクラスを見回して言った。一年の頃同じクラスだった男子は誰もおらず、涼平がいなかったらゼロから人間関係を構築しなければならないところだった。

「だろ？　実は僕も同じで、廉司がいて安心してたんだよ。でも……お前の場合、ひとりだけ同じクラスだった奴がいるんじゃないの？」

物言いたげな笑みを浮かべて、涼平は教室の後ろの方の席でひとり座っている女子生徒を横目で見た。彼の視線を追わずとも、そこに誰がいるのかは知っている。幼馴染《おさななじみ》にして同居人、そして廉司の想《おも》い人・望月祈織《もちづきいのり》だ。

彼女と同じクラスなのは、クラス分けを見た瞬間に気付いていた。というより、自分の名前よりも先に見つけてしまった。無意識のうちに彼女の名前を探してしまっていたのだろう。そんな廉司に、涼平は更なる追い打ちを掛けた。

「いやぁ、さすが幼馴染だよねー！　小学生の頃からずっと同じクラスなんだろ？　しかも、それでいて同棲《どうせい》中。すごいよねぇ。まるで深夜アニメの主人公だ。僕も友人枠で出させてくれないかい？」

「うるせーよ。あと、同棲じゃなくて同居だ、同居」

前半部分に反論の余地はなかったが、後半部分だけはしっかりと反論した。同棲と同居は似ているようで全く異なる。同棲は婚姻関係にない恋人同士が一緒に住むことであって、廉司と祈織は断じてそういう関係ではない。縦《よ》しんばそういう関係になれたとしても、廉司の両親もいる今の状況では同居に分類されるだろう。

ちなみに、祈織が事故で両親を亡くしてうちに引き取られたというのは結構な人が知っている。こちらから吹聴《ふいちょう》したわけではないのだけれど、学校の教師はもちろん知っているし、ご近所さんも既知だ。しかもうちは人の出入りが多い書道教室もやっているので、どこからともなく情報が広まってしまったのだろう。

最初こそ同じクラスの男子から揶揄《からか》われたが、祈織《いのり》の不幸な状況も加味されたのか、それほど同居ネタでやいのやいのと言われることはなかった。おそらくそれは、彼女の学校での評価も影響しているのだろうけど。

「ひとつ屋根の下で暮らしてるんだから、似たようなもんだろ？　ラッキースケベとかないわけ？　風呂に入ろうとしたら『きゃっ！　廉司《れんじ》くんのえっち！』でビンタみたいな」

「ねーよ」

しっかりとそこも反論した。本当のことを言うと、『ない』のではなく『起こらないように気をつけている』が正しい。実のところ、うっかりと彼女の入浴中に脱衣所に入ってしまいそうになったことなら何度かあった。

何も起こらなくても祈織とはあんな状況だ。もしそんなラッキースケベイベントなど起こそうものなら、より気まずくなるのは明白だった。何としてでも避けねばならない。

「やっぱ学校でのこととか家で話すもんなの？」

「いや、そもそも殆《ほとん》ど話さねーよ……」

幼馴染《おさななじみ》兼クラスメイトとの同居生活に興味津々な涼平《りょうへい》をあしらいつつ、廉司は小さく溜《た》め息を吐《つ》く。

もちろんこちらとしては学校での会話も大歓迎だが、家のあの状態を鑑みればなかなか難しい。むしろ気軽に話せる方法があるなら教えてほしいくらいだ。

そんなことを考えていたせいか、無意識のうちに祈織の方を見てしまった。すると、そのタイミングで彼女もこちらを見たので、予期せず視線が交差する。慌ててお互い視線を逸《そ》らしたのは言うまでもない。そんな廉司達のやり取りに気付いたのか、涼平が流し目で祈織を見ながら言った。

「まー……同居っつってもあの子相手だとそんなイベントも起こらないか。家でもあんな感じなわけ？」

どこか冷めた感じの物言いだった。涼平も中学時代から祈織を知っているので、学校での彼女の立ち位置はよくわかっている。当時から彼女が何も変わっていない、ということもひと目見て察したのだろう。

「いや、さすがにもうちょっと話すけどさ」

「どうせ必要最低限の会話って感じだろ？　雰囲気見てればわかるよ」

涼平は呆《あき》れたような声音で続けた。

「勿体《もったい》ないよねー。あんだけ可愛《かわい》いけりゃ学校一のアイドルだって狙えただろうに、ああも暗かったら誰も近付けないって。男子も女子も」

廉司《れんじ》は同意も否定もせず、こっそりと祈織《いのり》を盗み見る。

周囲の女子が新しいクラスに馴染《なじ》もうとグループを作ることに精を出している傍ら、祈織は自分の席に座ったまま動かなかった。イヤホンを耳に差して、スマートフォンを見ているだけだ。今は俯《うつむ》いていてその長い髪で顔が隠れてしまっているので、どんな表情をしているのかもわからない。

これも見慣れた光景だった。大体祈織は休み時間になるとふらっとどこかに行ってしまうし、教室の中にいる時は大体あんな感じで自分の世界に閉じ籠ってしまっている。

そう……祈織は学校でもひとりで、いつも息を潜めるようにして生活しているのだ。成績は優秀だが、人付き合いは皆無に等しい。

涼平《りょうへい》の言う通り、祈織は昔から美少女だと認識はされていた。そんな話を何度か聞いたことがあるし、廉司だってそう思うのだから当然だ。だが、廉司の知る限り、男子から告白されるなどといった展開には至っていない。というのも、彼女はもともと口数が少なく、昔から内向的な性格だった。中学以降は人付き合いの無さも相まって、とにかく暗く映ってしまう。それが原因で、男子からも女子からも敬遠されてしまっているのだ。

どれだけ可愛《かわい》くても会話にならないと、なかなか男子も寄りつかない。涼平のいう『勿体《もったい》ない』というのはこういった祈織を取り巻く状況全体を言っているのだろう。

（でも……家ではたまに笑ってるんだけどな）

今朝もそうだけど、廉司と話す時はたまに笑ってくれたり、会話も続いたりする。全く誰とも話さないというわけではないのだ。

「でもさー、昔は違ったんだろ？」

廉司の表情から何かを読み取ったのか、涼平は言った。

「お前ら、小学生の時はめちゃくちゃ仲良かったたって聞いたけど？　そん時は祈織ちゃんも結構笑ってたって」

「まー……そう、かな」

廉司は何とも言えない表情をして、視線を床へと落とす。

そう。小学生の頃の祈織は、こんなではなかった。引っ込み思案で遠慮がちな側面はあったけれども、それでも明るい笑顔を見せていたし、もっと皆とも喋《しゃべ》っていた。廉司はそんな彼女にずっと惹《ひ》かれていたのである。

「お？　その反応はもしや……あの子の笑顔を奪った犯人はお前か、廉司!?」

「……うるさいな。こっちにも色々あるんだよ」

涼平の手痛い指摘に、一瞬言葉を詰まらせてしまった。

「何だよ？　あ、わかった！　小学生の頃に隣で寝た時に夜這《よば》い掛けようとしたらバレて嫌われたんだな!?」

「ちげーから！　はっ倒すぞお前！」

とんでもない言いがかりに、思わず言葉を荒らげる。そんな前科がもしあるなら、祈織《いのり》だってうちで暮らそうなどとは思わないだろうに。というか、小学生が夜這《よば》いって、発想がませ過ぎだろ。

（まあ、夜這いは無いにしても……俺が原因ってのは間違いないんだよな）

祈織があんな風に塞ぎ込んでしまった原因は、間違いなく廉司《れんじ》にある。それは謂《い》わば、思春期の過ちみたいなものだ。その過ちにその後何年も苦しめられることになるとは思ってもいなかったけれど……可能ならば、あの時の自分をおもいっきりぶん殴ってやりたい。

「ま、僕は暗い女の子は得意じゃないからさ。それよか、廉司。注目はあっちだよ、あっち。このクラス、僕の見立てでは確実に当たりだね」

涼平《りょうへい》が声を潜めてそう言い、今教室に入ってきたばかりの女子グループをあごでしゃくった。小声でありながらも気分の高揚が伝わってくる口調だ。

「あっち？」と彼に釣られてそのグループを見て、廉司はうげっと顔を歪《ゆが》めた。

今教室に入ってきた女子グループは所謂《いわゆる》ギャルっぽい子達の集まりで、その中で一際目立っているのが、真ん中にいる金髪ショートボブの女の子だった。背は女子にしては高く——祈織も女子の中では背が高い部類に入るが、その彼女よりも高い——モデルのようにすらっとしているのに出るところは出ている、という男子の理想を詰め込んだようなスタイルだ。色々芸能活動っぽいこともしているので、この学校で彼女を知らない人はいない。

彼女に憧れる男子も多いだろう。

　だが、それとは関係なしに、廉司は彼女に苦手意識を持っていた。彼女とは、去年にちょっとした縁があったのだ。

「黒瀬愛華《くろせあいか》ちゃんだよ。知ってるだろ？」

「まあ……そりゃあな。てか、同じクラスだったのか」

　しまった。完全に見落としていた。祈織と涼平の名前を見つけて浮かれてしまい、それ以外のクラスメイトのチェックを怠っていたのだ。

「いやいや、どう考えても真っ先に目がいく名前でしょ。どんな目してんだよ」

　涼平は呆《あき》れた様子で言った。彼が呆れるのも無理はないが、そもそもあまり廉司が彼女に興味を持っていなかったのだから、仕方ない。

　黒瀬愛華——モデル活動をしつつ、ショート動画投稿ＳＮＳ〝ＴｉｋＴａｋ〟のフォロワーも云《うん》万人いるとかでこの学校一番の有名人だ。芸能界デビューをするだの、実はもう東京の事務所からオファーがきているだのと噂《うわさ》されているのを聞いたことがある。実際に、この街のインフルエンサーとして色々なＰＲ活動を行っているし、その仕事が忙しそうであったことも廉司は知っている。

　周囲を見てみると、男子は大体彼女がいるグループに視線を奪われていた。ギャルっぽい雰囲気というのもあるのだろうけども、華があるというか、自然と人目を惹《ひ》く子だった。

確かに、黒瀬愛華《くろせあいか》には芸能人みたいな雰囲気がある。ステージに立てばさぞかし映えるだろう。

「愛華ちゃん、美人だよね～！　それでいて嫌な感じも全然なくて明るくてさ。ちょっと我儘《わがまま》で強引って話らしいけど、あんだけ可愛《かわい》けりゃ全然許しちゃうね！」

楽しそうに持論を展開する涼平《りょうへい》を、「そーかい」と軽く流す。いくら美人で芸能人みたいな子だろうが、廉司《れんじ》とは住む世界が違う人間だ。というか、できれば関わり合いたくなかった。彼女は廉司の秘密をひとつ、知っているのだ。

「……あれ？　愛華ちゃん、なんかお前のこと見てね？」

涼平がそう呟《つぶや》いたので、え？　と思って顔を上げてみると――黒瀬愛華の桜色に輝く瞳が、真っすぐに廉司を捉えていた。そして、彼女は悪戯《いたずら》っぽくにやりと笑い、こちらに向かって歩み寄ってきた。

（あ、やば。これ、絶対にめんどくさいことになるやつだ）

逃げるか、と思ったけどそれも変だ。というか、もう遅い。

「お、おい。愛華ちゃん、なんかこっちに来たぞ」

涼平がこそこそと慌てた様子で話し掛けてくるが、そんなことは言われなくてもわかっている。問題は、その理由だ。一体何が目的なんだ。

脳内で色々な推測が行き交うが、愛華は立ち止まることなく、遂《つい》に廉司の前まで来てしまった。その瞳をキラキラと輝かせ、顔中に喜色を広げている。

「久しぶり、廉司」

自信に満ち溢《あふ》れた表情で、愛華はそう話し掛けてきた。

相変わらず、周囲にエフェクトでも掛けているのではないかと思う程のキラキラしたオーラを纏《まと》っている。きっと、こういうものを芸能人オーラというのだろう。

「あー……うん。そう、だな」

その強過ぎる目力から逃げるように、廉司は視線を逸《そ》らした。彼女の自信に満ち溢れた瞳は、どこか苦手だった。それはきっと……自らの想《おも》い人と、まるきり正反対なタイプだからかもしれない。

隣の涼平が『どういうことだよ!?』と言いたげに口をパクパクさせているが、それはこっちが訊《き》きたいくらいだ。ここ数か月は彼女との接点はなかったはずだし、あれ以降特にやり取りもなかった。今更話しかけられる覚えもない。

「ねえ、ちょっと来てよ」

「は？　いや、もうすぐ始業式が――」

「いいからいいから！　ほら、立って！」

「うぉッ」

金髪ショートボブのギャルっ娘《こ》は楽しそうにそう言って廉司の手を取ると、強引に引っ張り上げて立ち上がらせる。そして、「じゃあ、レッツゴー！」とまるで遠足に行く子供のように教室の外を指差し、そのまま廉司《れんじ》をぐいぐいと引っ張っていった。

「は!? いやいやいや、ちょっと待って、どういうこと!? 意味がわからないんだけど!? 始業式は!?」

「いいじゃん、サボっちゃえば。どうせ退屈な話聞くだけだし」

「そういう問題じゃなくない!?」

「細かいことは気にしな～い！」

「別に細かくないから！ ジョーシキ！ 高校生としてのジョーシキ！」

廉司の激しいツッコミを気にも留めず、よくわからないテンションの彼女に手を引かれて、そのままずるずると教室を後にする。

（ああ、そうだよ。やっぱりこの展開になるんだよ、こいつがいると）

昨年の秋頃の記憶を蘇《よみがえ》らせつつ、激しい頭痛に襲われる。

先程涼平《りょうへい》は彼女がちょっと我儘《わがまま》で強引、と評していたが、どこからどう見てもちょっとどころの強引さではない。そして、廉司はその強引さを知っていた。

涼平に視線だけで助けを求めたが、彼は「南無」と胸の前で十字を切って手を合わせただけだった。祈るならせめて宗教は統一しろ。

ふと別の方からも視線を感じてそちらに顔を向けると、そこには祈織《いのり》がいた。彼女は愕《がく》

然《ぜん》とした様子で目を瞠《みは》っている。

(これ、絶対に何か勘違いされてない!? まずいって!)

祈織《いのり》のこんな顔はこれまで見たことがなかった。この状況、何をどう言い訳すればいいのだろう? そもそも言い訳が必要な間柄ではないといったらそうなのだけれど、言い訳しておかないと更に気まずくなってしまいそうな気がしてならない。

勢いのまま暫《しばら》く引っ張られてしまったが、三階特別棟に向かう階段——始業式が行われる体育館とは逆側である——の踊り場まできたところで、廉司《れんじ》は愛華《あいか》の手を振り払った。

「もうここでいいだろ。一体何の用事だよ。いきなり意味わかんないことしやがって」

彼女に掴《つか》まれた手首を擦《こす》り、愛華を睨《にら》みつける——が、その際にほんのりと手首からいい匂いがして、思わずどきりとさせられた。手のひらに香水でもつけてるのか、こいつは。

一瞬どきっとしてしまった自分にも腹が立つ。

(涼平《りょうへい》への言い訳もめんどくさいし、その前に祈織に何て言えばいいんだこの状況)

きっとそろそろ始業式が始まる頃だろう。その間にクラス担任に廉司と愛華がふたりどこかに行った旨も伝わる。

事態は正直、かなり悪い。有名人の黒瀬《くろせ》愛華に白昼堂々手を引かれて廊下を闊歩《かっぽ》してきたのである。ここに至るまでの間に痛いほどの視線を浴びてしまい、新学期早々に悪目立ちしたのは言うまでもない。担任に対してもクラスメイトに対しても、印象は最悪だ。

「ほぉー？　じゃあ、教室の中で如何《いか》にも『あたしとあなたは深い仲で秘密も知ってます』的な感じで話し掛けてもよかったのかな～？」

　愛華は揶揄《からか》うような、どこか人を小馬鹿にするような笑みを作って、身体《からだ》を傾け下から覗《のぞ》き込《こ》んでくる。自信満々に輝くその桜色の瞳は、まるで全てを見透かしているかのようだった。

「それは……困る、けど」

　その反撃に、言葉を詰まらせてしまう。実際に彼女は廉司の秘密をひとつ知っているし、できればそのことはあまり話されたくない。

「冷たいなぁ、廉司。ほんとにあれっきり話し掛けてくれないんだもん。あたしはもっと御・礼をしたかったのに」

「無理矢理《むりやり》押し付けてくるのは御礼って言わないんだよ……あれで十分だし、それでもう終わりだって言っただろ」

　廉司は頭をばりばりと掻《か》いた。ほんと、ペースを崩される。

　以前もこうだった。こうして強引に『御礼』を押し付けられて、面倒臭くてひとつだけ頼み事をしてしまったのである。もうちょっと考えればよかった。こいつとはきっと、関わるべきではなかったのだ。

「最近シてないね？　あたしはまた君のこと見たいのに」

愛華《あいか》は数歩後ろに歩くと、少し芝居掛かった動作で振り返って続けた。

「もちろん、ステージの上の君を、ね」

言ってから、可愛《かわい》らしく片目を瞑《つぶ》ってみせる。頭痛で眩暈《めまい》がしそうだった。

そうなのだ。愛華は廉司《れんじ》がギターを弾いていることを知っている。しかも、バンドのサポートメンバーをやっていた際に、ステージ上の姿まで見られてしまった。廉司の身近な人間が誰も知らない姿を、彼女は知っているのである。

廉司は演奏系動画投稿者としてギターを弾く傍ら、スタジオの店長の紹介でギターが不足しているバンドでサポートメンバーとして活動することも稀《まれ》にある。単発でライブに出演するのが主で、これが廉司にとってはバイト代わりだった。

「そんなに嫌そうな顔しないでよ。ちゃんとチケット代も払うし、お望みなら黄色い声で廉司コールまで付けちゃうよ？　チェキだって買うし」

「いらねーよ……てかチェキなんてやってねーから」

何度吐《つ》いても溜《た》め息が足りない。溜め息が枯渇する。

廉司と愛華はクラスは異なったものの、昨年同じ文化委員会に所属していた。ふたりとも、どちらかというと誰もやりたがらなかったのでくじ引きで決まった、という感じだったと思う。

当時から愛華はＴｉｋＴａｋで知名度があり、タウン誌やらのモデル活動やＰＲ活動を行っていたせいで、委員会の仕事と両立するのが難しかった。そこで、困っている彼女を見兼ねて廉司が彼女の仕事を全部引き受けたのである。もちろん、愛華が全部やった体裁で、だ。今となってみれば、これが過ちの始まりだった。困っていても、見て見ぬふりをしていればよかったのだ。

ただ、廉司自身も音楽活動を行っていたこともあって、バイトや委員会などと違って芸能の仕事は代わりが利かないということもわかっていた。それなら、代わりが利く委員会の仕事は自分がやればいいと思ったのだが——ことはそこで終わらなかった。それから愛華が御礼をしたいとついて回ってきて、どれだけ断っても彼女は引き下がらなかったのである。

しつこく言われて困っていたところ、ふとその時サポートメンバーとして参加するバンドが次のライブの集客に困っていたことを思い出して、御礼代わりにお客さんとして来てもらうよう、つい頼んでしまった。小さなライブハウスで活動するバンドにとって、このたったひとりという数字は大きいのだ。

ただ、このことをきっかけに、彼女は廉司がギターを弾く人間だということを知ってしまった。何なら、ライブハウスでライブまでしちゃってる高校生、というのも知られている。

廉司があまり音楽活動について大っぴらに言いたくないのは、今朝の母親の様子を見ていればわかるだろう。夜遅くまでギターを弾いていたと疑われるだけであの様《ざま》だ。だからこそ、母親の前ではギターは趣味で触る程度ということにしているし、外部の音楽活動についても、スタジオで付き合いのある人しか知らせないようにしていた。

だが、そんな折り、遂《つい》に日常の生活圏で知る人が出てしまった。これに関しては完全に自分のせいだ。軽率な提案をしてしまったあの時の自分を殴ってやりたい。

バンドの話を拡《ひろ》げられると嫌だったし、友達の多そうな愛華《あいか》を介して誰かに紹介をされるのも嫌だったので、その御礼を最後に愛華とは話さないようにしていた。クラスや交友関係が異なることもあって、もう接点もないと思っていたのに……彼女と再び接点ができてしまった。同じクラス。嫌でも毎日顔を合わせる。

「それで、何の用だよ？」

この話を掘り返されても面倒だ。とっとと終わらせて、始業式に行こう。腹を痛めてトイレに駆けこんでいたとか適当に言えば許してもらえるかもしれない。

「あ、ごめんごめん。あのさ、廉司《れんじ》。君にひとつ提案があるんだけど」

愛華は楽しそうに切り出した。その活《い》き活《い》きとした笑顔から、彼女の自分に対する自信が垣間見《かいまみ》える。きっと世界は自分を中心に回っていると思っているに違いない。

そこで、ふと幼馴染《おさななじみ》の姿を思い出した。まるで誰にも関与せず、そして誰にも関与されないで、自ら進んで世界の隅っこに行こうとする彼女。やっぱり、祈織《いのり》と愛華は正反対だ。

これ程分かりやすく陰と陽と対比できる存在もいない。

「なんだよ」

少し身を引いて、疑念に満ちた視線で彼女を見据えた。こんな強引なことをされて、真っ当な提案がされるわけがない。そして、その予想は極めて正しかった。

「廉司、あたしと付き合わない？」

「……はい？」

自分の耳を疑って、聞き返す。言っていることが聞き取れなかったわけではないが、言っている内容の意味がわからなかった。

「聞こえなかった？　あたしと付き合わない？　って言ったんだけど。もちろん、恋人的な意味で」

「え？　何だって？」

やはり自分の耳を信じられず、もう一度聞き直す仕草をする。

「だーかーらー、君、あたしと付き合わない？」

愛華は先程より少し声を張って言い直した。

どうやら廉司の耳は完全におかしいらしく、先程と同じようにしか聞こえなかった。ヘッドフォンでずっとギターの練習をしていたのがまずかったのかもしれない。もう一回お願い、とジェスチャーして耳を傾けた。

「この距離で聞こえなかったの？　もしかして耳悪い？」

「いや、『君、あたしと付き合わない？』ってところがちょっと聞き取り難《にく》かった」

「そう言ったの！　全部聞こえてるじゃん！」

愛華《あいか》は華麗にツッコミを入れてから、「廉司《れんじ》、ちょーウケる！」と可笑《おか》しそうに手を叩《たた》いた。実に楽しそうに笑う子だった。

「いや、ウケ狙ったわけじゃないから！　その言葉の真意がわかんないんだって」

「真意？　そんなのないよ。そのまんま」

「そのまんま？」

「うん。あたしと清らかな男女交際をしませんか？　っていう乙女の告白！」

愛華は断られることなぞ微塵《みじん》も考えていない様子で、廉司に乙女の告白とやらをした。

あまりに予想外過ぎる出来事を前に、廉司の脳がショートしてしまったのは言うまでもない。

「あの……何でいきなりそういう話になんの？」

ステータスが混乱状態に陥る中、何とか返事をする。意味がわからなかった。

「実はあたし、去年君のライブ見てすっごく惹《ひ》かれちゃったんだよね。こう、ビビビッ！ってきた感じ？」

「いや、待てって。それは嬉《うれ》しいけどさ、それと付き合うどうこうって関係なくない？」

「えー？　そうかな。あたし的にはビビビッ！　ってくるこの感じ、すごく大事な気がするんだけど」

言いたいことはわからないでもない。そういう直感的なセンスのようなものが大事というのは、音楽をやっていればよくわかる。だが、それを付き合う付き合わないに結びつけないでほしい。

「あ、そうそう。こっちも好きだよ？」

「こっち？」と疑問に思っていると、愛華はスマートフォンをポケットから取り出して、ディスプレイをこちらに向けてきた。

そのディスプレイを見て、思わず息を呑《の》む。そこには、彼女が知るはずのない演奏動画が流れていた。廉司の『弾いてみた』の動画だ。

「これ、君でしょ？　顔隠しててもわかるよ。ギターもライブの時に使ってたのと同じ青色のやつだし、体型とか髪とか雰囲気もまんま君だし」

「ちょ——はぁ!?　何でそれ知ってんの!?　誰にも言ってないんだけど!?」

「え？　なんかおすすめに流れてきてーみたいな？」

「……マジかよ」

廉司はぐったりと項垂《うなだ》れた。Ｕｔｕｂｅのおすすめ機能ふざけんな。そのおすすめ機能の御蔭《おかげ》で二万人の登録者が集まったようなものなのだけれど、それでもふざけんな。

「へー、そっかぁ。これ内緒にしてたんだ？」

廉司《れんじ》の反応を見て、愛華《あいか》が雌豹《めひょう》のような笑みを浮かべる。

「じゃあ、あの同居してる幼馴染《おさななじみ》の子も知らないの？」

「え、祈織《いのり》？　知らないはずだけど……」

どうして祈織がここで出てくるんだと思ったが、素直に答える。

すると、愛華の口角が妖しく上がった。良い玩具《おもちゃ》を見つけた、と獲物を見つけたかのような嗜虐《しぎゃく》的な笑み。これは……良くない。良くない笑顔だ。絶対にまずい。直感的にそう思ったものの、もう手遅れだった。

「じゃあこれ皆に黙っててあげる代わりにさ、友達になってよ。もちろん、カノジョになる前提で」

愛華はぺろっと舌を出して、可愛《かわい》らしく笑った。

結局、この提案には同意せざるを得なかった。というか、おそらくここまで持ってくることを予《あらかじ》め考えていたのだろう。最初の『付き合おう』はフリで、本当の目的は落とし所の『カノジョ前提の友達』。でなければ、予め動画をすぐに開けるように準備しているはずがないのだから。

（あー……この子は、まずい。なんかまずい気がする）

目の前で燦燦《さんさん》とした笑みを浮かべる金髪ショートボブの同級生を前にして、そんな警鐘が頭の中に鳴り響く。

この黒瀬《くろせ》愛華という少女は、きっと今の環境を何もかもめちゃくちゃにしてしまうんじゃないか――そんな得体のしれない不吉な塊が、廉司の心を満たしていく。そして、この時の廉司は、その不吉な予感が外れないであろうことも、何となく察していた。

二章　深まる恋衣

1

春雷のような始業式が終わり、数日が経《た》った。愛華《あいか》による始業式バックレ事件以降、廉《れん》司《じ》と愛華は何やら深い関係にあるらしいという認知がされてしまい、ふたりが一緒にいても不自然に思う者はいなかった。また、愛華も自然と廉司と涼平《りょうへい》の間に入ってくるので、いつの間にか同じグループとして過ごすことが当たり前になっている。涼平も愛華も互いにコミュ力お化けなので、このふたりが打ち解けるまでそう時間は掛からなかった。というか、秒で打ち解けていた。ノリだけで生きている人間、恐ろし過ぎる。

廉司との関係について、愛華は友達に『もともと昨年委員会を手伝ってもらってその時に仲良くなった』と伝えているようだ。半分くらい事実を入れているのが憎たらしいが、それが一番自然だった。仕方なし、涼平にも同じように伝えてある。こういった話は辻褄《つじつま》を合わせておかないと後々おかしくなるからだ。涼平は若干訝《いぶか》しみつつも「あの愛華ちゃんとイツメンになれるなんて、廉司の友達はほんと役得だねー」などとほざいていた。

（それで言うなら俺は完全に損してるだろ！　……って、言い返したいんだけどなぁ）

悔しいことに、これがそうとも言い切れなくなってしまっていた。というのも、もともと愛華は容姿だけでなく愛想もノリも良いので、顔が広い。スクールカーストでいうと、最上位。その愛華と仲良くしている男友達、ということで、廉司自身もクラスの女子とそれなりに良好な人間関係を築けてしまっていたのだ。そして、それは涼平も同じくである。彼が『廉司の友達でいると役得』と言っているのには、こういった側面もあった。

「チャンネル登録者数二万人の演奏系Ｕｔｕｂｅｒって皆に言えばもっと騒がれるんじゃない？　地元の人気ＵｔｕｂｅｒとＴｉｋＴａｋｅｒって良い感じのカップルだし！」

　愛華がこんな不吉なことを言うが、もちろん全力拒否だ。

　しかも、勝手にカップルにするな。廉司が何のために顔を出さずに細々とＵｔｕｂｅ活動をしているのかを考えてほしい。

　母は廉司が音楽に精を出しているのがそもそも気に食わないでいる。そんなところにギターで小遣いを稼いでいることがバレたら、面倒な物事に発展するに違いない。今となっては、Ｕｔｕｂｅ動画の広告収入も大事な収入源だ。それほど莫大《ばくだい》なお金が入ってくるわけではないが、少なくともアルバイトで時間を浪費するよりも効率が良い。学校での承認欲求のために、この場所を失いたくはなかった。

　とはいえ、廉司の日常が愛華によってどんどん華やかな場所に連れ出されているのは間違いない。それはきっと、悪いことではないはずだ。むしろ、楽しい高校生活を送るに当たっては、これが正しいのではないかとも思う。

だが――そうなることで、よりくっきりと浮き出るものも見えてしまう。もちろん、祈《いの》織《り》だ。祈織は案の定新しいクラスに馴染《なじ》もうとせず、これまで通りひとりで過ごしている。最初はクラスの女子も気にかけて話し掛けていたようだが、知らずのうちにその子達も離れていた。多分、あまりに彼女の反応が悪いので、避けられてしまったのだろう。そういった光景は中学の頃からよく見ていた。その振舞いはまるで、自ら陽《ひ》の光を避けて、仄暗《ほのぐら》い場所に留《とど》まっているようだった。見慣れた光景だとは言え、そんな祈織を見ていると胸がきりきりと痛む。

新学期初日は『祈織との関係を改善させる』と息巻いていたくせに、結局はこうして、仄暗い場所に留まる彼女を明るい所から眺めているだけだった。そして、愛華《あいか》と過ごしているうちに、その明暗がより濃くなって、祈織との溝もどんどん深くなっているように感じる。この溝を作り出したのは、他ならぬ自分自身だというのに。

祈織とは、物心がついた頃から一緒だった。いつから彼女を好きになっていたのかわからないが、いつも自分の後ろをついて回る彼女を気に掛けているうちに、好きになっていたのだと思う。

彼女がピアノを始めたのも大きかった。いつもは自信無さそうに廉司《れんじ》の後ろをついて回っていた彼女が、ピアノを前にすれば水を得た魚のように活《い》き活《い》きとし、コンクールで賞を掻《か》っ攫《さら》っていく。その姿に、廉司は憧れていたのだ。

庇護《ひご》欲と憧れ……そんなものが入り混じって、知らない間に廉司は祈織に恋をしていた。明確な切っ掛けがあるとしたら、あのお祭りの日だろうか。

迷子になって泣いている彼女を見つけた時、安堵《あんど》したと同時に『この子は俺が守ってあげなきゃいけない』と使命感を抱いた。あの約束を持ち出したのはそんな心境の現れで、彼女を恋愛対象として意識し始めたのも、あの時からだったと思う。

だが——約束を守るどころか、ふたりの仲は拗《こじ》れた。いや、廉司が拗れさせてしまった。中学に進級したと同時に、同級生から祈織との仲を揶揄《からか》われるようになったのだ。

今にして思えば、所謂《いわゆる》美少女としての外見を持つ幼馴染《おさななじみ》に廉司が慕われているのが、周囲の男子からすれば気に食わなかったのだろう。だが、当時の廉司は祈織に自らの好意を知られるのが恥ずかしく、また同級生から揶揄われるのも嫌だった。学校では祈織と距離を置くようになって、学校で距離を置くようになると、自然とこれまでの幼馴染としての関係も崩れていった。プライベートで遊ばなくなるまで、そう時間は掛からなかった。

問題はそれだけで収まらない。祈織の交友関係は廉司に依存していた部分が多く、廉司が離れてから彼女が孤立するようになってしまったのだ。もともと社交的な性格ではなかったので、新たに友達を作ることもできず……目に見えて沈んでいった。ピアノの成績だけは落とさなかったが、父親から聞いた話によると『上手《うま》いけど全然楽しくなさそう』だそうだ。活《い》き活《い》きとしてピアノを弾く彼女も、中学を境に姿を消したのである。

何かまずいことになっている。そう危機感を持った時には、既にもう手遅れだった。廉《れん》司《じ》には廉司の人間関係ができてしまっていて、今更孤立している祈織《いのり》の方に歩み寄ることができなくなっていたのだ。その関係のまま中学が終わり、同じ高校に進学。しかし、昨年の夏に彼女は両親を亡くし、うちで預かるに至った。うちに来た頃には、もうピアノも辞めてしまっていた。

悪いのは俺だ、俺が変わらなきゃいけない――彼女との同居が始まってそう決意し、既に十か月近くが経過するも……関係性は当時とあまり変わらなかった。

自分が切っ掛けで拗《こじ》れてしまった関係とは言え、正直二《にっ》進《ち》も三《さっ》進《ち》も行かない。そこに嵐のような女・愛華《あいか》も入ってきて、ますます事態がややこしくなった。完全に袋小路に入ってしまっていて、約束を果たすどころではない。結局何も変えられず、廉司は部屋でひとり、ギターを弾いてその鬱憤を晴らすしかなかった。

「つっても、この動画は伸びないだろうなぁ……誰が望んでんだよ、こんな曲のカバー」

そうぼやきながらマウスを操作し、Ｕｔｕｂｅに動画をアップロードする。

週二～三回で弾いてみた動画をアップするようにしているのだが、今回は全く気乗りしなかった。結果的に無駄に暗く、そして聴く人によってはギャグとしか思えないような曲をメタル風にアレンジしてしまったのだ。

今回弾いた曲は、バッハの『トッカータとフーガニ短調』。小学生の頃に一度は耳にしたことがある『鼻から牛乳』の元ネタとなった楽曲である。まさしく今の自分の気分がこれに相応《ふさわ》しかったので、アレンジしてみたのだ。ちなみに、鼻から牛乳は小学生の間では未《いま》だに現役の鉄板ネタらしい。誰か伝道師でもいるのだろうか。

別にネタに走ったわけでもギャグに走ったわけでもない。ただただキラキラした流行《はや》り曲を全く弾く気にならず、楽曲制作の方も全然進まなかったので、気晴らしとノルマ消化を兼ねて上げたようなものだ。楽曲の方向性がこれまでと全く異なるので、チャンネル登録者の人達はさぞ困惑するだろう。

今週はこれだけで勘弁してくれ。来週はちゃんとしたの弾くから。そう心の中で登録者達に謝り、ＰＣを閉じた。

（はぁ……十時半か。案外早くに終わったな。さっさと風呂入って寝よ）

大きく身体《からだ》を伸ばして、欠伸《あくび》をする。ぶっ続けで弾き続けたので、随分と疲れていた。

ただ、ここで気を抜いたのがまずかった。いつもなら絶対にしないミスを、この時の廉司は犯してしまったのだ。特に何も考えずに、風呂場に向かって――洗面所のドアを、がちゃっと開けた。その時目に入ったのは、洗面台に置かれた中華風のふわふわした女の子キャラが描かれた女物のポーチ。中には、シャンプーやトリートメント、その他ケア用品が入っていて、正面から驚いたように息を吸い込む音が聞こえてきた。そこではっとした時には、もう遅かった。お風呂上がり直後の幼馴染《おさななじみ》の姿が、目の前にあったのだ。

「あっ……」

一瞬、お互い時が止まる。祈織《いのり》は愕然《がくぜん》としつつも顔を赤く染めて、一方の廉司《れんじ》はそんな彼女を唖然《あぜん》と見つめてしまっていた。

眩《まぶ》しいくらいの白い肌。腰がきゅっとくびれていて、モデルみたいに細い。剥《む》き出しになっている華奢《きゃしゃ》な肩は、しっとりと水気を含んでいる。

幸い、バスタオルを身体《からだ》の前に持っていたので、見てはならない場所は全て覆い隠されていた。しかし、肩や腰は当然見えてしまっているし、通常生活をする上では絶対に見えないような箇所の肌まで見てしまった。

次にひゅっと息を吸い込んだのは、廉司の方だ。彼女が身体を屈《かが》ませる前に、慌てて回れ右してドアをばたんと閉めた。

「ご、ごめ——」

「ごめんなさい」

慌てて謝ろうとしたのだが、廉司の声は彼女の謝罪によって遮られた。間髪を容《い》れず、こちらに謝らせないようにするためではないかと思うくらい、早い謝罪だった。

「何で……何で祈織が謝るんだよ」

廉司《れんじ》はぽそりとドア越しに声を漏らした。ドアノブには、『OCCUPIED（使用中）』の赤札がしっかりと掛かっている。うちの脱衣所は鍵がついていないので、祈織《いのり》と同居するに当たって、こういったトラブルがないようにと取り付けられた札だ。これをひっくり返せば『VACANT（空室）』の青札になって、赤札の時は当たり前だが開けないのが我が家にできた新しいルールだった。

彼女がこの家に住み始めてから、一度もこういったミスは起こしていなかったのに……完全に、気が緩んでいた。

「お前が謝る必要ないだろ……!? 俺の不注意だったのに。悪いのは、全部俺なのにッ」

「……ごめんなさい」

廉司の言葉を再度否定するように、もう一度彼女は謝罪の言葉を被《かぶ》せた。それはまるで、自分がここにいるのが悪い、と言っているようにも聞こえた。

（そうじゃないだろ……！）

腹が立つ。彼女にこんなことを言わせてしまう自分に腹が立つ。これだったら変態と罵られてビンタでも何でもされた方がよっぽどマシだ。

しかし結局そう謝られてしまうと廉司としてはそれ以上何も言い返せなくなってしまう。黙ってその場を離れるしかなかった。

（クソッ。何が『ラッキースケベは起こらないように気をつけている』だ。言った傍《そば》から起こしてるじゃねーか……！）

部屋に戻るなり、廉司は枕に顔を埋《うず》めた。涼平《りょうへい》に何も反論できやしない。最低だ。不注意な自分も、あんな風に彼女に謝らせてしまう自分も、どちらも最低だ。

祈織を家族として迎えよう――昨年彼女をうちで預かることになった時、父親が言った言葉だ。それなのに、彼女はずっと肩身が狭そうにしていて、息苦しそうにしていて、なんだか使用人のような立ち位置にいる。いつも皆に気を遣ってばかりだ。

そんな彼女を見るのが嫌だった。だから、頑張ろうと誓ったのに。あの約束を果たすために、もう一度彼女と向き合おうと思っていたのに。廉司自身は何も変われず、むしろどんどん明るい方へ行ってしまっていて、彼女をひとり、仄暗《ほのぐら》い場所に取り残してしまっている。

（俺が、変わらなきゃダメなのに……）

結局、その日は自己嫌悪に苛《さいな》まれたまま過ごした。

＊

問題は、脱衣所ラッキースケベ事件だけに留《とど》まらなかった。その翌日、愛華《あいか》や涼平とふざけながら教室に入った際である。涼平に身体《からだ》をどんと押された際に、何かを踏む感触とともに、足元でパリンと何かが割れる音がした。

「あっ……」

聞き慣れた幼馴染《おさななじみ》の悲しげな声が聞こえてきて、はっとしてそちらを向くと……祈織《いのり》が片手を廉司《れんじ》の足元に伸ばしたまま固まっていた。その整った眉を、きゅっと顰《ひそ》めている。

「えっ⁉」

慌てて足を上げると、そこには祈織のものと思《おぼ》しき丸い手鏡があった。落としてしまった拍子に運悪く廉司の足元に転がり、踏んでしまったのだ。しかも、その手鏡に描かれたキャラクターには見覚えがあった。血の気が一気に引いていく。

「ご、ごめん祈織！　俺の不注意でッ！　すぐに新しいのを——」

「いいよ、気にしなくて。そろそろ買い換えようと思ってたところだし」

祈織は昨夜と同じように言葉を遮り、諦めにも似た笑みを浮かべた。壊れてしまった手鏡を手に取って、自席へと戻っていく。涼平《りょうへい》と愛華《あいか》が気まずそうに顔を見合わせたのは言うまでもない。

「ま、まあ廉司もあんまり気にすんなって」

「そーそー。気にしないでって望月《もちづき》さんも言ってたじゃん？」

きっと、廉司が予想以上に落ち込んでしまっていたのだろう。涼平と愛華が慌てて慰めてくれたが、とてもではないがそんな言葉で立ち直れなかった。

（ああ、もう……！　何で昨日からこんなことばっか続くんだよ）

昨日のアンラッキースケベ事件に続いてこれだ。しかも、踏んでしまった手鏡に描かれたキャラは、昔彼女にプレゼントしたヘアゴムと同じ〝こむぎゅん〟だった。何だか、彼女との想《おも》い出まで踏みつぶしてしまった気分だ。

（気にしてないわけないよな……）

自席に座った祈織を覗《のぞ》き見《み》て、心の中でそう独り言《ご》ちた。彼女は今、机の下で壊れた手鏡を見つめている。その横顔は、どう見ても悲しげだった。

まさか、こむぎゅんの手鏡を使っているとは思ってもいなかった。それが余計に、廉司の頭に引っ掛かる。

偶然あのキャラを気に入っていただけなのかもしれない。だが、もしそうではなかったら？　何かしら意図があって、あのキャラクターものを使っていたら？　それを考えると、一気に気持ちが暗くなった。

結局、その日はずっと陰鬱な気持ちが振り払えなくて、廉司は学校帰りに大型ショッピングモールに寄った。もちろん、新しい手鏡を買うためだ。

（さて、と……雑貨屋なんて行ったことないな）

廉司はフロアマップを見ながら、雑貨屋らしき場所を探した。このモールは雑貨はもちろん、若者向けから大人向けのファッションまで網羅しているショップがたくさん入っていて、更には家電や食品なども手に入る。映画館やゲームセンターもあるので、休日に友達と遊ぶ際は大体ここだった。

（雑貨屋雑貨屋っと……あった。とりあえず行ってみるか）

雑貨、と書かれたショップを見つけたので、早速そこに向かった。全く同じ手鏡があるかどうかまではわからないが、こむぎゅんの手鏡ならあるかもしれない。それで我慢してもらおう。そう思って雑貨屋を巡り、手鏡を探すものの——なかなか見つからない。というか、雑貨屋は基本お洒落《しゃれ》な手鏡しか置いてなくて、所謂《いわゆる》キャラクターグッズが一切ないのだ。

（ん～……ああいうのってどこで売ってるんだ？　ちょっと時間掛かるけど、通販とかで探した方がいいかな）

そう思って何軒目かの雑貨屋を出た際に、「あれ、廉司《れんじ》じゃん」と後ろから声を掛けられた。振り向くと、桃色の瞳をした金髪ショートボブの少女が意外そうな顔をしていた。もちろん、クラスメイトの愛華《あいか》だ。ひとりで買い物に来たのか、周囲には誰もいない。

「珍しいな。ひとりか？」

「あたしだってひとりで買い物くらいするし。って言っても、今日は打ち合わせだったけどね」

「打ち合わせ？」

「うん。あそこのショップの新作でモデルすることになってて。今日はその打ち合わせ」

愛華は近くにあった女性向けのショップを指差した。夏の新作発表に向け、近日中に撮影を行う予定らしい。さすが、地域で有名なインフルエンサーだ。

彼女はフォロワーの多さを見込まれて、地域の店舗からよく撮影やＰＲ依頼を受けている。そうして依頼を受け過ぎてパンクしていたのが、昨年の文化祭シーズンだった。

「相変わらず忙しそうだな」

「これでも最近結構セーブしてるんだけどねー。去年、誰かさんに迷惑掛けちゃったし」

愛華は困ったように笑って、肩を竦《すく》めた。一応、去年の出来事で教訓は得ているらしい。

「それで、廉司は何してんの？」

「あー、うん。ちょっとあのまま帰るのもアレだし、代わりの手鏡渡そうかと思ってさ。でも、こむぎゅんのがなくてちょっと困ってる」

「こむぎゅん……？　あー、あれこむぎゅんの手鏡だったんだ！　てか望月《もちづき》さん、こむぎゅん好きなの？　意外過ぎてウケる！」

愛華は目を大きくしたかと思えば、可笑《おか》しそうに言った。

「意外？　何で？」

「こむぎゅんってサンリーキャラの中で結構マイナーじゃん？　なんかイメージ的にもっと王道なシルモンロールとか好きなのかなって勝手に思ってたし。それにしても、こむぎゅんかぁ。懐かしっ」

意外にもキャラクターグッズが好きなのか、すらすらと愛華《あいか》が語った。

何やら謎の専門用語が色々出てきたが、そこには触れないでおこう。聞いてもわかる気がしない。ただ、どうやら昔に廉司《れんじ》がチョイスしたキャラはかなりマイナーだったらしいということはわかった。

「ああいうキャラものはこういうお洒落《しやれ》な雑貨屋さんじゃなくて、バラエティショップにあるよ！　このモールにもあるし、一緒行く？」

愛華が上を指差して言った。どうやら、このモール内にそのバラエティショップというものがあるらしい。ファンシーグッズにも詳しそうだし、彼女に頼るのが良いのかもしれない。

「ああ、うん。頼むよ。俺全然そういうのわかんなくてさ」

「確かに、廉司って全然そういうの興味なさそー！」

愛華はあっけらかんと笑って言った。間違いない。全然興味がなさ過ぎて、こういうキャラクターグッズは大体皆同じに思えてしまう。でも、思い返してみれば、祈織《いのり》もファンシー系のものが昔から好きだった。今も、歯磨き粉だったりポーチだったりでファンシーグッズを使っているのを家でも見ている。

「さっきも言ったけど、こむぎゅんってもともとマイナーだし、もうないかもよ？」

バラエティショップに向かっている最中に、愛華が言った。曰《いわ》く、数年前くらいに一時的にこむぎゅんが流行《はや》った時期があって、その時期はちょくちょくグッズが出回っていたらしい。だが、ここ数年は殆《ほとん》ど見ないのだという。ちょうど廉司が夏祭りでヘアゴムを買った時くらいは、まだブームの前だったようだ。

「詳しいんだな。キャラもの好きなの？」

「特別好きってわけでもないんだけど、女子ってこういうの皆好きじゃん？　だから、話合わせてるうちに詳しくなってー、みたいな。バラエティショップもよく行くしね」

「バラエティショップが何なのかすらわかってないけどな、俺は。女子って皆結構そういうとこ行くもんなの？」

「行く行くー。なんか特に用事なくて集まった時も、とりあえず行くべ？　的な感じで行って時間潰せるし、誕プレとかもそこで選べば大体外れないし。神じゃん！」

愛華が高いテンションで言う。廉司が考えていた以上に、そのバラエティショップとやらの需要は女子高校生にはあるらしい。キャラクターグッズに関しても、特別好きというわけではないが友達とバラエティショップとやらに行っているうちに詳しくなった、という感覚のようだ。人付き合いが多い愛華らしかった。

程なくして、三階のバラエティショップに着いた。愛華によると、バラエティショップにもいくつか種類があって、コスメやアクセサリーなどのお洒落なものが多いショップから、ポップカルチャー商品が多いショップなど色々らしい。ここはその中でもファンシー系のグッズが多いらしく、もしかしたらあるのではないか、と言っていた。実際に店に入ってみれば、キャラものの雑貨が充実しているように思う。早速、ファンシー系キャラの日用品が並んでいる棚でこむぎゅんを探していると……

「あ、そこはサンマックスの棚だからこむぎゅんいないよ。サンリーキャラはあっち」

言って、愛華《あいか》は反対側の棚を指差した。専門用語が出てきてよくわからないが、どうやらここにはこむぎゅんはいないらしい。聞いてみたところ、どうやら制作会社が違うっぽい。彼女に同行してもらってよかった。一生見つけられる気がしない。

愛華とともにサンリーキャラが集まる棚を見ていくが、こむぎゅんらしきキャラのグッズは見当たらなかった。

「ん～、やっぱりこむぎゅんはないね。サンリーショップ行けばあるかもだけど、近くにないし。結構厳しめかも？」

曰《いわ》く、こういうお店は売れるキャラを多く集めるので、マイナーなキャラの仕入れはあまりされないらしい。数年前に一度ブームが去ったキャラとなると、尚更《なおさら》その傾向が強そうだ。愛華が続けた。

「どうせ代わりのやつ買ってあげるなら、もうちょっとお洒落《しゃれ》なものにしてあげたら？さすがにサンリーキャラの手鏡はこの歳《とし》になったらちょっと恥ずかしいし。あの子も買い換えるって言ってたじゃん？」

「やっぱその方がいいのかな……」

彼女の提案に、廉司《れんじ》は顎に手を当てて視線を落とした。

ただ、お洒落なものとなると、余計にセンスが問われる。祈織《いのり》の好むお洒落な雑貨を選べる自信は、正直なかった。となると、愛華に選んでもらった方が良いと思うのだが——と考え事をしながらサンリーキャラの手鏡を眺めていると、とあるキャラが目に止まった。

「あれ？」

中華系の可愛《かわい》らしい女の子をモチーフにした、琵琶《びわ》を持っているキャラクターだった。ふわふわ系というか、ゆめかわいい系というか、小学生の女の子が好みそうなデザイン。

何だかこのキャラには見覚えがあったのだ。

「やっぱそうだ。このキャラのグッズ、あいつ集めてた気がする」

手に取ってみて、確信する。このイラストのグッズを家の中で何度か見たことがあったのだ。というか、昨日も脱衣所で見た……気がするけど、その時のことについてはあまり思い出さないでおこう。

よく見るとこのキャラ、こむぎゅんと絵のタッチが似ている。デザイナーが同じなのかもしれない。

「むーしゃんって……やっぱ望月《もちづき》さんってマイナーなキャラ好きなんだねー」

のようだ。

愛華《あいか》が苦い笑みを漏らして言った。どうやらこの子は〝むーしゃん〟と呼ばれるキャラ

「人気ないのか？」

「うん。っていうか、知名度がまず低いって感じ。去年くらいに出たキャラなんだけど、

確か中国の夢香子《ムーシャンツー》人形をモチーフにしてるんじゃなかったかな？」

「夢香子《ムーシャンツー》人形……？」

その単語に、耳が反応する。その独特な響きに、覚えがあったのだ。

少し記憶を過去へと遡らせてみると、すぐに答えに行き当たった。

『夢香子《ムーシャンツー》人形って知ってる？』

幼い頃の幼馴染《おさななじみ》の声が、脳裏に蘇《よみがえ》った。いつだったか、幼い祈織《いのり》は突然そう切り出して、

得意げに自らの知識を語ってみせたのだ。確か、手のひらサイズの布製で、願いを叶《かな》える

という伝承がある人形だった。琵琶《びわ》を持っていることから、特に芸能方面に強い、とかそ

んな感じの言い伝えも付与されていた気がする。

「それって、てるてる坊主的なやつじゃなかったっけ？　月から来た女の子が願い事叶え

てくれる、みたいな」

「そうそう！　確かそんな感じだったと思う。ほら、ここに書いてあるし」

愛華は商品説明タグをこちらに見せて言った。そこにはむーしゃんの起源について簡単

に解説されていた。内容を見てみる限り、祈織が昔に話していた夢香子人形《ムーシャンツー》と同じものでに間違いない。

「てか、よく夢香子人形《ムーシャンツー》なんて知ってるね。これもめちゃくちゃマイナーじゃない？」

「昔、祈織から教えてもらったんだ。コンクールの優勝祈願にしたいって言っててさ。結局当時は作れなかったみたいなんだけど」

当時、ピアノのコンクールを間近に控えた祈織は、夢香子人形《ムーシャンツー》を家庭科の課題で作ろうとしていた。だが、怪我《けが》をして演奏に差し支えが出ることを懸念した両親の反対により、結局は簡単なものを作って提出することになったのだ。もっとも、そんな人形の力がなくても圧倒的な実力で最優秀賞を捥《も》ぎ取っていたのだけれど。

「コンクール、ね……」

愛華は表情を暗くして、意味ありげに呟《つぶや》いた。何だか、いつでも明るい彼女にしては珍しい反応だった。だが、それもほんの一瞬。すぐにいつもの明るい雰囲気を取り戻して、笑顔を見せていた。

「とりあえず、望月《もちづき》さんが昔からマイナー好きっていうのはよくわかったよ。で、結局それにするの？」

少しだけ。ほんの少しだけ、空元気を感じさせるテンション。もしかすると、コンクールに何かしら嫌な思い出があるのかもしれない。

「ああ。これにするよ」

「……そっか。いいのが見つかってよかったね」

廉司《れんじ》がむーしゃんの手鏡を手に取ると、愛華《あいか》はどこか寂しげな表情で、そう言ったのだった。

「ありがとな。ほんと、助かったよ」

手鏡を購入して店の外に出ると、改めて愛華に礼を言った。

大きさも形も、今日踏んでしまった手鏡と同じくらいのものが買えた。普段集めているキャラでもあるし、これなら祈織《いのり》も満足してくれるのではないだろうか。

「別にいいよー。だってほら、あたしら友達じゃん？　困った時は助け合い、的な？　恋人前提だし！」

「最後のは余計かな」

感謝の気持ちを一気に失いそうになった。こじつけにしても無理矢理《むりやり》が過ぎる。

「君さぁ、ちょっとは配慮ってものをしなさいよ。さすがのスーパーポジティブなあたしでも傷付く時あるからね？」

絶対に嘘《うそ》だ。傷付くことはあったとしても、少なくともこんなことくらいで傷付くような繊細さは持ち合わせていないように思う。

「ちなみに、傷付いたらどうなんの？」

「ん～……チューしてくれるまで臍《へそ》曲げ続ける、とか？」

愛華が顔を僅かに持ち上げて、唇を突き出してくる。ピンク色に艶めく唇、そして繊細で整った顔立ち。もちろんしっかりとメイクはされているけども、あくまでも元の顔立ちの良さを引き立てるようなものだ。リップクリームを塗っているであろうその唇は瑞々《みずみず》しくほんのりと光沢を放っていて、自然と視線を奪われ――そうになったところで、慌てて目を逸《そ》らした。

「……一生臍曲げててくれ。じゃあな」

「ちょっと、冗談に決まってんじゃん！　もう、ノリ悪いよ君！」

愛華は廉司の肩を掴《つか》んで、強引に振り向かせた。満面の笑みで、実に楽しそうだ。揶揄《からか》われているのはわかるのだけれど、冗談でも心臓に悪いことはやめてほしい。その唇が視界に入る度に、これからも意識を持っていかれそうになる。

「あたしもこのお店久しぶりに入って楽しかったたし、全然ＯＫ！　その代わり、今度別のお店も一緒行こ？」

「涼平《りょうへい》も誘っていいなら」

「いや、ガード堅過ぎだし！　女子かよッ！　っていうかそれだとあたしが肉食系みたいじゃん」

愛華がそこまで言った時、お互いにぷっと吹き出した。

なんだかんだ、愛華《あいか》と過ごすようになってからよく笑うようになった気がする。それはきっと、彼女がずっと笑っているからだろう。一言で言うと、眩《まぶ》しい。

(でも……あいつも昔、よくこんな笑顔をしてたはずなんだけどな)

ふと昔の祈織《いのり》の笑顔を思い出して、何とも言えない気持ちになる。

彼女の笑顔を取り戻したいと思っているのに、正反対のことばかりしている気がしてならなかった。


家に帰って居間に入ると、祈織が家族共用のノートPCを開いて、書類を見ながら作業をしていた。書類はおそらく、書道教室関係のものだろう。一見費用がかからないように見える書道教室であるが、墨汁や半紙など、消費物が意外に多いのだ。うちの両親はふたりともあまりPC操作が得意ではないのだが、発注の際には表計算ソフトやネットを使わなければならない時もある。母が祈織にその作業を任せているのか、時々彼女がこうして仕事を手伝っていた。

「あ、廉司《れんじ》くん。おかえり」

祈織が廉司に気付いて顔を上げた。

「ただいま。それ、教室の?」

「うん。おばさん、困ってたから」

祈織はいつもの弱々しい笑みを浮かべると、視線をＰＣへと戻した。まるで自分から申し出て手伝っているような言い方だが、きっと違う。母が祈織に任せて、彼女はおそらくただふたつ返事で引き受けただけだろう。

そんなの俺がやっておくよ――そう言いそうになったけど、ぐっと堪《こら》える。多分、祈織はそれを望んでいない。というか、露骨に彼女の味方をすると、母親がまた不機嫌に成りかねない。そうなった時、嫌な思いをするのは祈織だ。

「あのさ……これ、気に入るかどうかわかんないけど」

母親が近くにいないか確認してから、テーブルの上にそっと手のひらサイズの包みを差し出した。ギフト用の包装紙に手鏡を包んでもらったのだ。

「……？　私が開けていいの？」

祈織は手に取り、小首を傾《かし》げた。無言で頷《うなず》いてみせると、彼女は遠慮がちに包装紙を開いていく。

「あっ……」

中身を確認した時、彼女の唇から喜びが先走ったかのような声が漏れ出た。瞳がぱっと明るくなって、まるで花がひらく瞬間を捉えたかのように、口元もゆっくりと微笑の形を作っている。

「探したんだけど、こむぎゅんの手鏡は見つからなくてさ。このキャラ……むーしゃんだっけ？　最近集めてたっぽいから、代わりにどうかなって」

「……うん。最近、ちょっとハマってて。密《ひそ》かに集めてたの」

はにかんで、祈織《いのり》はむーしゃんの手鏡をそっと撫《な》でた。よかった。気に入ってくれたようだ。

「このキャラの元ネタってさ、昔祈織が教えてくれたやつだよな？　夢香子人形《ムーシャンツー》だっけ。中国の伝承のやつ」

遠慮がちにそう切り出してみると、彼女はやや驚いた様子で目を丸くした。

「……覚えててくれたんだ。結構昔の話なのに」

「そりゃあ、まあ。家庭科の授業の時、ふくれっ面で別のやつ作って提出してたのも覚えてるよ」

「うん。夢香子人形《ムーシャンツー》、ほんとはすっごく作りたかったんだもん。懐かしいなぁ」

祈織はくすっと笑って、優しい眼差《まなざ》しで手鏡を眺めている。昔に想《おも》いを馳《は》せているのか、少し懐かしそうだ。

そこで、ほんの少しの沈黙が居間を包んだ。かと思えば、躊躇《ためら》いながら、でも僅かな意思表示のように、彼女が小さな声で呟《つぶや》いた。

「あれ……まだ持ってる」

「え？　あれって？」

「あのヘアゴム。廉司《れんじ》くんに昔買ってもらったヘアゴム……まだ持ってるよ？」

さすがにもう使えないけどね、と祈織は自らの髪に結われたリボンにそっと触れた。

そうだ。中学に上がる前まで、彼女はずっと廉司が夏祭りの日に贈った、あのこむぎゅんのヘアゴムで髪を結っていた。いつしか目にしなくなっていたが、まさかまだ持っていたとは。嬉《うれ》しいと同時に恥ずかしさも込み上がってきて、色々むず痒《がゆ》い。

「そ、そっか。あれ、子供用だったもんな。えっと……その手鏡も子供っぽくて使えないとかだったら、遠慮しないで言って。代わりに祈織が欲しいの買いに行くし」

「ううん。これがいい」

祈織はやや食い気味でそう言い、嫣然《えんぜん》としてこう続けた。

「ありがとう、廉司くん。これ、大事にするね」

その笑顔を見て、あっ、と思った。この時の彼女の笑顔は、最近よく見ていた弱々しい笑みとも、何かを諦めてしまったような笑みとも違っていたのだ。

嬉しそうで、あどけなくて、優しくて。でも、そこには少し大人っぽさも加わっていて、胸がきゅっと締め付けられる。小学生の頃の彼女の笑顔とは明らかに異なるのだけれど、それでもどこか『祈織らしい』と無意識のうちに思ってしまうほど、可愛《かわい》らしい笑顔だった。

これだ、と思った。廉司が見たかったのは、祈織のこういう表情なのだ。

長年ようやく探していたものを見つけた気持ち。この日、祈織《いのり》との間にあった溝が、ほんの少しだけ埋まった気がした。

2

手鏡を贈ってから、祈織との間にあった蟠《わだかま》りが少し薄れた。特別な会話をしたわけではないけれど、空気が柔らかくなったのだ。まさかラッキースケベ事件や手鏡事件がこんな風に好転するとは思ってもいなかった。人生、何が起こるかわからないものである。

(それで言うと、愛華《あいか》には感謝しかないんだよなぁ)

これらの切っ掛けを探っていくと、愛華の登場が起因しているように思えた。実際に彼女がいなければむーしゃんの手鏡にも辿《たど》り着《つ》けなかった。心を乱されまくっているのであまり感謝はしたくないものの、この一件には感謝せざるを得ない。

当の愛華はというと、翌朝学校に着くなり「喜んでもらえた？　って、訊《き》かなくても顔に描いてあるね」と話し掛けてきてはひとりで笑っていた。顔に出していたつもりはないのだけれど、そんなに機嫌が良さそうに見えたのだろうか。だとしたら、ちょっと恥ずかしい。

兎角《とかく》、進展したことには変わりない。止まっていたふたりの時間が動き出したのを、確かに実感できた。そして、どうやら変化を齎《もたら》す事件というものは、連鎖するらしい。思いがけないことがその日に起こったのだ。

午後の授業怠《だる》いな、などと愛華や涼平《りようへい》と話していた五時間目終わりの休み時間、いきなり教室から聞き覚えのある音楽が大音量で流れた。誰かがイヤホンをＢｌｕｅｔｏｏｔｈを繋《つな》げないまま再生してしまったのだ。

音楽は慌てて消されたが——それは高校の教室で流れるにはあまりに違和感のある音楽だった。おそらく多くの人が『鼻から牛乳』を連想するであろうメロディー……バッハの『トッカータとフーガニ短調』。それもメタル風アレンジ。

それが流れた際に、廉司《れんじ》は背筋が凍りつくような気持ちになった。聞き間違えるはずがない。なぜなら、それは自身がアレンジした『トッカータとフーガニ短調』だったのだから。愛華がふざけて流したのかと思いたかったが、今彼女は廉司や涼平と一緒にいる。じゃあ誰だ——と思って音をした方角を見て、愕然《がくぜん》とした。

そこには驚いてスマートフォンを胸の前で握り締めて顔を真っ赤にしている、幼馴染《おさななじみ》の姿。教室で間違えて音楽を流してしまって恥ずかしがっている、という様子ではない。祈織は自身に集中するクラスメイトの視線には気にも留めず、おそるおそるこちらを見た。

そして、廉司と目が合うや否や、逃げるように廊下へと出て行ってしまった。

教室がざわついていた。多くの人にとって、それは所謂《いわゆる》暗いぼっちな女子が思いがけないものを聴いていた、という驚きからくるものだ。涼平《りようへい》も「あれって『鼻から牛乳』のやつだよな？　懐かしい～。祈織《いのり》ちゃん、あんなの聴くんだなぁ」などと呑気《のんき》に言っていた。だが、注目すべきところはそこではない。

「……あれって、この前上げてたやつだよね？」

愛華《あいか》が小声で廉司《れんじ》に訊《き》いた。

間違いなく、一昨日《おととい》にアップロードしたばかりの演奏動画の音源だ。弾いた本人だから聞き間違えるはずがない。トッカータの演奏動画はここ最近の動画で一番再生数が伸びていないので、Ｕｔｕｂｅのおすすめに載ることも考えにくい。それにもかかわらず、祈織は廉司のカバー曲を聴いていた。これが意味することとはすなわち——

（いつからだよ……？）

祈織は廉司の活動を知っていた。それは、彼女の反応を見ても明らかだ。それがわかった瞬間、廉司の動悸《どうき》も一気に速まって、顔が熱くなってくる。

届かないと思っていたものが、届いていた。それも、自分が全く知らないところで。

（聴いて、くれてたのか）

嬉《うれ》しいやら恥ずかしいやら興奮やら困惑やらで、心がぐっちゃぐちゃだ。もともと、ＵｔｕｂｅのカバＩ動画投稿は供養としての意味合いが強かった。祈織が昔好きだったバンドの楽曲を弾けるようになったものの、本人には聴かせられないからひっそりとＵｔｕｂ eにアップするだけ。それがチャンネルの起源だった。そんな中で、いつしかコメントのリクエストに応えているうちにバズってしまい、登録者数が二万人に至った。謂《い》わば、『祈織に聴いてほしい』がチャンネルの原点だったのである。

授業などそっちのけで、頭の中で色々なことを考えていた。結局、授業中はできるだけ彼女を意識しないようにするだけで終わってしまった。

そして、放課後である。家で祈織とどう接すればいいだろうかなどと考えながら帰り仕度をしていた時、もっと驚くべきことが起こった。祈織がこちらの席に近付いてきたかと思うと——

「ねえ、廉司くん。もし用事とかなかったら、一緒に帰らない……？」

おずおずと誘ってくる祈織の姿に、廉司の脳がショートしたのは言うまでもない。

ぽかんとする愛華と涼平を横目に、「お、おう」と短く返事するのが精一杯だった。そのままふたりで教室を出ると、後ろからはひそひそ声が聞こえてくる。祈織が自分から誰かに話し掛ける姿など、クラスメイトも初めて見たはずだ。それに、廉司と祈織はひとつ屋根の下で暮らしていることも周知。きっと、良からぬ想像を働かせる連中もいるだろう。

だが、それでも……祈織からこうしたアクションがあったことが、何よりも嬉しかった。

しかも、動画のことがあった上で、である。この先どんな会話を交わすのか、想像がつかなかった。

ふたりで下駄箱《げたばこ》まで行き、靴を履き替えて下校する。その間、会話はなかった。気まずい状態で、いつもの通学路を歩くだけだ。

ひとりで帰ったり、ここ最近は愛華《あいか》や涼平《りょうへい》と一緒に歩いたりすることが多かった通学路。同じ屋根の下で暮らす幼馴染《おさななじみ》と一緒に歩いたのは、もちろん初めてだった。

(まさか、祈織《いのり》とここを歩けるなんてな)

肩を並べて歩く祈織を盗み見て、ふと思う。ひとりで帰った時なんかに、たまにこうした妄想をしていたことならあった。でも、それはほぼほぼ夢のようなものだとも思っていて、どこかで諦めていた。どうやって止めてしまった時間を動かせば良いのか、わからなかったからだ。

さすがに何か話した方が良いと思って、とりあえず動画のことから訊《き》いてみようと思った矢先。祈織が沈黙を破った。

「……あの手鏡、黒瀬《くろせ》さんと一緒に買いに行ったの？」

予期していなかった質問に、廉司《れんじ》は「え？」と祈織を見た。どうして愛華が出てくるのだろう？　祈織は神妙な面持ちで正面を見据えており、その横顔からは真意が掴《つか》めそうにない。

「いや、雑貨屋巡って探し回ってたら偶然モールで会っただけかな。そういうグッズ、どこに売ってるかわかんなかったから困っててさ。そんで、ショップまで連れて行ってもらったって感じ」

「そうなんだ」

　正直に説明すると、祈織はどこか安堵《あんど》したような、柔らかい笑みを浮かべた。

「廉司くん、こういうの興味ないって思ってたから、よく見つけたなって思って。むーしゃんってマイナーだし」

「まあ、うん……正直、愛華がいなかったら絶対に見つけられなかったと思う。バラエティショップなんて入ったことなかったし」

「そっか。そうだよね」とどこか納得した様子で頷《うなず》いたかと思えば、彼女は不安そうに続けた。

「もしかして……あの手鏡も黒瀬さんが選んだ、とか？」

「何でそうなるんだよ」

「違うの？」

「違うっての。むしろ『どうせ買うならもっとお洒落《しやれ》なの買ってあげれば』って止められたよ。でも……祈織がそのキャラのグッズ集めてるの知ってたから、こっちの方が喜んでくれるかなって思ってさ」

　予想もしていなかった質問だった。そんなことを気にしていたのか。

「それがどうかしたか？」

「う、ううん！　何でもない、何でもないよ」

祈織《いのり》は両手と首をぶんぶん振って、慌てて否定していた。ただ、どことなく嬉《うれ》しそうに見えなくもない顔をしている。今の問いにどんな意味があったのだろうか。

また暫《しばら》く気まずくなるのかなと思いきや、彼女はおそるおそるといった様子で別の質問をしてきた。

「えっと……髪、なんだけどね」

「髪？」

「うん。髪、短くした方がいいかな……？」

自らのロングヘアの一部をいじりながら、どことなく緊張した面持ちの祈織。

些《いささ》か不自然な質問の繋《つな》ぎ方だった。先程の愛華《あいか》が手鏡を選んだ云々《うんぬん》と何か関係があるのだろうか？　意図もわからないし、とりあえず正直に意見を言っておいた方が良さそうだ。

「いや、俺は長い方が好きだけど……え、ってか切るの？」

「ううん。あんまり切りたくないなって思ってたから、ちょっと安心しちゃった」

「……そう、なのか？」

せっかく綺麗《きれい》な髪なのだから切るのは勿体《もったい》ないと思っただけなのだけれど、切りたくないならどうしてそんな質問をしたのだろう？　何だか、先程から祈織の発言や行動がよくわからなかった。

しかし、彼女の不可解な挙動はそれに留《とど》まらない。何かを決意したように表情を引き締めたかと思うと、今度は突然サイドの髪を解《ほど》いて、すっきりとしたポニーテールに結い直した。

「私だって……このくらい、できるから」

まるで自分に言い聞かせるようにしてそう呟《つぶや》いたかと思うと、祈織は突然スカートを短くし始めた。さらに、胸元のリボンを外してシャツを第二ボタンまで開け、今度はブレザーを脱いで袖を腰のところで巻いて括《くく》る。なんだか、ギャルっぽい装いになってしまった。

（はい!?　なになに!?　意味がわかんないんだけど!?）

突然ギャル化し始める幼馴染《おさななじみ》を前に、廉司《れんじ》は混乱するしかなかった。

ただ、顔を林檎《りんご》みたいに赤くして、空いた胸元を手で隠したいのを必死で我慢しているところを見ると、彼女が無理をしているのは明らかだ。本当に何がしたいのだろうか。

「──って、バカ！　何やってんだお前！」

周囲に生徒がいることを思い出し、廉司は慌てて自分のブレザーを彼女に掛けてその胸元を隠した。廉司自身がそれを見てしまうと一昨日《おととい》の脱衣所の一件を思い出しそうになってしまうのもあったが、何より他の誰かに彼女の肌を見せたくなかった。

「意味わかんねーよ……キャラじゃないことすんなっつーの」

ぼやいて、祈織から視線を逸《そ》らす。ギャルっぽい装いの彼女も新鮮で、可愛《かわい》いことには違いなかった。でも、やっぱり見慣れていないし、何より似合っていない。

「私もギャルになった方がいいのかなって……」

「はぁ？　何でそうなるんだよ」

どこか拗《す》ねた様子でそう言う祈織《いのり》に、廉司《れんじ》はさらに困惑する。

何がどうなってそういう結論になったのだろうか。お願いだからもうちょっと説明してほしい。

（こいつって、こんな奴《やつ》だったっけ？）

中学に上がってからの祈織をあまり知らないので、彼女の思考パターンが読めない。ただ、こうして拗ねている彼女には見覚えがあった。何だか、小学生の頃はこんな感じでよくふくれっ面になっていたように思う。

どうしたもんかな、と頭を悩ませていると、唐突にくすっと隣から笑みが漏れた。そちらを見てみると、何だか可笑《おか》しくて堪《たま》らないといった様子で彼女が笑いを堪《こら》えている。

「……祈織？」

「ううん、ごめん。なんか私、バカみたいだなって」

そう言って、祈織は楽しそうな笑顔を向けた。その目尻には僅かに水滴が溜《た》まっていたけれど、お構いなしにくっくと笑っている。

「いや、ほんと意味わかんねーからな？　何だよ、ギャルになった方がいいって」

そんな祈織を見ているうちに、気付けば廉司も一緒に笑っていた。彼女の今日一日の挙動がおかしかったので、面白かったというのもある。だが、それ以上の安堵感《あんどかん》がこみ上げてきたのだ。

先程彼女がこちらに向けた笑顔には、昔の面影があった。廉司の冗談で楽しそうにしていた、小学生の頃の幼馴染《おさななじみ》。そんなものが一瞬垣間《かいま》見《み》えて、思わず安心してしまったのである。

こんな風に祈織と笑い合ったのはいつ以来だろうか？　それこそ四〜五年ぶりの出来事だ。当時の気持ちを思い出すと懐かしい気持ちにもなってきて、懐かしさ以上に心地良さがあった。

（そっか……祈織とこうしてるのが、きっと昔の俺は好きだったんだな）

一度失ってからでないと大切さがわからないというが、今廉司はその言葉を深く実感していた。当たり前にあった祈織との日常がどれ程かけがえのないものだったのか、改めて思い知らされた気がする。

「ギター、上手になったんだね」

お互いに少し落ち着いた頃合いで、祈織が言った。これが本題、というところだろうか。ちなみに、ギャルモードは既に終わりなようで、髪や制服もすぐに戻していた。

「いつから知ってた？」

「うーん……結構前かな？　たまたま廉司《れんじ》くんのスマホの中が見えちゃって。覗《のぞ》くつもりはなかったんだけどね」

祈織《いのり》曰《いわ》く、廉司がＵｔｕｂｅの管理画面を見ていたところを偶然見てしまったらしく、そこからアカウントを特定したようだ。

「……滅鬼刀桜《メッキ》の『紅蓮桜花《ぐれんおうか》』をリクエストしたのも、実は私だったりして」

「え、マジで⁉」

予想もしていなかった告白に、思わず間抜けな声を上げてしまった。

待て。待ってくれ。気持ちが全然追い付かない。『紅蓮桜花』をリクエストしてくれた人には身に覚えがある。いや、覚えが有り過ぎた。

「うん。ほら」

困惑する廉司をよそに、彼女は自らのスマートフォンをこちらに向けた。

ディスプレイには、廉司の動画へのコメント履歴とともに、案の定見覚えのあるユーザー名が表示されていた。動画投稿初期からあたたかいコメントをくれていて、廉司にバズる切っ掛けをくれたリスナー……アイちゃんだ。

アイちゃんとは、祈織のイニシャルの『Ｉ』から取った名前だったのである。まさか、あの〝アイちゃん〟がこんな身近にいたとは思わなかった。驚きやら嬉《うれ》しいやら恥ずかしいやらで、どんな顔をすればいいのかわからない。恩人とも言うべきリスナーが同じ屋根の下にいただなんて、誰が想像できただろうか。

「内緒にしててごめんね？　でも、リクエスト聞いてくれたの、嬉しかった。ありがとう」

「いや、あの動画で跳ねたから、御礼を言うのはむしろこっちなんだけど……つか、知ってたならもっと早く言ってくれたらよかったのに」

「言えないよー。知られたくないのかなって思ってたし。でも……ずっと応援してた。廉司くんの演奏聴くと、元気出てくるから」

　今日はやらかしちゃったけどね、と祈織は困り顔で笑った。

　楽曲が楽曲だっただけに彼女も恥ずかしかっただろうが、そのやらかしには心から感謝したい。それがなかったら、彼女が動画を見てくれていたのにも気付けなかっただろう。何より、一番届けたいと思っていた人に届いていたのが嬉しかった。ちょっと恥ずかしいけど、それはそれ、だ。

「元気付けられるっていうとさ……昔、俺も祈織のピアノに元気付けられてたよ。つか、俺がギター始めたのだって、お前に置いていかれたくなかったからだし」

　恥ずかしさついでに、廉司もひとつ告白した。後で後悔するかもしれないけど、今言わなかったら一生言わなそうだと思ったからだ。祈織も予想していなかったのか、「えっ……？」と驚いてこちらを見上げている。

「祈織はもう、ピアノ弾かないの？」

意を決して、ずっと引っ掛かっていたことを訊《き》いてみた。

祈織《いのり》は昨年、唐突にピアノを辞めた。両親の一件もあるかもしれないが、軒並みコンクールで賞を取れるくらいの逸材なのだから、辞めるのは勿体《もったい》ないと思うのだ。しかし——

「……もう、弾かないかな」

それが、彼女の答えだった。その声音は先程までとは打って変わって、寂しげだ。

「あ、ごめん。私、おばさんに買い物頼まれてるから、先に帰ってて」

スーパーが見えてきたところで彼女はそう言い、逃げるように店内へと入ってしまった。

これまでの会話が嘘《うそ》みたいな、事務的なやり取り。そこには明確な拒絶の意思さえ感じられた。

（……ピアノのこと、触れちゃまずかったのかな）

結局家に帰ってからも、祈織と話すことはなかった。

＊

ピアノについて訊いてしまったが故に、せっかく進み始めた祈織との時間がまた止まってしまうのではないだろうか——？　そんな懸念を抱いていたが、その翌日にそれが杞憂《きゆう》であったことを知らされる。というか、予想もしていなかったことが、昨日に引き続き生じたのだ。

朝食を済ませ、祈織が出発した五分後に廉司《れんじ》も家を出る。ここまではいつも通りだった。しかし、角を曲がったところで、いつもと異なる光景が目に入ってきて——思わず息を呑《の》んだ。なんと、祈織が待っていたのである。

彼女は廉司に気付くと「あっ」と声を漏らした。その瞳は不安で霞《かす》み、上目遣いでこちらを探るように見上げている。廉司は動揺を何とか隠しつつ、彼女に尋ねた。

「……どうした？　忘れ物でもしたとか？」

「ううん……そうじゃなくて。学校、一緒に行きたいなって」

昨日に引き続き、予想外の提案がなされた。

もちろん、断る理由はない。向かう場所は同じだし、昨日はやらかしたかもしれないと思っていたので、祈織の方から誘ってくれるのは有り難かった。

「そりゃ、全然構わないけど」

「ほんと？　やったっ」

緊張からの解放と安堵《あんど》で、無邪気に笑う祈織。そんな様子を見ていると、記憶の中の小さな彼女がふと脳裏に蘇《よみがえ》る。

（……そういえば、祈織から誘ってくる時って昔もこんな感じだったたっけ）

不安げに誘ってきて、承諾すると顔を嬉《うれ》しそうに綻ばせる——そんな小学生の頃の無邪気な祈織《いのり》を思い出して、思わず頬《ほお》が緩んでしまった。

しかし、昨日に続いてその真意は相変わらず読めない。昔は彼女のことなんて何でもわかっていた気になっていたのだけれど、数年殆《ほとん》ど話さなかっただけで、さっぱりその思考も読み取れなくなってしまっていた。

そうして、昨日に引き続いてふたり肩を並べて通学路を歩く。お互いに昨日の気まずい空気を引きずりたくなかったのか、会話は当たり障りのないものだった。最近どんな音楽聴いてるの、とか、何にハマってんの、とか、どんな動画見てんの、とか……そんなどうでもいい話。でも、話していない期間があったからこそ、それらの会話は有用だった。

「あのライバーの動画、祈織も見てたんだ？」

「うん。この前のカボチャゲームの配信、面白かったよね」

「ブチ切れてたかと思えばいきなりダウナー入って自己嫌悪入り始めたもんな。何かキメてんのかと思ったよ」

「もう。怒られるよ？」

そんなことを話しながら、互いに笑い合う。

共通のＶｔｕｂｅｒの話で盛り上がることもあれば、全く知らない歌い手を聴いていて、そんなものに興味を示していたのか、と驚かされる場面もあった。

話を聞く度に、十か月近く同じ屋根の下で暮らしているのに彼女について何も知らなかったのだな、と思わされる。まだ若干の気まずさはあるものの、会話のテンポ感などは昔と変わっていなくて、それにはほっとした。やっぱり、祈織と話すのは何となく落ち着く。変に構えることもなく、自分が自然体でいられる気がするのだ。

そんな普段と少し異なる通学路。学校へと向かう途中にある小さな橋へと差し掛かった際に、彼女は唐突に立ち止まって、川下を見やった。視線は遠く、山の向こうを見ている。

「……海、行きたいな」

そして、遠くを見たまま、そうぽそりと呟《つぶや》いた。それは廉司《れんじ》に言っているようにも、独り言のようにも受け取れる言葉だった。

普通ならば、ただ海に想《おも》いを馳《は》せているのだろうなと思うだけだ。だが、彼女がこの夕イミングでこういった独り言を言ったことには意味があるように思う。

昔から、彼女はたまに遠回しな自己主張をする時があった。自信がなくて、他人に遠慮ばかりしているが故に、自分の意見や本当にしたいことなどをちゃんと言葉にできない。でも、こうして廉司に何か汲《く》み取《と》ってほしい時は、ちょっとした意思をほのめかすのだ。

幼馴染《おさななじみ》だからこそわかる関係性。たまに汲み取り切れない時もあるのだけれど、今回の意図は明確だ。彼女が求めている言葉は――

「じゃあ、今から行くか」

「え……？」

廉司《れんじ》の唐突な提案に、祈織《いのり》は驚いてこちらを振り返った。

「海、見に行きたいんだろ？　どうせ学校サボって海行くなら、どっか遠出しようぜ」

廉司がそう言った時、彼女の顔に喜色が広がったのは言うまでもなかった。

それからは行先を学校から駅へと変えて、伊佐早急行《いさはや》（通称：伊佐急）に乗って下田《しもだ》を目指した。伊佐急は伊佐早駅から伊佐早下田まで繋《つな》がっていて、一時間で伊豆《いず》半島の東岸を縦断できる。

海を見るだけなら伊佐早にあるオレンジビーチでも十分なのだけれど、いつも見ている相模湾《さがみ》ではちょっと特別感がない。学校をサボってまで海を見に行くなら、この際太平洋を見に行ってしまえ、という大胆な発想である。もちろん、祈織も賛成してくれた。何だか小学生の頃にふたりで悪戯《いたずら》をしていた時みたいで、ちょっと懐かしい。

また、その場所を選んだ意図もちゃんとある。正確には、太平洋を拝める〝海音橋《かいおんばし》〟に行きたかったのだ。

廉司達が小学三年生くらいの頃、月城《つきしろ》家と望月《もちづき》家で伊佐早下田にある海水浴場に行ったことがあった。遊び疲れた帰り、海水浴場から駐車場に向かった際に海音橋を通ったのだが、そこから見た夕陽《ゆうひ》がとても綺麗《きれい》だったのだ。祈織が橋の上から『海に行きたい』と言った時、ふとその記憶がリンクした。もしかすると、祈織もそうだったのかもしれない。

「叱られる、かな……？」

　電車の中で、祈織はやっぱり不安そうにしていた。自分から言い出したくせに——具体的にサボりを提案したのは廉司の方だが——と思うが、彼女が学校をサボるのはもちろん初めてだ。サボりに同意したものの、悪いことをしている、という罪悪感でいっぱいらしい。

「祈織は大丈夫だろ。俺は何回かやってるし、叱られるかもだけど」

「知ってる。いないな～って思ってたもん」

「バレてたか。前にバンドのサポートしてた時、どうしても昼間じゃないとスタジオ入れないって言われてさ。それで、仕方なく」

　バイトのために学校をサボっている、みたいな感覚で本末転倒な気がするのだが、音楽をやっているとこういう時もある。平日学校終わりに直《じか》でライブハウスまで行って、ライブのサポートをしたこともあった。

「廉司くん、不良さんだ。バンドで学校サボってたっておばさんが知ったら、きっと卒倒しちゃうよ」

「わかってる。だからそこのライブサポートは一回だけにしてもらったよ」

　そんな会話をしていると、電車がトンネルを抜け、車窓に相模湾が広がった。祈織は子供みたいに小さく声を漏らしていて、その青み掛かった瞳を輝かせていた。

　こんなに楽しそうな祈織を見たのは、同じ屋根の下で暮らしてから、初めてだった。

伊豆《いず》半島の端にひっそりと佇《たたず》む伊佐早下田《いさはやしもだ》駅は、伊佐急線の終点としての静けさと賑《にぎ》わいを併せ持つ。駅から出ると、時を超えたノスタルジックな風情を漂わせる時計台がふたりを出迎えた。駅を出てすぐのところには、歴史を象徴する黒船の模型。あの有名なペリーが訪れたとのことで、近くにはペリーロードというものがある。一方、駅前のお土産屋さん通りは、小さな町の親しみやすさと昭和の時代を彷彿《ほうふつ》とさせる風合いを今に残していた。店巡りをしたいなと思いつつも、平日の午前中ということもあってか、開いている店は少なかった。

「海音橋《かいおんばし》って駅からどうやって行くんだっけ？」

「さあ……？　でも、この通りを進んでいけばいいんじゃないかな。ほら、標識もあるし」

「お、ほんとだ。祈織《いのり》、ナイス」

標識に従って、駅前の通りを進んでいく。下田に来たのはおそらく小学生の頃の海水浴以来だし、その時は親の車だった。駅からの道順などさっぱりわからないが、そんな未知の場所を祈織とふたりで歩いていると思うと、何だか本当に昔に戻った気持ちになる。子供の頃は、祈織を連れ回して色々な場所を探検したものだ。大体いつも門限を過ぎてしまい、廉司《れんじ》は両方の親から叱られる羽目になったのだけれど。

駅から歩くこと一〇分、目的の橋が見えてきた。橋の向こうには、雄大な太平洋が広がっている。波の音と潮の香りは相模《さがみ》湾と大差ないはずなのに、太平洋と思うだけでどこか悠然とした雰囲気を感じてしまった。

「わ、ぁ……」

祈織は海音橋を前にして、感嘆の声を漏らした。初めて見た景色というわけでもないのに、まるで宝物でも見つけたかのように瞳をキラキラと輝かせている。

「こんなに大きかったんだね……」

「歩行者専用の橋としては国内最大級なんだってさ」

橋の案内板によると、海音橋は二五〇メートルにわたる美しいガラスとステンレス鋼製の歩行者専用橋だそうだ。中央の展望台からは海が望めて、カップルに人気のデートスポットになっている。橋の名前も、恋人達の誓いの言葉が海へと響くという意味で名付けられたらしい。

「懐かしいな。こっから見た夕陽《ゆうひ》がすげー綺麗《きれい》だったのは何となく覚えてる」

「うん、私も覚えてるよ。あの頃は……楽しかったね」

そう呟《つぶや》いて祈織は、懐かしそうに目を細めた。ただ、その横顔はどこか寂しそうで、悲しげで。見ているだけで、胸がきゅっと締め付けられる。

彼女の〝今〟が決して楽しいものではないことを、廉司は誰よりも知っている。だからこそ安易な慰めや同意の言葉はより彼女を傷付けてしまうこともわかっていて、気の利いた言葉を掛けてやれない。そんな自分が憎たらしくて、廉司《れんじ》は視線を太平洋へと逃し、橋を歩き始めた。

橋の中央の展望台に差し掛かったところで、ふと足を止めて海を眺め見る。青く澄み渡る空の下、太陽はすでにその熱を感じさせるほどに昇っていて、海からの爽やかな風が頬《ほお》を優しく撫《な》でた。

祈織《いおり》も廉司の隣で足を止め、太平洋をぼんやりと眺めていた。その瞳は、海面に映る陽光を捉え、夢見心地に浸るかのように細められている。

少し強めの海風が吹き付け、祈織の長く美しい黒髪とスカートをふわりと揺らした。彼女がスカートと髪を手で押さえるさりげない動作が、無意識に目を引く。はっとして、彼女から目を逸《そ》らした。

「えっと……昔行った海水浴場って、ここ渡ってちょっと行ったとこだったっけ。ついでだし、行ってみるか」

「あっ、待って。その前に、ちょっと渡したいものがあって」

祈織は廉司を呼び留めると、スクールバッグの中から手のひら大の包みを取り出した。

「今更って思うかもしれないけど……これ、誕生日プレゼント」

「え？　プレゼントって、俺に？」

驚いて尋ねると、彼女は気まずさと恥ずかしさが入り混じったような表情で、小さく頷《うなず》いた。廉司の誕生日は十月二十八日。まさか半年遅れで祝われるとは思ってもいなかった。それに、その頃と言えば、同居を始めて気まずさMAXだった時だ。あの時期の祈織がそんなことを考えていたとは、想像もしていなかった。

「ほんとは誕生日に渡したかったんだけど、タイミングなくて。半年も遅れてごめん」

「お、おう……ありがとう」

彼女から包みを受け取り、手元に視線を落とす。プレゼントは包装紙に包まれ、可愛《かわい》らしくラッピングされていた。こんなにもプレゼントらしいプレゼントをもらったのは随分と久しぶりだ。

「開けていいか？」

「……うん。もしかしたら、あんまり嬉《うれ》しくないかもだけど」

自信がないのか、祈織は視線を彷徨《さまよ》わせ、手元をそわそわと弄《いじ》っていた。彼女のそんな様子など気にも止めず、廉司はラッピングが破れてしまわないようにそっとシールを剥《は》がし、包装紙を開いていく。すると――

「あっ……！」

包みの中から、手のひらサイズの小さな人形が出てきた。羊毛フェルトで、ぱっちりお目々の可愛らしい人形だ。中国風の衣装を着ていて、手に小さな中国琵琶《びわ》を持っている。

「これって、まさか夢香子人形《ムーシャンツー》!?」

一昨日《おととい》彼女に送った手鏡に描かれたキャラクター〝むーしゃん〟の元となった中国の願いを叶《かな》える人形。こんなマイナーな人形が市販で売っているわけがない。どう見ても手作りだ。

「ピアノやってた頃はお母さんに反対されて作れなかったから。本当はもっと早くに渡したかったんだけどね」

祈織《いのり》は眉をハの字にして、困ったように笑った。

「もしかして、あの時も俺のために作ろうとしてたの？　コンクールのためじゃなくて？」

「うん。だって、コンクールは私が頑張ればいいだけの話だもん。それよりも、廉司《れんじ》くんが音楽始めるって言ってたのが嬉《うれ》しくて……応援したかったから」

その言葉に、胸がぐっと熱くなった。そういえば、祈織が家庭科の授業で夢香子《ムーシャンツー》人形を作りたいと言ったのは『ギターくらい俺だって弾けるし曲も作る』宣言をした直後だ。まさか、当時からそんな風に思ってくれていたとは想像もしていなかった。

「何で、今になってこれを？」

「一年前くらいかな。廉司くんの動画見つけて、今もギター頑張ってるの知ってたから。誕生日に渡せたらいいなって思って作ってみたんだけど……でも、いきなりこんなの渡されても困るよね。もし要らなかったら――」

「そんなわけないだろ。困らないし、要る」

廉司《れんじ》は反射的にそう答えていた。勝手に距離を置いたのは、こっちなのに。辛《つら》い思いをずっとしているのは、祈織《いのり》の方なのに。それにもかかわらず、彼女はずっと廉司を応援してくれていた。その事実に、何だか泣きそうになってしまう。

(……俺、何やってたんだろうな)

もっとちゃんと祈織と向き合わなければならなかったのに。自分が傷付くのが嫌で、ずっと遠くから彼女を見ているだけで。今回だって、祈織から歩み寄ってきてくれたから進んだだけだ。もっと、しっかりしないといけない。廉司のために生み出された、この夢香子《ムーシャンツー》人形のためにも。

「お願い事、何にするの?」

祈織は夢香子《ムーシャンツー》人形の頭を撫《な》でつつ、嫣然《えんぜん》として訊《き》いた。

そうだった。夢香子《ムーシャンツー》人形はもともと願いを叶《かな》えるための人形で、願いを叶えてもらったらご褒美をあげて月に帰してあげる、というものだ。月に帰すのは現実では無理なので、川や海に流して供養するらしい。このあたりは少しだけてるてる坊主と似ている気がする。童謡のてるてる坊主は、願い事が叶ったらお酒を供えて川へ流して供養するのが習わしだ。童謡ではお酒だけではなく金の鈴もつけてやるそうだが、褒美を与えて供養するというスタイルには殆《ほとん》ど変わりない。てるてる坊主も元は中国から来たものなので、もしかすると源流は夢香子《ムーシャンツー》人形と同じなのかもしれない。

「願い事かぁ。何にするかな」

夢香子人形《ムーシャンツー》の愛らしい大きな目を覗《のぞ》き込《こ》み、廉司は首を傾《かし》げた。

音楽の願い事、といきなり言われてもぱっと浮かんでこない。今の時点でも弾いてみた動画ではそこそこ成功しているし、特にプロになりたいわけでもない。親の反対というのが目に見えているからこそ自分で自分の未来をセーブしている、という可能性ももちろんあるのだけれど、今すぐプロになって売れてやる、といった野望がないのも事実だった。

（祈織に関する願い事なら……たくさんあるんだけどな）

そこで、はたと思い出す。願い事ではないけれど、叶えたい約束なら昔にいくつもあるのではないだろうか。

あの約束以外にも、廉司と祈織の間にはいくつかの口約束がある。そのうちのひとつが、ギターが弾けるようになった暁には彼女のために曲を作る、というものだった。

「そういえば昔、約束しなかったたっけ。ほら、えっと……俺が曲作ったら、祈織が弾いてくれるってやつ」

勇気を出して切り出してみると、祈織は小さく「あっ……」と声を漏らし、微《かす》かに頷《うなず》いた。よかった。彼女もあの口約束を覚えてくれていたみたいだ。

「このプレゼントのお返しってわけじゃないけどさ。俺、作ってみるよ。カバーとかじゃなくて、ちゃんと祈織のこと考えて、曲作ってみる。それが……今の俺の願い事、かな」

自らの決意を確固としたものにするため、廉司《れんじ》はしっかりとその願い事を口にした。

これまでも楽曲制作については密《ひそ》かに進めていた。でも、それはただ心の拠り所《よどころ》として取り組んでいただけで、本気で完成させようとは思っていなかったのだと思う。現に、どの曲も途中で頓挫し、未完のまま終わっていた。作曲した気になっていただけだ。

　でも、今回は違う。ここで約束したなら、絶対に完成させなければならない。縋《すが》るためでもなく、再生数や登録者のためでもない、幼い頃にした約束を果たすための創作。もし完成させられたなら、それは廉司にとって、どれだけバズる動画よりも価値があるものだ。

「うん……楽しみにしてるね」

祈織《いのり》は嬉《うれ》しそうな笑みを浮かべて、言った。その笑顔に胸がどきっとして、一気に顔が熱くなる。

恥ずかしさを誤魔化《ごまか》すように、廉司は思わず話題を変えた。

「あ、そ、そうだ！　約束って言えば、あれ覚えてる？」

「あれ？」

「ほら、小学四年生くらいの時だっけ。一緒に夏祭り行った時のこと。会場ではぐれて、探すのすっごい苦労してさ。お前、そしたら竹の散策路でひとりで泣いてて」

「え……？」

祈織は目を大きくしたかと思うと、何かに耐えるようにきゅっと眉を顰《ひそ》めて、視線を海へと逃がした。

「そんなこと、あったっけ。もう覚えてないよ」

「え、あっ……そ、そっか。まあ、昔のことだもんな」

「うん、ごめんね。私、記憶力悪いから」

　そう言った彼女はとても悲しげで。さっきまで楽しそうだったのに、これまでの空気が嘘《うそ》のように元通りになってしまっていて。距離が縮まりそうになったと思ったら、また何か壁みたいなものができてしまう。

　廉司の持ち出す話題がダメなのか、或《ある》いは彼女が一定以上距離を縮めないようにしているのか。もし後者であるならば、どうして一緒に登下校をしようとしたり、学校をサボろうとしたりするのだろうか。やっぱり、彼女の真意はわからなかった。

（……覚えてないのか）

　正直、これは結構ショックだった。廉司にとってはあの夏祭りの夜は大きな分かれ道で、祈織への恋心を自覚した日でもある。絶対に守ってあげたい、と思った日だった。

　人形のことなど結構細かいやり取りは覚えているのに、あの夏の思い出については覚えていないという。それだけ彼女にとっては、どうでも良いイベントだったのだろうか。

　しかし、そこで何かが引っ掛かり、先日の会話が記憶に浮かび上がる。

『あれ……まだ持ってる』

そう。祈織《いのり》は以前、廉司《れんじ》に買ってもらったヘアゴムをまだ持っていると言っていた。あの日以外に、ヘアゴムを贈った記憶はない。渡された物はまだ持っているのに、その前後のやり取りは忘れてしまったというのだろうか。何だかそれもおかしい気がする。

(いや……もう考えない方がいいか。こうやって話せるようになって、一緒に学校サボって、活動も応援してくれてて……それがわかっただけでも十分な進歩だろ)

なるべくマイナスに考えないように、と自分に言い聞かせていたところで、ポケットの中のスマートフォンがぶるぶるっと震えた。

ディスプレイを見て、「うげっ」と声を上げる。父親からの着信だったのだ。おそるおそる電話に出てみると、電話口から父の呆《あき》れた声が聞こえてきた。

『廉司、お前どこにいるんだ?』

この声音と第一声だけで、サボりがバレてしまっているのは想像に容易《たやす》い。ここは素直に認めてしまった方が良いだろう。彼は母親よりも話がわかる。

「あー、えっと。絶賛サボり中、的な感じ」

『祈織も一緒か?』

「……うん。まあ」

隣にいる祈織をちらりと見つつ、曖昧に濁す。電話の向こう側で、父親が大きな溜《た》め息を吐《つ》いた。

『サボるなとは言わんが、学校に連絡は入れろ。さっき、担任の先生から電話が掛かってきたぞ。偶然私が電話に出たから良かったものの、静香《しずか》が出ていたらどうなってたことか』

「……あっ」

しまった。祈織と一緒にサボる、というイベントに舞い上がり過ぎて、学校への連絡をすっかり忘れていた。何たる失態だ。

『詳しくは聞かんが、午後からでも出席するようにしておけ。担任の先生には、私から適当に言っておこう』

「悪い、助かるよ」

廉司は項垂《うなだ》れて、父親に詫《わ》びると同時に感謝した。

自分ひとりがサボっていたなら母親にバレても小言を言われるくらいで済む。だが、祈織も一緒に、となるとそうはならない。間違いなくヒステリックを起こすのは、目に見えている。彼もそれがわかっているからこそ、こうして釘《くぎ》を刺してきたのだ。

「もしかして……サボったの、バレちゃった？」

電話を切ったところで、祈織が気まずそうに訊《き》いてきた。サボりに慣れていないから、余計に焦っているようだ。顔中から不安が滲《にじ》み出ている。

「学校に連絡入れるの忘れてたよ。親父《おやじ》が適当に上手《うま》く言ってくれるみたいだから、昼から行けってさ」

「そっか。おじさんにちゃんと御礼言わないとね」

祈織《いのり》は安堵《あんど》の息を吐《つ》いて、目を細めた。母親はあの通りだが、父親は比較的祈織のことを気に掛けている。今回だって、上手《うま》く言ってくれるのは祈織も一緒だからこそ、だろう。

(親父《おやじ》からすれば幼馴染《おさななじみ》の娘、だもんな)

廉司《れんじ》の父と祈織の母の関係は、昔からの幼馴染だ。何だかそれを思うと、少し複雑になる。もちろん彼らの関係性と、廉司と祈織の関係性は異なる。だが、もしふたりのうちどちらかが相手を異性として見ていたとするなら、別の人と付き合う幼馴染をどんな気持ちで眺めていたのだろうか？　そして、もし祈織と結ばれなかったら、今の廉司の気持ちは一体どうなってしまうのだろう？　彼らと自分達の関係性を比較すると、どうしてもそんな不安が頭を過《よぎ》ってしまうのだ。

「結局、浜辺の方には行けそうにないな」

廉司は海水浴場の方を振り返って、溜《た》め息を吐いた。どうせここまで来たなら、昔一緒に遊んだ浜辺も見てみたかったのだけれど。

「いつか、また来れるといいね」

祈織も何となしにそう言って、廉司と同じ方角を眺めた。その横顔は相変わらず寂寥《せきりよう》感に包まれていて、見ているこっちまで悲しくなってしまう。

(一番の願い事は……言うまでもないよな)

祈織から、視線を手元の夢香子人形《ムーシャンツー》に移す。

昔みたいに、彼女には笑っていてほしい。それだけなのに、その願いは遥《はる》か遠くにあるように思えてならなかった。

＊

結局、学校に着いた頃には午前中の授業は終わっていた。

遅刻の理由は、祈織が通学中に体調を崩したから廉司が病院に連れて行った、ということになっている。父親がそんな感じの言い訳をしておいてくれたらしい。実に自然な言い訳で、彼には感謝する他なかった。

祈織は先に教室に向かったが、一方の廉司は五時間目が始まる直前まで時間を潰した。

昨日は一緒に帰っているし、その翌日にふたりして遅刻だ。ここで同時に教室に入れば、愛華《あいか》や涼平《りょうへい》あたりから色々面倒な尋問を受けるのは目に見えている。

明日になれば、今日誰が遅刻したかなんて覚えていないはず。できるだけ人との会話を避けて、ささっと帰ろう——そう目論《もくろ》んでいたのだが、残念ながらそれは失敗に終わった。

放課後になって廉司が逃げ帰る前に、それをさせまいとして、目の前の席にどかっと女の子が後ろ向きに座る。座った拍子に、ふわりと女の子特有の良い匂いが鼻腔《びこう》を擽《くすぐ》った。

「れーんじ？　そんなに急いで、どこに行くのかな～？」

悪戯《いたずら》っぽい顔で――でもそのピンクに輝く瞳の奥には若干の不機嫌さも孕《はら》んでいる気がした――こちらを覗《のぞ》き込《こ》み、愛華《あいか》が尋ねた。

「別に、どこも。早めに帰って、基礎練でもしようかな、と」

「ほ～？　それはそれは、練習熱心なことで。ところで、今朝望月《もちづき》さんとふたりでどこ行ってたの？」

廉司《れんじ》の言い訳を真っ二つにぶった切り、早速本題に入ってくる。遠回しに意思表示をしてくる祈織《いのり》とは本当に正反対だ。

その時、帰り仕度をしていた祈織とちらりと目が合った。しかし、廉司が愛華と話しているとわかると、彼女はふいっと目を逸《そ》らし、そのまま帰ってしまった。何だか、少し怒っているように見えなくもない。何でそっちはそっちでちょっと不機嫌そうなんだか。

廉司は小さく溜《た》め息を吐《つ》いて、愛華へと視線を戻した。

「いや、それならＬＩＭＥで送っただろ。祈織が体調崩してたから、病院連れて行ってたって」

こういう質問を受けることがわかっていたので、廉司は学校に着く前に愛華と涼平《りょうへい》にはそれぞれメッセージアプリのＬＩＭＥで遅刻理由を送っていたのだ。しかし、この金髪シヨートギャルは納得していない。

「ほ〜？」と愛華は相変わらずどこか人を小馬鹿にするような声を上げて、こちらをじ〜っと下から覗き込む。何か物言いたげな顔だ。

「何だよ。言いたいことがあるなら言えよ」

「言っていいんだ？　じゃあ言うけど、体調悪い望月さんを駅まで連れてって、わざわざ電車に乗ってどこに行ったのかな〜？」

「――ッ!?」

予想外の言葉に、ひゅっと息を吸い込んでしまった。やばい。どうしてそれを愛華が知っているんだ。途端にステータス異常〝混乱〟が生じてしまった。そんな廉司の反応を見て、愛華はぷっと吹き出した。

「いや、反応わかりやす過ぎかよ！　あ、テキトー言ったわけじゃないからね？　ふたりが通学路から逆走して駅に入っていくとこ、スイが見てたの」

完全にやらかした。舞い上がり過ぎていて、学校への連絡どころか周囲の視線にまで注意を払えていなかった。

ちなみに、スイとは愛華のギャル友達で同じクラスの青葉翠《あおばすい》のことだ。ふたりは中学の頃から仲が良いらしく、進級して同じクラスになってからは毎日一緒に過ごしている。当然廉司や涼平とも顔見知りだ。翠は電車通学で、今朝駅から出たところで廉司と祈織を見掛けたそうだ。

「駅前で大体のクリニック揃《そろ》ってるし、病院が遅刻の理由なら電車に乗るのはおかしいじゃない？　ねえ、れーんじ？」

愛華《あいか》は廉司《れんじ》の鼻先まで顔を近付けて、その大きな瞳で見据えた。

いつも通り自信満々の明るい笑みを浮かべているはずなのに、その桜色の瞳は笑っていなくて。きっと、浮気男が証拠を掴《つか》まれて問い詰められる気分というのは、こんな感じなのだろう。いや、そもそも浮気どころか付き合ってすらないのだから、こんな風に尋問を受けるのもおかしいのだけれど。

「へー……海、行ったんだ？」

まるですべてを見透かしたかのように、愛華は目を細めて言った。廉司が椅子から跳び上がって後ろに退いたのはそれとほぼ同時だ。

（いやいやいや、何でわかんの⁉　怖過ぎだろこいつ！　もしかして、サイコメトラー⁉）

こいつはもしかしたらめちゃくちゃ危険な奴《やつ》なのかもしれない。心の中が読めるだとか、或《あ》るいは透視能力があるだとか、きっと何かしらの異能がある。そうでないと、これは説明がつかない。廉司の引き攣《つ》った顔が面白かったのか、愛華は楽しそうに笑っていた。

「あ、もしかして当たった？　ウケる～……って、ちょっと。そんな人を怪異でも見るような目で見ないでもらえる？　別にあたし、超能力とかあるわけじゃないし」

「いや、普通に怖いから。何でわかったんだよ？」

「今のはテキトーにカマ掛けてみただけ。伊佐急だとどこの駅でも海近いし、あとはまあ、学校サボるなら海っしょ！　みたいな？」

愛華は親指で後ろを指差し、あっけらかんとした笑顔を浮かべた。とことん陽キャな発想だ。そんな陽キャのカマ掛けに引っ掛かってしまった自分がちょっと情けない。

「……望月《もちづき》さんと全然話してないって感じのこと言ってたけど、ほんとは仲良かったんだ？　昨日も一緒に帰ってたもんね」

彼女は廉司の方を向いたまま、面白くなさそうに両腕を枕にして顎を乗せた。

「別に、そういうわけじゃない。それこそ、ここ数日までろくに話してなかったよ」

「ろくに話してない仲だったのに、いきなり一緒に登下校して、一緒に学校おサボりするかな？　それってチョー不思議じゃん？」

チョー不思議と言われても、事実なのだから仕方ない。もし理由があるとしたなら、きっと手鏡を贈ったことだろうか。ただ、あの手鏡は愛華が店を教えてくれたから手に入ったようなもので……それを話すと愛華が余計に不機嫌になりそうな気がしてならなかった。

「それで、何でサボったの？　廉司はともかく、望月さんはサボるキャラじゃなくない？」

失礼な。まあ、実際に祈織《いのり》は今朝が人生初めてのサボりだったそうなので、それも間違いないのだけれど。

「……なんか、サボりたそうだったから、みたいな?」

愛華《あいか》の口調を真似《まね》て言ってやった。今朝のことを思い返しても、結局こうとしか言いようがない。ただ夢香子人形《ムーシャンツー》を渡したかっただけかもしれないが、それだけなら通学中でも渡せたはずだ。多分、祈織《いのり》は廉司《れんじ》と一緒に学校をサボりたかったのだと思う。

「ほー? じゃあ、あたしもサボりたいって言ったら付き合ってくれるんだ?」

手を組んで顎を預けたまま、愛華は上目遣いで不服そうに言った。ちょっと可愛《かわい》いって思ってしまった自分が憎い。

「いや、だから何でそうなるんだよ」

「だってずるいじゃん? 望月《もちづき》さんだけって。あたしだって廉司と学校サボりたいし」

その『だって』がどこに繋《つな》がるのかを説明してほしい。全く話が繋がっていない。何だか、ちょっと今日の愛華はめんどくさくてしつこい気がした。

「別に、ずるくなんてない。っていうか、それでいうなら愛華とはもうサボっただろ」

「あたしと? いつ?」

「始業式をバックレてる。だから、別にあいつだけじゃない」

どっちがずるいだとかのよくわからない意見に対しての反論は、一応これで論理は通っているはずだ。そもそも、何故《なぜ》こうして愛華に言い訳をしなければならないのだろうか。別にやましいことなんて何もないのに。

「まあ、それもそうね。でも、それならまたあたしともサボってくれるよね？　次はあたしの番だし」

「そもそも、もうサボらないけどな？　あと、順番制でも交代制でもないから」

というより、もうサボれそうにないというのが現状だった。廉司には一学期が始まって早々二回もサボり疑惑が出ているので、担任教師が既に目を光らせ始めているのだ。これ以上サボるのは得策ではない。

「むぅ……つまんないなぁ。じゃあさ、今日これから一緒にマック行こうよ。涼平《りょうへい》とかスイも誘ってさ」

拗《す》ねた顔で、愛華が口を尖《とが》らせた。何でそうなるんだよ、と廉司は思ったが、ここらが手の打ちどころだろうか。何に対する手打ちなのかさっぱりわからないが、これ以上愛華を不機嫌にさせるのも良くない気がした。

「……それくらいなら別にいいけど」

廉司が答えると、愛華はぱっと顔を輝かせた。そして、教室の後ろで青葉翠《あおばすい》と話していた涼平に「だってさ、涼平！　スイも一緒にマック行こー！」と声を掛けている。どうやら、手の打ちどころとしての判断は間違っていなかったらしい。

だが、いつでもあっけらかんとして明るい愛華にしては、ちょっとしつこかったように思う。これも、彼女の中の一面なのだろうか。

(そもそも、俺と付き合いたいってどういう意味で言ったんだろうな)

始業式の謎の告白から、既に二週間くらいが経《た》っている。以降は〝友達〟として接しているが、今日みたいにあからさまな態度を出してきたのは初めてだった。

(何もないといいんだけどな)

廉司《れんじ》は小さく息を吐いて、涼平《りょうへい》達の席のもとへと向かった。

余談だが、この後涼平から「随分と楽しそうな状況なことで。両手に花なんて、羨ましいね～」とこっそりと言われたので、ケツをおもいっきり蹴飛ばしてやった。

3

新しいクラスにも馴染《なじ》んできて、四月も後半に差し掛かる頃……今日も一日の授業を終えて、下校時刻を告げるチャイムが校内に鳴り響く。廉司は小さく溜《た》め息を吐《つ》くと、ロッカーに掃除用具を戻して、長く続く廊下を振り返った。

廊下の隅っこの方では、同じ班の女子がふたり、まだ掃除を続けていた。掃除というより、ただくっちゃべりながらモップや箒《ほうき》を動かしているだけなので、進みが随分と遅かった。

「じゃあ、俺先に帰るから。後よろしく」

廉司はふたりの女子に届くように、少しだけ声を張った。

本来なら彼女達の掃除を手伝っても良いのだが、この後は用事がある。定められた範囲の掃除は既に終えたし、ふたりはくっちゃべったり遊んだりしながらもこの気怠《けだる》い掃除の時間を楽しんでいるようだった。ならば、邪魔はしない方が良いだろう。

「はーい」

「じゃあね、月城《つきしろ》くん」

彼女達は会話を止めて、手を振ってくれた。廉司も手をわずかに上げて応えた後、教室へと向かった。

新しいクラスになってからまだ日は浅いが、クラスの女子の多くは廉司に気軽に話し掛けてくるし、皆どこか心を許してくれているようにも思う。それは廉司が何かしたというわけではなくて、『あの黒瀬《くろせ》愛華《あいか》の友達』だからだ。所謂《いわゆる》、錯覚資産というやつだろうか。ただ愛華の友達というだけで、一目置かれてしまっているのである。

愛華曰《いわ》く、女子は無意識にランク付けというのをしてしまうそうで、異性か同性かでその基準も異なるらしい。たとえば、異性の場合は恋人がいるのかどうか、同性の場合は普段どんな友達とつるんでいるか、などが基準とされて、カノジョがいる男子はそれだけでイメージが良くなるのだという。廉司の場合は誰かと付き合っているわけではないのだけれど、愛華と仲が良い、というだけで『この男は安全』或《あ》るいは『それなりに価値がある』

と判断されているようだ。自分が何かをしたわけでもないのに勝手に良く評価されるというのは、どこかむず痒《がゆ》いものがあった。というか、それは廉司《れんじ》そのものへの評価ではなく、愛華《あいか》が皆から信頼されているだけだ。素直に喜べるものでもない。

当の愛華はというと、そういった風習に関して『話してみないとその人の良さなんてわかんないのにね』と一刀両断していた。きっと彼女が皆から好かれるのは、こういったあっけらかんとした側面があるからだろう。

(……思ったより遅くなったな)

スマートフォンで時刻を確認して、小さく舌打ちをした。

本来掃除当番は五人で一班なのだが、今日はひとりが欠席、もうひとりが委員会だかで休んで三人で作業する羽目になったのだ。残りのふたりもだらだらしていたので、余計に時間が掛かってしまった。

鞄《かばん》を取りに教室へと戻ると、ちょうど同じタイミングで掃除当番を終えたらしい涼平《りようへい》が、こちらに気付いて「よっ」と片手を上げた。

「そっち、えらく時間掛かったんだね。廉司の班って三階の廊下でしょ？　そんなやることあったっけ？」

「今日掃除当番が三人だけだったからな。しかもあいつらずっと喋《しやべ》ってるし」

廉司は気怠《けだる》げに答えると、自分の席に掛けられた鞄を肩に背負った。

「なるほどね。まあ、それも学生時代のモラトリアムの形のひとつだよ。どうせ喋るなら、マックでもミスドでも大して変わんないだろ？」

涼平は言って、肩を竦《すく》めた。

学生時代のモラトリアム——要するに、廉司達が過ごす、今の時期だ。大人になるまでの、まだ何でもできる夢がある期間。友達と遊んだり、好きなことを見つけたり、将来の夢を考えたりする時間……と言えばかっこいいが、ただダラダラ過ごしたいだけの時間、とも言い換えられる。

「そんなもんかな」

「そんなもんだよ。で、廉司。僕らもそのモラトリアムってのを楽しまないかい？」

涼平が愉快そうにそう提案した。要するに、これからどこか遊びに行こう、という誘いだろう。だが、今日はちょっと日が悪い。

「あ、わり。俺、この後用事あるから」

廉司は教室の壁掛け時計をちらりと見る。

あいつも今週は掃除当番のはずだけれど、もしかすると待たせてしまってるかもしれない。急いだ方が良さそうだ。

「ええ、何だよ？　たまには僕と遊んでくれたって良いじゃないか」

「二年になってからしょっちゅう遊んでるだろ……」

「しょっちゅう遊んでるって言っても、僕はいつも廉司《れんじ》のオマケ要員だろ？　たまには男同士で羽を伸ばしたいんだよ」

確かに、普段の放課後も涼平《りょうへい》と過ごしてはいるものの、愛華《あいか》や青葉翠《あおばすい》も一緒だ。廉司がひとりだと来にくいから、元い来ないので、いつも彼も一緒に誘われているのである。彼が自分のことをオマケ要員というのは、そういった一面もあった。

ただ、最初のうちはそうだったかもしれないけれど、最近はそうでもない。涼平は誰とでも話を合わせる力があるし、リアクションも良いので、愛華達も好んで彼と話しているように思うのだ。

「別にそんなこともないだろ。とりあえず、モラトリアムはまた今度な」

「何かあんの？　いつも放課後なんて割と暇そうにしてるじゃないか」

「……まあ、話せば長くなるけど、つまりはそういうことなんだ。じゃあな！」

「あ、おいコラッ！　何も説明してないじゃないか！」

適当に流して帰ろうとしたのだが、肩をがっしり掴《つか》まれた。

ええい、めんどくさい。メンヘラ女子かお前は。涼平の手を振り払って、廉司は言った。

「いや、今日はマジで時間ないんだって。人を待たせてるんだ」

「待たせてる……？」

そこで、涼平の目がきらりと光る。あ、これはまずったかもしれない——そう思ったが、もう手遅れだった。

「わかったぞ……祈織《いのり》ちゃんだな？」

案の定、僅かな情報からこちらの考えを推測した。この北穂《きたほ》涼平という男は、こういったしょーもないことに関してだけは鋭いのだ。

「……何でそうなるんだよ。別にそうとも限らないだろ」

咄嗟《とっさ》に目を逸《そ》らして、言い訳をしてしまった。

彼の予想通り、実はこの後祈織と待ち合わせている。別に言い訳をする必要もなかったのだが、先日一緒にサボって昼に登校したせいで、色々仲を勘ぐられたのだ。やっと関係改善の兆しが見えてきたのに、今周囲からの揶揄《からか》いや冷やかしでその機会を失いたくなかった。

「いいや、その反応は祈織ちゃんだね！　愛華ちゃんだったら、正直に話してたはずだ」

全くその通りで、ぐうの音も出なかった。愛華との用事だったら素直に話していたはずだし、おそらく何かしらの理由も付けて涼平も同行させていただろう。

「やっぱりこの前サボった時に何かあったんだろ！　えっちな展開が！」

「アホかッ。ねーよ、そんなこと！」

「じゃあ何で秘密にするのさ!?」

今日の涼平は思った以上にしつこい。こんなことをして時間を潰している場合じゃないのに。どうやって言い逃れてくれようか。

「別に秘密にしてるわけでも、秘密があるわけでもねーって。俺は……その、ただ解釈の余地を残しておきたいっていうか」

廉司《れんじ》は頭をフル回転させて、思いつくままに言葉を並び立てた。もちろん、着地点など自分でも全くわかっていない。完全なる出まかせだ。

「解釈の余地？　何の解釈だよ？」

「人生の解釈だ」

「はあ？」

脈絡のなさ過ぎる廉司の言葉に、涼平《りょうへい》の頭の上には疑問符がたくさん浮かび上がっている。廉司自身も何を言っているのかよくわかっていないので当然だ。

だが、賽《さい》は投げられた。このまま突っ走って上手《うま》く逃げるしかない。

「いいか、涼平？　人生ってのは、ひとつの解のみを追求すべきものじゃない。数式みたいに解を求めるものでもなければ、厳格なものでもないだろ？　ある程度制約を受けつつも、もっと自由で広がりのあるもの……さっきのモラトリアムの話みたいなもんだ。モラトリアムの過ごし方に、正解なんてないからな」

「……まあ、確かにね。モラトリアムの過ごし方を厳格に定められちゃ堪《たま》ったもんじゃない。人生も同じく、だね。で、その解釈がさっきの話とどういう――あっ、廉司⁉」

涼平の意識がこちらから逸《そ》れた瞬間に、廉司は階段へと向かって全力で駆け抜けた。

というか、これ以上この話を続けてもボロが出るだけだ。口先三寸の出まかせで言い逃れるには、ちょっと無理があった。

「廉司、待てよ！」

「待たねーよ！　じゃあな！」

後ろで涼平が叫んでいるが、一言だけ返して階段を駆け降りる。涼平には悪いが、これ以上時間を食うわけにもいかなかった。

涼平を完全に撒《ま》いたところで、スマートフォンのＬＩＭＥアプリを開いて祈織《いのり》とのトーク履歴を見返す。そのやり取りを確認すると、それだけで頬《ほお》が緩んだ。

彼女がうちに引っ越してきたタイミングで、連絡先は交換していた。しかし、実際に連絡を取り合ったことは、殆《ほとん》どない。親からの伝言を伝えるなど、事務的なやり取りが何度かあったくらいだ。

そんな彼女から、六限目の前にいきなりこんなメッセージが届いた。

【今日の夕飯、何か食べたいものある？】

あまりにいきなり過ぎて、スマートフォンを落としそうになったのはここだけの話だ。

廉司の父親は県外にも書道教室を構えているのだが、夜にはその地域の先生方との会合がある。そういった会合がある日は決まって帰りが遅く、今日は母親もその会合に同席することになったそうだ。そこで、急遽《きゆうきよ》今日の夕飯を祈織《いのり》が作ることになった——というのが、このLIMEが送られるに至った経緯である。トーク履歴は、以下のように続いていた。

【作るの大変じゃないか？　インスタントでも全然いいよ】

【そういうわけにもいかないよ。おばさんからお金も預かってるし】

【じゃあ、帰りにスーパー寄って考えるってのは？】

【あ、それいいかも！　じゃあ、一緒に考えよ？】

名案だ、とお餅とサンショウウオを合体させたような謎キャラが言っているスタンプが送られており、その後はスーパーで待ち合わせる旨のやり取りが少しある。こうした経緯があって、帰りに祈織と一緒にスーパーに寄ることになったのだ。

先日一緒に学校をサボったことが切っ掛け——正確に言うと、きっと〝むーしゃん〟の手鏡なのだろうが——で、まさか一緒に買い物に出掛けることになるとは思わなかった。

自然と足取りが軽くなったのは言うまでもない。

学校から急いで最寄りのスーパーに向かうと、祈織は入口でぼんやりとカプセルトイで遊ぶ小学生の男女を遠巻きに眺めていた。何かを懐かしむような、優しい眼差《まなざ》しだった。

歩み寄ると、彼女の視線がゆっくりとこちらに向けられた。

「あー……悪い。もしかして、結構待たせた？」

廉司《れんじ》はバツが悪くなって訊《き》いた。予想外に掃除の時間が長引いてしまい、幾分か待たせてしまったに違いない。しかし、祈織は首を横に振った。

「ううん。私も今着いたところ」

そして、頬《ほお》に柔らかな笑みを携える。彼女の性格を鑑みると、仮に三〇分待っていたとしてもそう答えそうだ。

「お互い掃除当番だったんだし、やっぱり学校で待ち合せた方が良かったんじゃないか？」

「それだとこの前みたいにまた注目されちゃうから。廉司くんの迷惑にもなっちゃうし」

「迷惑？」

「……ううん、何でもない。それより、早く献立決めよ？」

祈織は困り顔でそう言うと、ひとりでスーパーへと入っていく。それはまるで、答えを誤魔化《ごまか》しているかのようだった。

注目、というのは訊かなくてもわかる。一緒に遅刻をしてきた時のことや、帰った日のことを言っているのだろう。きっと、彼女なりに気を遣ったに違いない。だが、待ち合わせて何の迷惑になるのかがわからなかった。

（まあでも、訊いても結局教えてくれないんだろうな）

買い物籠を持って野菜売り場の方に向かう祈織の背を見て、廉司は小さく溜《た》め息を吐《つ》いた。彼女がこういった物言いをする時は、大体いつも本心を言おうとしない。しつこく訊いたところで、こちらが望む答えは返ってこないだろう。

隣に並んで野菜を眺めていると、祈織《いのり》は小首を傾《かし》げた。

「どうしよっか。何にする？」

「お前が食べたいもので良いんじゃないか？　自分の食べたいものを作れるっていうのも食事当番の醍醐《だいご》味だろ？」

「あんまり今、そういうのもなくて。だから、廉司《れんじ》くんが食べたいものがいいかなって思ったんだけど」

「うーん……食べたいもの、ねえ」

そんなこと言われてもな、と思う。こちらはこちらで、せっかく関係が改善し始めたのに、あまり面倒なことを頼んで困らせたくもない。それに、炊事は本来彼女がすべき事柄でもないはずだ。朝食の件も含め、ただ母の代わりに炊事を任されただけに過ぎない。

そこで、ふと棚にあった『野菜カレーセット』が目に入った。

「そういえば昔、カレー作ってもらわなかったっけ？」

野菜カレーセットを手に取った時、昔の記憶が蘇《よみがえ》った。

確か、祈織が迷子になった夏祭りの直後だ。突然『祈織がカレーを作ったから食べに来て』と彼女の母親から連絡を受け、御馳走《ごちそう》になったのである。

返事が返ってこないので怪訝《けげん》に思って祈織の方を見ると、彼女はキャベツを持ったままぽかんとしてこちらを見ていた。

「……どうした？」

「う、ううん！　何でもないよ。まさか覚えてると思わなくて」

祈織は手に持っていたキャベツを棚に戻すと、どぎまぎとしながら口元を緩めた。

「そりゃ、覚えてるだろ」

記憶が正しければ、ああいう風に彼女から呼ばれてご飯を御馳走になったのは初めてだった。それに、自らの好意を自覚してからの『好きな子の手作り料理』だ。きっと、男なら誰だって覚えている。

「実はあれ、私の初めてのお料理……だったりします」

「え？」

「って言っても、殆《ほとん》どお母さんに手伝ってもらったんだけどね。懐かしいなぁ」

はにかんで、彼女も野菜カレーセットを手に取る。当時のことを思い出しているのだろうか。野菜カレーセットを眺めて懐かしそうに目を細めている。

「……じゃあさ、今晩はカレーにしないか？」

そんな彼女の横顔を見て、廉司はそう提案した。

「え？　カレーでいいの？　他に食べたいのあれば作るよ？」

「いや、まあ……思い出したら普通に食べたくなってきたっていうか。美味《うま》かったし。嫌だったか？」

何だか自分で言い出しているのに照れ臭くなってしまって、ついぶっきらぼうな物言いになってしまう。祈織《いのり》は驚いたように目を丸くしたかと思えば——

「……ううん。美味《おい》しいカレー、頑張って作るね」

そう言って、ほんのりと顔を綻ばせた。それは、蕾《つぼみ》が綻ぶように、氷が解けるように。無垢《むく》で優しく、そして美しい笑みだった。

「お、おう」

思わず声が震えそうになって、視線を泳がせる。今一瞬見せた笑顔があまりに愛《いと》しくて、色々な感情が入り混じってしまい、思わず叫び出しそうになった。

それからは、ふたりで食材を選んだ。と言っても、殆《ほとん》ど廉司《れんじ》は彼女が食材を選ぶ様を見守っていただけである。普段と異なる彼女が見れて、何だか楽しかった。それを特に感じたのが、カレー粉選びだ。

祈織はスパイスコーナーの前で、思案に耽《ふけ》っていた。色々なカレーパウダーを手に取って裏面を見ながら、また隣のパウダーも手にして見比べる。そしてそれを何度も繰り返していた。何だかそうして思い悩む彼女が妙に魅力的に感じて、つい見惚《みと》れてしまった。

それはきっと、周りに遠慮ばかりして小さくなっている普段とは異なって、彼女が活《い》き活《い》きしているように見えたからだろう。そんな彼女を見ているだけで、こちらまで嬉《うれ》しくなってしまう。

　食材を全て選び終えてレジで精算していると、祈織が籠を作荷台まで持って行って、エコバッグに詰めてくれた。何だか、ちょっと恋人同士で買い物に来たみたいでドキドキする。初めて一緒に暮らしているという実感が持てた気がした。

　エコバッグを廉司が手に取ろうとすると――

「あ、いいよ。私、持つから」

　祈織はそれを阻止するかのように、自分で持とうとする。

　だが、カレーの食材だけでなく、他にも調味料や飲み物なども色々買い足しているので、エコバッグは結構な重さになっていた。女性の中でも華奢《きやしや》な部類に入る彼女の細腕ではまず家まで運べない。

「いや、だってこれ重いだろ。普通に五キロ以上あるんじゃないか？」

「だから、廉司くんに持たせるのは悪いかなって……」

「はあ？　お前に重いもん持たせる方が悪いだろ」

「でも……おばさんから頼まれたのは、私だし。やっぱり悪いよ」

　そう言って、彼女は困ったように眉をハの字に曲げた。

　母から頼まれたから廉司に持たせるのは悪い、という構文がいまいちわからなかった。

ただひとつわかることは、それは頼まれた責任感から来ているものではない、ということだ。申し訳なさだったり、母親が怒らないようにするためであったり……誰にも甘えることができないという彼女の今の環境を物語っている気がした。だが、それを言ったところで、きっと祈織《いのり》は引かないだろう。

ふと前を見ると、先程カプセルトイで遊んでいた小学生の男女二人組が視界に入った。親からお遣いを頼まれたのか、彼らは重そうなエコバッグを分担して持っていた。ひとりがエコバッグの片方の持ち手を握り、もうひとりが反対側を持って力を合わせて歩いている。その仲睦《むつ》まじい様子に昔の自分達を重ねてしまい、思わず笑みが零《こぼ》れた。

そこで、ひとつの案を思い付く。

「……じゃあ、一緒に持つか」

「え？　一緒にって？」

提案の意図が伝わらなかったのか、祈織は不思議そうに首を傾《かし》げた。

「ほら。こうすれば一緒に持てるから」

廉司《れんじ》はエコバッグの持ち手を片方だけ持ってから、前の小学生ふたりを顎でしゃくった。

釣られて祈織も前を見て、顔に穏やかな喜色を広げる。きっと、あの二人組に廉司と同じような感想を抱いたのだろう。

「あいつらの真似《まね》。名案だろ？」

「……うん」

彼女は恥ずかしそうに頷《うなず》くと、遠慮がちにもう片方の持ち手を持つ。腕への負荷が随分と減った。

「でも……ちょっぴり恥ずかしいね」

「それは言いっこなしってことで」

言ってからお互い気まずくなり、視線を逸《そ》らす。

最寄りのスーパーと雖《いえど》も、高校生にもなってひとつのバッグをふたりで持ち合って帰る――客観的に見れば、かなり恥ずかしい光景だった。

でも、こんなことができるのも、距離が縮まったからこそだ。どこかくすぐったくもあって、でも心地よくもあって。そんな風に感じているのは、自分だけなのだろうか？

どこか嬉《うれ》しそうにしている彼女の横顔を見て、そうではない、と思いたかった。

＊

手鏡と人形を贈り合って以降、祈織との関係は少し改善したように思う。登下校を一緒にすることはないけれど、カレーの一件を切っ掛けに家の中でも少し話すようになった。ほぼ断絶状態にあったことから鑑みると、大した進歩だ。

会話の際にも、ちょくちょく笑ってくれるようになった。もちろん、小学生の頃のような明るい笑顔でもないし、この前みたいに心の底から嬉《うれ》しそうな笑みでもない。しかし、ここ最近の力無い笑顔とも異なっていて、どことなく楽しそうでいてくれるのだ。そうした心からの微笑《ほほえ》みのようなものを見れると、それだけで嬉しくなった。

デスクの上に飾られた夢香子人形《ムーシャンツー》を見るだけで、祈織《いのり》との〝約束〟に関しても俄然《がぜん》やる気が出てくる。むしろ、やる気に比例してアイデアも無尽蔵に溢《あふ》れ出てしまい、考えや方向性がまとまらなかった。祈織が昔好きだったアーティストの楽曲に寄せようか、それともクラシカルな楽曲に寄せようか、いや、もっと流行《はや》りの楽曲に寄せた方がいいかもしれない……などと試行錯誤しながらフレーズを考えては曲を書き出し、また別に浮かんだアイデアに沿って作り直す、という作業を延々と繰り返している。

作曲の際には音楽理論やコード理論などはもちろん必要となってくるのだが、ぶっちゃけそこまで詳しくなくても曲は作れる。それよりも大事なのは、方向性だ。今はやる気も相まって、アイデアには困らない。この状態なら、方向性さえ決まれば曲などすぐに作れる気がした。好きな人が自分の方を向いてくれていた——それだけで高校生男子は無双パワーを得られるのだ。我ながら単純で笑えてくる。

（やっぱ……直接祈織にイメージを訊《き》いた方が早いよな）

どんな曲を聴いてみたいとか、〇〇みたいな曲がいいとか、どんなものでもいいから彼女の中にあるイメージからヒントを得ないことには方向性も定まらない。こういった抽象的な質問は、ＬＩＭＥよりも直接話す方がいい。具体案は出なくても、ニュアンスなどは言葉の節々から汲《く》み取《と》れるものだ。

　今日の帰りでも誘って、祈織から直接意見を聞いてみよう——そんな風に、浮かれながら午後の授業終わりにトイレから教室に戻ろうとした時。廉司《れんじ》にとって、思いがけないことが生じた。廊下の曲がり角の向こうで、祈織の声が聞こえてきたのだ。

　これだけなら、特段不思議には思わない。祈織だって、たまには誰かに話し掛けられる時もあるだろう。ただ、問題なのはその相手方だ。祈織は——愛華《あいか》と話していたのである。

　嫌な予感がした。祈織から愛華に話し掛けるのは有り得ないだろうし、先日の愛華の反応もある。何かを唆《けしか》けるなら、確実に愛華の方からだ。

「ねえ、望月《もちづき》さん。黙ってないで教えてよ。大事なことなんだから」

「……そんなの、黒瀬《くろせ》さんには関係ないでしょ」

「あるよ。あるから訊いてるんじゃん」

　あからさまに険悪な雰囲気。このやり取りからだけでも、ふたりが仲良く談笑しているわけではないのは明らかだった。止めに入ろうかと思った時、愛華は祈織にこう訊いた。

「廉司のこと、どう思ってるの？　本当は好きなんでしょ？　それ次第であたしも色々変わってくるから、知っておきたいんだけど」

　思わず、息が止まった。何を勝手に訊いてくれてるんだ、という焦燥感とともに、廉司自身が気になることでもあったので、つい息を潜めて聞き耳を立ててしまう。

間違いなく、これは廉司《れんじ》が聞いてはいけない話だ。本来なら何も聞かなかったことにして、回れ右をするべき状況である。しかし、それがわかっていたのに、廉司の足はその場に根が張ってしまったかのように動けなかった。祈織《いのり》が愛華《あいか》に訊《き》いた。

「……どう変わるの？」

「だって、ライバルが同居してる幼馴染《おさななじみ》なら、あたしもそれ相応の覚悟で挑まないといけないじゃん？　正攻法で攻めてたら勝てないから、攻め方とか変えなきゃだし。でも、あたしとしてはあんまり不自然なこともしたくないわけ。ちゃんと好きになった人だし、真剣に廉司と向き合いたいから。だから、その確認がしたいの。別に、その答え次第で君に嫌がらせしようとかそういうのじゃないから、そこは勘違いしないでね」

愛華の返答に、祈織は気圧《けお》されたように黙り込んだ。

彼女がどういった表情をしているのかはこの位置からでは見えない。だが、息が詰まるような張りつめた空気だけは、廉司の場所までしっかりと届いていた。

「……何でも持ってるくせに」

そう呟《つぶや》く祈織の声は沈んでいて、いつもの穏やかな声音からは想像がつかないくらい低かった。意図がわからなかったのか、愛華も「え？」と訊き返している。

「ううん、何でもない。今のは聞かなかったことにして」

彼女は首を横に振ってから、どこか躊躇《ちゅうちょ》するような、それでいて苛立《いらだ》っているような様子で、言葉を紡いでいく。

「廉司《れんじ》くんのことは……恋愛対象とか、そういうのじゃないよ」

幼馴染《おさななじみ》の口から無情にも発せられたその言葉に、廉司は思わず耳を疑った。

（嘘《うそ》だろ……？）

恋愛対象じゃない――そのたった一言が頭の中で何度も反響し、ここ数日で芽生えた希望を無情にも打ち砕いていく。

心の中は混乱と失望で満ち溢《あふ》れ、一瞬にして世界が色褪《あ》せたように感じられた。

「もういいでしょ？　あなたに言ってもわからないと思う。だから、もう廉司くんのことで私に話し掛けて来ないで」

祈織《いのり》はそこまで言って、会話を終わらせた。踵《きびす》を返し、彼女の足音がこちら側に近付いてくる。すぐにこの場を立ち去らないといけないのはわかっていた。だが、廉司の頭には先程の祈織の言葉が何度も繰り返されていて、足が動いてくれなかった。

「あっ……」

曲がり角を曲がってきた幼馴染が、小さく吃驚《きっきょう》の声を漏らした。自然と彼女と目が合う。

その青み掛かった綺麗《きれい》な瞳は大きく見開かれていて、不安と驚きで震えていた。

きっと、廉司も似たような顔をしていたのだと思う。何と言えばいいかわからなかった。

どんな顔をすれば良いのかもわからない。

祈織は一瞬辛《つら》そうに眉を顰《ひそ》めたが、すぐに顔を伏せ、逃げるようにして廉司の横をすり抜けて行った。もちろん、呼び止められるはずがない。

「……廉司、いたんだ」

祈織が出てきた曲がり角から、今度は愛華《あいか》が姿を見せた。祈織の反応を見て、廉司がいたことは察していたのだろう。バツの悪い顔を浮かべていた。

「女子の内緒話を盗み聞きなんて……趣味悪いよ、君」

まずい話を聞かれたという自覚はあるのか、愛華も何とか取り繕おうと冗談っぽく話した。ただ、それで廉司の気分が戻るわけもない。余計に苛立っただけだ。

「……こんなことをコソコソ話してるお前も、十分趣味悪いだろ」

「酷《ひど》い言われようだね。あたしはあたしで真剣なんだけど……でも、聞いてたならわかったよね？」

何も返せなかった。認めたくなかった。それを認めてしまったら、ふたりのこれまでの関係性だとか、希望だとか、そういったものが全部否定されてしまう気がしたからだ。しかし、愛華はそんな廉司に追い打ちを掛けるようにして、事実を突きつける。

「君のこと、恋愛対象じゃないんだってさ。これでもあたし、結構遠慮してたからさー。これで気兼ねなく廉司を誘ってもＯＫ、的な？」

そう言って彼女はいつものあっけらかんとした笑みを作ろうとしたが、ちょっと失敗して、中途半端な笑顔になっていた。

「聞いてねーのに勝手に言うんじゃねーよ……」

廉司《れんじ》はそうとだけ言い返し、愛華《あいか》に背を向けた。彼女に対して怒りはあった。怒鳴りつけてやりたいという気持ちもある。だが、それよりもショックの方が大きかった。

『恋愛対象とか、そういうのじゃないよ』

この言葉は、昔から密《ひそ》かに抱いていた恋心の終わりを告げるものに他ならない。小さな頃から抱いていた気持ちも、ここ数日舞い上がっていた心も、彼女との約束も、全て否定された気がした。

きっと、これは高校生にありがちなすれ違いなのだと思う。皆多かれ少なかれこういったすれ違いがあって、勘違いがあって、その勘違いに気付いて失恋しているのだろう。だが、廉司と祈織《いのり》の場合は、それだけで済まない部分もあった。

（……これから家で、どんな風に接すれば良いんだよ）

好きな子とひとつ屋根の下で暮らせる——彼女の立場や気持ちも考えず、ひとり小躍りしていた頃が懐かしい。

片方が恋心を抱いていて、もう片方は恋愛対象として見ていなくて、そんなふたりがひとつ屋根の下で暮らす。それは、ある意味生殺しにも等しい状況ではないだろうか。

そのまま帰る気にはなれず、その日は用もないのに伊佐早《いさはや》駅の近くをぶらついた。意味もなく川沿いの遊歩道を歩いて由緒ある旅館を眺めてみたり、普段使っている音楽スタジオに寄って店長とだらだら話したり、ロビーに偶然いた知り合いのバンドマンと談笑したり……気分を紛らわそうと、必死に足掻《あが》く。しかし、もちろんそんなことで気が晴れるわけもなく、家に帰る頃になっても鬱々とした気持ちのままだった。

一緒に住んでいなければ、家に帰ればリフレッシュできたのかもしれない。でも、家には彼女もいる。『恋愛対象とか、そういうのじゃないよ』という言葉と嫌でも向き合わざるを得なくなってしまうのだ。せめて夕飯までに鉢合わせませんようにと祈りながら家に入るも——その願いは虚《むな》しく、果たされなかった。帰って早々階段の前で、祈織とばったり顔を合わせてしまったのだ。お互いに小さく「あっ」と声を漏らす。

「……おかえり、廉司くん」

一瞬の沈黙の後、先に口を開いたのは祈織だった。こうして彼女から『おかえり』と言ってもらえるのは、本来ならすごく嬉《うれ》しいことのはずなのに。今はそれが、すごく……苦しかった。

「ただいま」

廉司は一言だけ言って、彼女に背を向けた。その柔らかくて優しい声音も、整った眉も、青み掛かった瞳も、今は廉司《れんじ》を苦しめるものでしかなかった。

「あのッ……さっきのこと、なんだけど」

ぎこちなく、躊躇《ためら》いを帯びた祈織《いのり》の声が廉司の耳に届いた。その声からは、勇気を振り絞るような緊張と恐れ、不安のようなものが感じられた。

「ごめんね？　その……黒瀬《くろせ》さんにいきなり問い詰められて、びっくりしちゃって。それで、ああいう言い方になっちゃったの。私なんかにあんな風に言われたら、廉司くんも嫌だよね……ほんと、ごめんなさい」

祈織はおそるおそるといった様子で、思いを紡いだ。いつもよりほんの少し口数多く語られる言葉。大好きな声のはずなのに、今はその声に鬱陶しさを感じてしまって。そこには僅かながらに言い訳がましさも含まれていて、それでいてその言い訳と謝罪は、廉司の求めているものとはズレていた。その言い方ではまるで『私なんかが恋愛対象だとか偉そうに語ってごめん』と言っているようだ。でも、そうじゃない。そこではない。

「いや、いいよ。ただ、ちょっとびっくりしたっていうかさ」

ダメだと思いながらも、廉司は自らの口が言葉を発するのを止められなかった。

「でもさー、それだったら、一緒に帰ったりとか学校サボったりとか、誕プレ渡したりとか……そういうの、やめた方がいいんじゃねえの？　俺はいいけど、他の男なら絶対勘違いするだろ、あれ。もし、うちに住んでることで俺に気を遣ってるとかだったら、全然そんなの気にしなくていいから」

　自身の中にむくむくと膨れ上がってくる黒い欲求。傷付けられた腹いせに、彼女を困らせたい、傷付けたいと思ってしまう衝動。廉司は自らのそんな子供っぽさを自覚しつつも、抑えられなかった。

「あのッ、そういう意味じゃなくて――」

「いいっていいって。別に俺、今更祈織になんて言われても気にしないからさ。ただの同居人で他人同然、むしろ鬱陶しい奴《やつ》、くらいはっきり言ってやれば愛華《あいか》だって満足するんじゃねーの？　まあ、あいつも何で俺に固執してんのかわかんないけどさ、そんなの祈織が気にする必要もないわけで。それに、家でも気ぃ遣って学校でも気ぃ遣ってたらお前も大変だろ」

　祈織の話を遮って、思ってもいないことを並べ立てる。

　いつもより口数が多くなっているのは、廉司も同じだった。何が言いたいのか自分でもわからなくて、ただ言い訳がましい台詞《せりふ》だけを連ねていく。

（そうじゃねえだろ……。祈織を傷付けたくないのに。ただ笑わせたいだけなのに……）

　そう思うものの、目の前の祈織はどんどん沈んでいって、その瞳は悲しげに揺れている。

　自分が一番見たい彼女から益々《ますます》遠のいていくのに、この口は全然止まってくれない。

「テキトーに俺を貶《けな》して上手《うま》く回るなら、そうすればいいんだって」

これは言っちゃいけない。これだけは言っちゃいけない。わかっているはずなのに、自制心が全く働いてくれなくて。全然思ってもいない言葉を思い浮かべてしまう自分に腹立ちながらも、全く抑えつけられなくて。そして、遂《つい》に——その台詞《せりふ》は、喉元から飛び出ていってしまう。

「所詮……俺達の関係なんて、その程度のものなんだからさ」

「——ッ」

祈織《いのり》の目が一瞬大きく見開いたかと思えば、その綺麗《きれい》な顔を歪《ゆが》ませた。それから何かをぐっと堪《こら》えるようにして目を細めて、唇を震わせる。

傷付けた、というのが一瞬でわかってしまう反応。ほんの数時間前まで、どうやって彼女を喜ばせようかということばかり考えていたのに、どうして傷付くような言葉を選んでしまうのだろうか。そんな自分が許せなかった。

祈織が廉司《れんじ》との関係を『その程度のもの』と思っていないことくらい、何となくわかっていた。夢香子人形《ムーシャンツー》をプレゼントしてくれたり、動画投稿を楽しみにしていたりして……恋愛対象ではないにせよ、それなりに大切に思ってくれているのはわかっていたはずだ。でも、やっぱりさっき言われたことがショックで、相手を傷付ける言葉を選んでしまっている。

彼女を傷付けようと思って放った言葉。そして、実際に傷付いた彼女を見て、傷付いたのは結局、廉司自身だった。

「違うの。私……私ッ」

祈織は顔を伏せて、否定するかのように微《かす》かに首を振りながら、瞳をぎゅっと閉じた。目尻の水滴が、廊下の電球に反射してきらりと光る。

「……もう、いいよ」

そんな彼女をもう見ていられなくて、廉司は踵《きびす》を返して自室へと戻った。いや、彼女をそんな風にしてしまった自分に耐えられなかったのだ。

廉司は自室に戻るや否や鞄《かばん》を投げ捨て、ＰＣの作曲ソフトを起動した。ヘッドフォンを装着して、適当に選んだ楽曲に合わせてただガムシャラにギターを弾く。演奏なんて無茶《むちゃ》苦茶《くちゃ》で、とてもではないが人様に聴かせられたものではない。でも、そうでもしていないと、自己嫌悪に耐えられなかった。

(何やってんだよ……何やってんだよ、俺は！)

一番笑わせたいと思っていた子を、傷付けてしまった。それも、ただ恋愛対象じゃないと言われただけで、意図的に傷付けたのだ。最低以外の何ものでもない。

あんな祈織の顔は、初めて見た。母に嫌味《いやみ》や皮肉を言われた時もあんな風にはなっていなかった。要するに……もっとも祈織を傷付けていると思っていた存在以上に、廉司は彼女を傷付けてしまったのだ。

（恋愛対象じゃないって、何だよ……じゃあ、ここ最近のは何だったんだよ。せっかく前に進めると思ってたのに、俺ひとりで舞い上がってさ……こんなの、バカみてーじゃんか）

脳内に浮かんだぼやきを、ヘッドフォンから流れる乱れたギター音で無理矢理《むりやり》掻き消した。もちろん、演奏はぐだぐだ。自分でもわかるくらいに、心も演奏も乱れていた。

（しかも、その腹いせで祈織《いのり》を傷付けてるってさ……大バカにも程があるだろ！　クソッ！）

上手《うま》く弾けないことへの苛立《いらだ》ち、そして自分自身への苛立ちから、廉司《れんじ》はヘッドフォンをベッドに投げつけた。ヘッドフォンからはオケ音源と電子メトロノームの音がシャカシャカ漏れていて、物静かな部屋に雑音を流す。

デスクの上をふと見ると、祈織がくれた夢香子《ムーシャンツー》人形がくりくりした大きな瞳でこちらをじっと見ていた。柔らかく微笑《ほほえ》んでいるはずなのに、その笑顔が妙に寂しげに見える。

「何でこんなのくれるんだよ……こんなのもらったら、期待すんだろ」

夢香子《ムーシャンツー》人形を掴《つか》んで、胸の中にぎゅっと抱き寄せる。

これをもらった時は、本当に嬉《うれ》しかった。これから変わっていくんだ、と希望を持っていた。それなのに、今では泣きたいほどに悲しくて、何も希望を見出《みいだ》せなくなっている。

でも、結局のところは——全部、自分の所為《せい》だ。中学生の頃に祈織と距離を置いたのも、それがまずいとわかっていながら改善できなかったのも、一緒の家に暮らして十か月近く経《た》つ今まで何も行動を起こせなかったのも、彼女を傷付ける言葉を発してしまったのも……全部、廉司自身が起こした事柄に過ぎない。それを自覚しているが故に、やっぱり自分自身への悪態が尽きなかった。

三章　寂寞《せきばく》と愛惜

1

空は暗く濃い雲で覆い尽くされていた。雨はまだ降っていないが、その空を見ているだけで憂鬱な気分にさせられる。

いや、今の廉司《れんじ》の気分からすれば、快晴よりはマシなのかもしれない。この暗雲は内面とリンクしていて、鬱々とした気分にはぴったりだった。

「よー、廉司。飯食おうぜ。愛華《あいか》ちゃん達が場所ゲットしてくれたってさ」

昼休みになって、トイレから戻ると涼平《りょうへい》がスマートフォンを見ながら声を掛けてきた。

愛華と青葉翠《あおばすい》はいつもカフェテリアで席を取っていて、彼女と〝友達〟になって以降、廉司と涼平もそこにお邪魔させてもらう形となっている。だけど――

「……いや、今日はいいや」

廉司は少し考えてから答えた。いつもは能面を貼り付けて何とか学校では最低限の愛想は振りまいているのだが――愛華だけでなく青葉翠もいるとなると、そうせざるを得ない――今日はその能面を貼り付ける元気すらなかった。

「はあ？　昨日も飯食ってすぐにどっか行ったじゃんか。何かあったの？」

「……別に、何も。今日はこの天気だろ？　ちょっとギャルのテンションに合わせるのがしんどいんだよ」

「いやいや、天気の良《よ》し悪《あ》しで友達と話すかどうか決めるのやめなさいよ」

涼平の呆《あき》れ声混じりのツッコミに、ぐうの音も出ない。もちろん半分くらいは本音なのだが、もう半分は言い訳だ。

「まあ、そんなわけで、愛華にはテキトーに言っといて」

「テキトーにって言われてもねぇ……僕ひとりだと若干気まずいんだよ。もともと廉司のおこぼれに与《あずか》る形でグループに入れてもらってるから、ちょっと申し訳ないし」

「この前も思ったけど、それ自分で言ってて虚《むな》しくならないか？」

「虚しいよ!?　でも事実だからしょうがなくないですか!?」

涼平はくわっと身を乗り出して、涙ながらに廉司の胸倉を掴《つか》んで言った。それでキレられても困るのだけれど。ただ、そういう状況であってもちゃんと愛華のグループの女子と仲良くするあたり、彼の根性もなかなか据わっている。というか、涼平はもともと根が明るくノリも良いので、誰とでも合わせられるのだ。当然愛華周りのギャルとも仲良くやっていて、今となっては廉司よりも馴染《なじ》んでいた。

「まー、僕が虚しいかどうかは置いといてさ、お前がいなくなったら愛華ちゃんが元気なくなるんだよ。どことなく寂しそうっていうかさ。今日はいいけど、次はちゃんと顔出せよ？　ちなみに、明日は晴れだってさ！」

明日は言い訳させないぞ、と言いたげに涼平《りようへい》は悪戯《いたずら》っぽく笑い、そのままカフェテリアへと向かって行った。なんだかんだ、彼は女の子の友達ができて嬉《うれ》しそうだ。そんな彼が、ちょっぴり羨ましい。

廉司《れんじ》は小さく息を吐くと、教室を見回した。祈織《いのり》もどこか別の場所で昼食を取っているのか、彼女の席は別の女子グループが占拠していた。愛華《あいか》曰《いわ》く、中高生の女子は昼休みにぼっちで過ごさないようにするのに必死な生き物らしい。グループから省かれるのを極端に恐れるそうだ。だからこそ、中学の頃からずっとぼっちで過ごしていた祈織が逆にすごいと彼女は言っていた。いつも人に囲まれている愛華からすれば、ぼっちの祈織が信じられないようだ。

（にしても、愛華……寂しそうにしていたのか）

先程の涼平の言葉が思い起こされる。イメージがつかないのだけれど、彼がそう言うのなら間違いないのだろう。涼平はああ見えて、観察眼が優れているところがあるのだ。

実際に、廉司は愛華を少し避けていた。あの件があってから、何となく顔を合わせにくかったのだ。昼休みなんかは複数人のグループだから、誰かの話題に乗っかっていればそれだけで時間を過ごせる。だが、その際もなるべく愛華の方は見ないようにしていた。

『ちゃんと好きになった人だし、真剣に廉司と向き合いたいから』

盗み聞きとは言え、告白に近いものを聞いてしまった。正直、どんな顔をして彼女と接すれば良いのかわからない。始業式の日に『付き合おう』と言われていたけれど、あの時は本気なのか冗談なのか計りかねているところはあった。〝友達〟として上手《うま》く付き合えているようにも思っていた。

だが、ここにきて、祈織相手に宣戦布告のような形での告白。それに加えて、聞きたくもないこと——祈織の『恋愛対象じゃない』宣言——を聞かされてしまった恨みもある。これに関しては完全な逆恨みなのだが、あれさえ聞いていなければ、今頃もっと前向きに生きれていたはずだ。

（でも、愛華の言う通りなんだよな……）

校舎をぶらぶらと歩きながら、廉司は嘆息する。

恋愛対象として見られていない事実を知らないで張り切っていても、それはただ無意味な努力を重ねるだけだ。祈織が廉司を恋愛対象として見ていない以上——そして、あの約束も覚えていない以上——どれだけ頑張っても廉司が思い描いている関係にはなれないだろう。それならば、祈織を想《おも》い続けているのはむしろ彼女にとって迷惑でしかなくて、愛華の言う通り次を見るべきなのではないだろうか。実際に、祈織とは家でも学校でもぎくしゃくしていて、気まずくなっている。今の状態が良いものではないのは、誰の目にも明らかだ。

（恋愛対象として見てない人に頑張ってアピールするより、ちゃんと恋愛対象として見てくれてる人と向き合う方がいいのかな）

祈織《いのり》と愛華《あいか》。ずっと片思いをしていた初恋の幼馴染《おさななじみ》と、皆から好かれる明るいクラスメイトにしてインフルエンサー。何から何まで真逆のふたりであるし、向き合う相手が変われば、自《おの》ずと廉司《れんじ》の立ち位置も変わるだろう。

そこで、ふと思う。自分のことばかり考えてしまっているが、祈織には誰か気になる人であったりだとか、恋愛対象として見ている人がいるのだろうか？　気になる人がいて、もしその男と付き合うに至れば、共に暮らしている以上、誰かを思い焦がれる彼女を毎日見なければならなくなってしまう。考えただけで死にたくなった。

（あー、ちくしょう！　やめだ、やめ！　もう考えないぞ!!）

考えないぞと宣言しても、勝手に考えてしまうのが人間である。気付けば祈織のことばかり考えてしまっていて、校舎を歩いているだけで彼女の姿を無意識に探してしまっていた。本当に自分の単純さが嫌になってしまう。

祈織とは、あの日以降殆《ほとん》ど会話もなく、ＬＩＭＥのやり取りもなくなった。しかし、それでも祈織とは家と学校で嫌でも顔を合わせる。自分の部屋で過ごしていても彼女と両親の生活音はしっかりと聞き分けができるし、階下の廊下で祈織の歩く音が聞こえるとそれだけでぴくりと耳が反応してしまう。耳の良さは音楽をやる上で必須だが、今ではこの聴覚の敏感さが恨めしかった。

部屋で過ごしていれば祈織と顔を合わせることもないが、トイレに降りた時なんかはうっかり鉢合わせるし、食事の際は同じ食卓を囲む。食事中にいつも以上に口数が少なくなったのは言うまでもない。飲み物を取りに台所に行けば、親の仕事を手伝ってPC作業をしている祈織と鉢合わせる時もあった。これまでなら何か声を掛けていたが、今はなるべく彼女の方を見ないようにして、飲み物を取るだけだ。彼女からの視線は感じるが、それでも何かを話すことはない。

一言『この前はごめん』と謝ればこの状況は改善されるのかもしれない。自分が悪いことをしたというのも、彼女を傷付けたという自覚もある。だけど……やっぱり、素直にはなれなくて。それはきっと、その謝罪が根本的な解決にならないのがわかり切っているからだろう。恋愛対象として見られていないとわかった上で、祈織とどう接すればいいのかの結論が、廉司自身まだ出せていないのである。

そういった心理的な状況は、廉司の音楽活動にも顕《あらわ》れていた。ギター自体は弾いているけども——家ではそれくらいしか気を紛らわせる方法がないからだ——楽曲制作は進んでおらず、動画投稿も『トッカータとフーガニ短調』以降行っていなかった。その理由は、単純に気分が乗らなかったからに他ならない。何を弾けばいいのか、何を上げればいいのかわからなくなってしまったのである。

結局のところ、廉司《れんじ》にとっての楽曲制作や動画投稿というのは、下心でしかなかったのかもしれない。届けたいと思っていたその相手から『昔の約束は覚えていない』『恋愛対象ではない』と言われてしまい、すっかりその意欲まで消え失《う》せてしまったのだ。

人気《ひとけ》のない方へふらふら歩いていると、気付けば音楽室の前にいた。扉が開いていたのでこっそりと中を覗《のぞ》き込《こ》んでみると、中は蛻《もぬけ》の殻。部活の昼練習をしているわけでもなければ授業の準備をしているわけでもなさそうだ。

「お邪魔します……」

特に行く当てもなかったので、一言断ってから中に入ってみる。音楽室に入るのは久々だ。一年生の頃は芸術選択科目で音楽を選択していたが、伊佐高のカリキュラム上、二年になると芸術科目はなくなる。

音楽準備室の扉も開いていたので、そろりと中を覗いてみると、準備室も無人だった。

「おいおい、準備室も開けっ放しかよ。盗難されたらどうするんだよ」

自分自身も楽器を扱うが故に、この不用心さは信じられなかった。クラシックの楽器なんてどれも高いだろうに、ちょっと危機意識が低いのではないだろうか。

音楽準備室には、管楽器や弦楽器などがたくさん置かれていた。その中に、誰かの私物らしいアコースティックギターがひとつだけ立てかけられている。

（アコギ？　クラシックギターじゃないのか）

そう思いつつも、アコースティックギターを手に取って見る。弦はやや錆《さ》びているものの、まだ弾けそうだ。ギターネックに差してあったピックを取り、弦を弾いてポロポロと音を出してみる。

「チューニングもズレまくってんじゃんか」

廉司は嘆息して、ギターのヘッドにあるペグに軽く触れてゆっくりと回した。左手でフレットを押さえながら右手で弦を弾き、低い音から始めて、徐々に高い音へと移行していく。時々他の弦との調和を確かめるように数弦を同時に鳴らし、その響きを確認した。不思議と、こうしてギターに触れている間は祈織《いのり》や愛華《あいか》のことが頭から離れていた。

「こんなもんかな？」

一通りのチューニングが終わると、廉司はギターを膝に載せ、深い一息を吐《つ》いた。チューナーどころか音叉《おんさ》もないので自分の感覚任せだが、大幅にズレてはいないはずだ。

「うわ、アコギむっず」

いくつかのコードを試奏してギターの音色に耳を傾け、そう独り言《ご》ちる。弦が錆びかけている上に、エレキギターとは弾き心地も異なるので、いつも通りとはいかない。ちょっと自信を失《な》くしてしまいそうだ。

それからひとり、黙々とギターを弾いた。瞑想《めいそう》とは異なるけれど、ちょっとそれに近い感覚だ。慣れないアコギだからか、音に集中している間は余計なことを考えずに済んだ。

すると――

「あ、不法侵入者発見！」

背後からそう声を掛けられて、思わず身体《からだ》をびくりと震わせた。おそるおそる振り返ると、そこには金髪ショートボブのギャルが立っていた。もちろん、クラスメイトの黒瀬《くろせ》愛《あい》華《か》だ。

「なーんてね。こんなところにいたんだ」

愛華は困ったような笑みを浮かべて、小首を傾《かし》げた。

「驚かせんなよ。何か用か？」

「ううん、別に。ただ、何となく歩いてたら、ギターの音が聞こえてきたから来てみただけ」

「……ふぅん」

嘘《うそ》を吐《つ》け、と思う。彼女は涼平《りようへい》達と一緒にカフェテリアで昼食を取っていたはずだ。時間帯的に、昼食を終えてからずっと廉司《れんじ》を探していたに違いない。

「そのギター、廉司の？」

愛華はギターを覗《のぞ》き込《こ》んで訊《き》いた。廉司は肩を竦《すく》めて首を小さく横に振る。

「まさか。多分誰かの私物。ここに置いてあったから、チューニング合わせて弾いてただけ」

　愛華から視線を逸《そ》らして、小さく息を吐く。正直、今は誰とも話したくなかった。いや、特に愛華とは話したくなかった、というのが本音なのかもしれない。だからこそ、昼食の誘いも辞退してこんなところをうろついていたのだから。

　だが、彼女がこちらの気持ちを察してくれる女の子ではないことも知っていた。察していても、敢《あ》えて空気を読まずに自らの意思を押し通す……そうした強引さも併せ持つのが黒瀬愛華だ。彼女は相変わらずの自信満々な笑顔で言った。

「そうなんだ？　じゃあ、何か弾いてよ」

「無茶《むちゃ》ぶりかよ」

「いいじゃん、色々弾けるんだから。ね？　いいでしょ？」

　愛華は甘えるように、お願いのポーズを作った。ちょっとあざといけれど、それを可愛《かわい》いと思ってしまう自分もいて、そんな自分に腹が立つ。

「せめて、リクエスト形式にしてくれ。アコギだから弾けるかどうかわかんないけど」

　準備室から音楽室まで連れ出されたところで、廉司は諦めたように息を吐いた。準備室には椅子がなかったから、音楽室の方で座ってじっくり鑑賞したいのだろう。

「うーん……じゃあ、あたしあれ聴きたい！　滅鬼刀桜《メッキ》の『紅蓮桜花《ぐれんおうか》』！」

　その単語に、弦を触っていた廉司の手がぴくりと止まった。

（何でその曲をリクエストするかな……）

愛華《あいか》に気付かれないようにこっそりと重い息を漏らし、指先をいじった。『紅蓮桜花《ぐれんおうか》』は廉司《れんじ》のチャンネルがバズる切っ掛けになったものであると同時に、祈織《いのり》が匿名でリクエストしてくれた楽曲でもある。嫌でも先日祈織と一緒に帰った時の楽しかったやり取りが蘇《よみがえ》ってしまった。

『リクエスト聞いてくれたの、嬉《うれ》しかった。ありがとう』

『でも……ずっと応援してた。廉司くんの演奏聴くと、元気出てくるから』

祈織はとても嬉しそうにそう伝えてくれて。あの言葉が嘘《うそ》だとは到底思えなかった。

あの日の祈織は色々おかしかった。廉司の動画を誤って教室内で流してしまったり、髪を切るか相談してきたり、謎の決意をして突然ギャル化しようとしたり、意味がわからない。だけれど、その時間はすごく楽しくて、ここ数年で一番胸が高鳴った時間だったように思う。ほんの数日前の出来事のはずなのに、遥《はる》か昔に思えてしまった。

「……廉司？　どうしたの？」

「え？　あー……えっと、ごめん。紅蓮桜花はアコギだと弾けないんだ」

愛華が怪訝《けげん》そうに尋ねてきたので、咄嗟《とっさ》に廉司は少しだけ嘘を吐《つ》いてしまった。弾けないことはない。でも、今は弾きたくなかった。

「え、そーなの!?　チョー残念。確か廉司の動画見たのもあれが初めてじゃなかったかなあ。アレンジもかっこよかったし」

「悪いな。他の曲で頼む」

「それなら、陰キャ・ザ・ロックの『あの星になれたら』は？」

陰キャ・ザ・ロックは最近ヒットしたバンドアニメで、『あの星になれたら』はそのエンディングテーマだった。これは今年の一月に投稿して、再生数も伸びたので印象に残っている。

「それならいけるかな。バッキングだけでいいか？」

「バッキング……？　が何なのかよくわかんないけど、弾いてくれるならいいよ！」

愛華は細かいことなど気にせず、明るく頷《うなず》いた。

バッキングとは、簡単に言うとコード弾きだ。投稿した動画ではバッキングギターとリードギター、更に歌メロも弾いているが、もちろん重ね録《ど》り。ピックじゃなくて指弾きならある程度弾けるかもしれないが、さすがに練習なしでは難しい。

「んじゃ、そういうことで」

自分でカウントを取って、早速イントロに入る。うろ覚えだったが、イントロを弾き始めたら自然と手が動いてくれた。簡単な曲で良かった。

「廉司の生弾いてみたとかチョー自慢できるじゃん！　クラスで自慢していい？」

廉司の演奏を前に、愛華が感激した様子で言った。

「やめろ。弾くのやめるぞ」

「もう、ジョーダンじゃん、ジョーダン。君、アメリカンジョークもわかんないの？」

どこにアメリカンな要素があるのかちゃんと説明してほしい。

そんなやり取りがありつつも、愛華《あいか》は純粋に廉司《れんじ》が弾く様子を楽しんでくれていた。瞳をキラキラ輝かせて、まるで好きなアーティストの生演奏を前にしているみたいだ。

簡単な曲をコード弾きしているだけなので、ちょっと申し訳ない気持ちがしないでもない。でも、きっと愛華からすればそんな技術的なものなどどうでも良くて、普段見ている弾いてみた動画の人が目の前で演奏している、という事実そのものが嬉《うれ》しいのかもしれない。

机に肘を突いて、惚《ほ》れ惚《ぼ》れした様子で彼女は廉司の手元を見ていた。

(俺の演奏を聴いてくれるのは……愛華なんだな)

桜色に輝く彼女の瞳を見つつ、ふと思う。

廉司の理想では、ここでこうして聴いてくれているのは彼女ではなかったはずだ。本当に聴いてほしい人には聴かせられなくて、その人の恋敵を自称する彼女がここで自分の演奏を聴いている。何とも皮肉なものだ。でも、まるで有名アーティストの演奏を直《じか》に見ているかのような瞳で廉司の奏でる音律に身体《からだ》を揺らしている愛華を見ると、それはそれで悪くないと思えてくる。自然と廉司の口元からも笑みが漏れていた。

最初のサビに入ったところで、愛華が鼻歌で歌メロを歌い出した。何だかセッションみたいで楽しくなってきて、演奏にも自然と力が入る。

「やば、楽し！　廉司のギターに鼻歌乗せれるとかあたしＶＩＰじゃん！」

サビが終わったところで、愛華が昂《たかぶ》った様子で言った。

「何のＶＩＰだよ。スパチャ寄越《よこ》せ」

「じゃあ、自販機で何か奢ったげるね」

演奏を続けながら、そんな会話を交わす。

愛華の底なしの明るさみたいなものは、ほんとにすごいなと思わされる。この音楽室に来た時は彼女に対しても気まずいと思っていたのに、あれよあれよと愛華のペースに巻き込まれてしまっているうちに、いつものテンションで話していた。

「ねえ、ラスサビのところでＴｉｋＴａｋ用の動画撮っていい？　友達の演奏で鼻歌歌ってみた、的な動画も面白いかなって思ったんだけど」

間奏に当たる部分で、愛華が訊《き》いてきた。

これまでの廉司なら、もし祈織《いのり》に見られたら、とか、愛華のフォロワーからどう思われるか、とか色々考えて、きっと拒絶していただろうと思う。でも、愛華と過ごす時間が楽しくて、思わずこう答えてしまっていた。

「……俺のこと映さないなら」

「ほんと!? やった！」

その時に見せた彼女は明るくて、あっけらかんとしているいつもの笑顔よりも輝いてみえて。思わず、胸がきゅっと締め付けられる。

愛華《あいか》はスマートフォンの動画レコーダーを起動し、インカメラにして自分に向ける。前髪だけ直して、ちょうど廉司《れんじ》が入らないくらいの角度で自撮りに構えた。

サビに入るところで目だけで合図を送って、そこから彼女の鼻歌が廉司の音律に乗る。ただ体を揺らして鼻歌を歌っているだけだが、その横顔はとても楽しそうで、見ているだけでこちらまで楽しくなった。

（……悪くないのかもな、こういうの）

アウトロを弾き終えるまで楽しそうにカメラへと視線を向けて笑顔を作る愛華を見て、廉司はふとそんなことを思ってしまうのだった。

「ねえねえ廉司！　この動画、めちゃくちゃ良い感じじゃない!?」

愛華は今撮った鼻歌動画をスマートフォンのアプリで手早く編集し、廉司に見せた。

編集していたのは僅か数分のはずなのだが、フィルターやエフェクトなどが駆使されており、良い雰囲気の動画となっていた。スマートフォンのマイクで撮影したのであまり音質は良くないが、それでも愛華の楽しそうな雰囲気を表現するには申し分ない。そもそも、

ＴｉＫＴａｋの視聴者はあまり音質など気にしないらしく、これで十分なのだそうだ。これは十代のユーザーが多いショートムービーＳＮＳの特徴かもしれない。廉司の主戦場であるＵｔｕｂｅなら確実に文句が入るだろう。

「良いんじゃないの。俺映ってないし」

「いや、そこかよッ」

廉司の気のない返事に対して、愛華の鋭いツッコミが入った。もちろんこれは半分照れ隠しだ。彼女の楽しそうな姿に思わず惹《ひ》かれてしまった自分を誤魔化《ごまか》したかったのである。

「あー、楽しかった。ねえ、廉司」

スマートフォンをブレザーのポケットにしまうと、愛華は椅子からとんと立ち上がった。

「文化祭でバンドやろうよ！　あたしメンバーとか集めるし、廉司とバンドやったら絶対チョー大盛り上がりで最強じゃない⁉」

「やらねーよ」

愛華が嬉々《きき》として提案してくるが、廉司はそれを冷たくあしらった。ギターに合わせて鼻歌を歌っていた時から、何となくそんなことを提案されそうな気はしていたのだ。

「え～⁉　何で？　せっかくギター上手《うま》いのに、ヒーローにならないなんて損だよ。あたし歌も結構自信あるし、お客さんも集められるし。あと、友達も多いからベースとドラムできる人も多分見つけられる！　ほら、いけそうじゃない？」

「そういう問題じゃなくて、俺が嫌なの」

「ケチ。ケチケチケチ、廉司《れんじ》のケチ！　ケチ廉司ぃ！」

廉司の頑《かたく》なな姿勢に、愛華《あいか》は頬《ほお》を膨らませて不満を顕《あら》わにした。盛り上がっているところ悪いけども、廉司としては全くやる気がない。

そもそもの話、廉司は学園祭でのバンドライブが少し苦手だった。如何《いか》にも学校の人気者がバンドやってます、みたいな雰囲気感が、真面目に音楽に取り組んでいる身からするとちょっと許せないというか、苦手というか。そこには、上手《うま》くもないくせにちやほやされやがって、という嫉妬もあるのかもしれない。

廉司はどちらかというと、キャーキャー騒がれるよりは黙々とギターを弾いているのが性に合っていると思っていた。それに、愛華とバンドなんてやれば嫌でも目立ってしまう。これ以上変に目立ちたくもなかった。

「じゃあ、弾き語りは!?」

「演奏形態の問題じゃないから」

「ケチ廉司ぃ〜……君、ほんとノリ悪いね。まあ、それが廉司らしいと言えば廉司らしいんだけどさっ」

愛華は不満そうにしたかと思えば、一転笑顔でにっこりと笑ってみせた。

どうやら諦めてくれたらしいので、ほっと安堵《あんど》の息を吐《つ》く。愛華の性格上、文化祭直前になってまたやろうとか言い出す気がするけれど、とりあえずは良しとしておこう。あまり人の入っていないライブハウスでバンドサポートをするのは特に何とも思わないが、文化祭はちょっと気が重い。

「歌上手いっていうので思ったけど、愛華って音感良いのな。さっきの鼻歌も、ピッチも全然外してなかったし」

　これ以上文化祭の話を続けられたくなかったので、廉司は話題を変えた。

ただ、これも本音ではあった。鼻歌ではあるものの、ピッチ――すなわち音程――がぴったり合っていたのだ。ちょっと正確過ぎて驚いた程だ。

「あー、うん……あたし、こう見えて昔ピアノやってたからさ。普通の人よりは音感とかあるんじゃないかな」

「ピアノ？　愛華が？」

　これまた驚かされた。この金髪ショートギャルの女の子と上品なピアノというのがあまりに不一致なように思えたのだ。

「あ、何そのあからさまに『え？　このギャルが？』みたいな顔。ギャルだってピアノくらい弾くから！」

　あの時ギャルじゃなかったけど、と愛華は付け足し反論した。ギャルじゃなかったならその反論は成立しないのではないだろうか、と一瞬思ったけど、触れないでおこう。また面倒なことになりかねないし。彼女はピアノの前まで移動して鍵盤蓋を撫《な》でると、ピアノ椅子に腰かけた。鍵盤蓋には鍵がかかっており、弾けないようだ。

「こう見えて、小学生の頃は結構いいところまで行ってたんだけどね。コンクールでもよく入賞してたし」

「へえ……すごいんだな」

素直に感心した。小学生の頃に廉司《れんじ》も祈織《いのり》の応援でコンクールには足を運んだことがあるが、コンクールにはたくさんの出場者がいて、その中で入賞できるのは数人だけだった。愛華《あいか》もそこに選ばれるだけの実力者だったのである。

(もしかしたら、俺も愛華の演奏を聴いたことがあるのかもな)

当時、祈織以外の演奏には興味を持っていなかったので、他の演者の演奏はちゃんと聴いてはいなかった。その中に愛華もいたとすると、それはそれで面白いなと思わされた。

廉司は訊《き》いた。

「何で辞めたんだよ？　入賞できるレベルだったなら、勿体《もったい》ないじゃんか」

「う〜ん……ピアノが嫌いになっちゃった、からかな」

「嫌いって、何でまた。指導者がダメだったとか？」

廉司の質問に、彼女は首を横に振った。

「ううん。先生は良い人だったと思う。両親からも応援されてたし、環境自体はすごく良かったかな。でも……自分の限界っていうのが見えちゃって。あたしは、自分のその限界が許せなかったんだと思う」

　その言葉を発した時の愛華は、これまでの雰囲気とは打って変わって神妙で。空《くう》を見つめているようにも、譜面台に映る自分を睨《にら》みつけているようにも見えた。普段は明るく輝いているその桜色の瞳に、憎しみにも似た感情が見え隠れする。

「ごめん、意味わかんないよね。これを廉司に話すのは、ちょっと勇気がいるんだよ」

　愛華ははっとしてこちらを向いて、微笑《ほほえ》んだ。ただ、彼女のその笑みには何か既視感があって、思わず廉司は息を詰まらせた。今愛華が見せた笑みは、何かを諦めたような笑み。それは……祈織がよく見せるものと、少し似ていた気がした。

「でも、話しとく。きっと、その方がお互いのためにもいいだろうし」

　愛華は何かを決意したように深呼吸をしてから、ピアノ椅子から立ち上がった。廉司の前の席まで戻ると、横を向いて視線を床に落とす。

「コンクールでね、すごく上手《うま》い子がいたの」

　一呼吸置いてから、彼女はゆっくりと語り出した。

「同い年なのに一音一音の出音とか音の粒とか、全部のレベルが違ってて、プロの演奏を聴かされてるみたいで。もう……あたしじゃ絶対に勝てないって思うくらいの天才。人生で初めての敗北感ってやつ？　そこであたしは心をバキバキに折られて、そのまま辞めたの。自分で自分の才能を信じられなくなったから」

そこまで語ると、愛華《あいか》の顔に再び力の無い笑みが浮かんだ。

「まっ……あたしの心をバキバキにへし折った人、今は同じクラスなんだけどね」

「それって……」

コンクールで賞を取るレベルにいる愛華の心を折るほどの天才で、今同じクラス。思い当たる人物は、ひとりしかいない。

「そ。君の幼馴染《おさななじみ》の、望月祈織《もちづきいのり》ちゃん。あたしが唯一勝てないって思った女の子で、あたしにとっては挫折と後悔の象徴、みたいな感じ？　その子と同じ学校ってだけでもびっくりだけどさ、まさか二年で同じクラスになるとは思わなかったよね」

「お前は……祈織のこと、知ってたのか」

「うん、最初から知ってた。向こうはあたしのことなんて知らないだろうけどね。眼中にもなかっただろうし」

愛華は自嘲気味に鼻で笑い、溜《た》め息を吐《つ》いた。予期せぬところで明らかになった、祈織と愛華の因縁。それは因縁と呼んでいいのかさえわからないほどの、一方的な敗北感だった。容姿に恵まれ、明るい性格で人気者、さらにはインフルエンサーである愛華。彼女は何でも持っていて、人生全てが上手《うま》くいっているように見えた。そんな彼女が抱える予想外の劣等感に、廉司《れんじ》は驚きを隠せなかった。

「あの子、もうピアノ辞めたの？」

　愛華は少し迷うような様子で尋ねた。もしかすると、ここ最近の祈織を見ていて、ずっと気になっていたのかもしれない。

「うちに来た頃にはもう辞めてたよ。この前訊《き》いてみたら、もう弾かないってさ」

「何で？」

「わからない。訊いてもはぐらかされた。触れちゃダメなんだろうなって雰囲気あったから、それ以上は聞いてない」

「なにそれ、腹立つ。誰よりも才能あるくせに……そのせいであたしは辞めたのに。何であんたが辞めてんの。意味わかんない」

　ぎりっと悔しそうに爪を噛《か》んで、彼女は不満を漏らす。そこで我に返って、「まぁ、あたしには関係ないからいいけどさっ」と慌てて笑顔を作った。

「でもさ、同じ人間に何回も負けたくないじゃん？　あたし、こう見えてすっごく負けず嫌いだし。それに……諦めたくないものだってあるし、ね？」

　愛華はいつものどこか揶揄《からか》うような目つきで、廉司をじっと見据えた。わざわざ言わなくてもわかるよな？　という暗黙の意思表示。先日の祈織との会話を思い返せば、彼女の意図することは明白だ。

「……言わんとしてることは、わかったよ」

「そう？　廉司《れんじ》、鈍いから気付かないかと思った」

彼女はくすくす笑うと、椅子にもたれかかって伸びをするようにして両腕を伸ばした。

「あたしね、今になってピアノ辞めたこと、後悔してるんだ。ピアノ辞めたことってより、自分を信じなかったことを後悔してるのかな。だって、そうじゃん？　あたしがあたしを信じてて、もっと練習頑張ってたら、いつかはあの子を超えられたかもしれない。超えられなかったとしても、やるだけやってたら後悔はしなかったと思う。そしたらきっと、ピアノも嫌いになんなかっただろうし、自分のことも嫌いにならなかったんじゃないかなって。まあ、結果論だけどね」

「自分を嫌いになる？　お前が？」

意外だったので、思わず訊《き》き返した。自信の塊みたいな人間からそんな言葉が出てくるとは思ってもいなかったのだ。

「そういう言い方、ほんと傷付くな～。君、女心もうちょっと学んでよ。あたしだって自己嫌悪くらいするから」

愛華《あいか》は傷付いたような表情を作ってからまた弱々しい笑みを浮かべると、続けた。

「自分の好きなもので負けて、挫折して、諦めて、自信なくして……あたし、それで一回自分のこと大っ嫌いになったの。ほら、あたしってこうだからさ。負けた自分が許せなかったっていうのもあるけど、そこで心が折れた自分を受け入れられなかったんだよね」

「……なるほど、ね」

「うん。そこからは……自分を好きになるための努力をずっと続けてきたって感じ。メイクとかお洒落《しゃれ》もだし、勉強もそこそこ頑張って。誰からも頼られて、誰からも好かれる……そんな〝黒瀬《くろせ》愛華〟になれたことで、ようやくあたしはあたしを取り戻せたんだと思う。それなのに、今度は恋敵としてあの子と競い合うって。どんな運命だよ！　ってツッコミ入れたよね」

　今の黒瀬愛華を形成した要素。それは、ひとつの敗北と挫折が切っ掛けだった。

　愛華がこのことを話すのに勇気がいる、と言っていた意味が今ならわかる。これは謂《い》わば、自らの恥部を曝《さら》け出す行為に等しい。きっと、愛華からすれば誰にも知られたくなかった秘密のはずだ。

「廉司からしたら、勝手に勝負事にされて迷惑なのもわかってるよ。でも……あたしにもこういう事情があるわけ。だから、今度は絶対に諦めたくない。あたしが負けを認めるのは、あたしの可能性がなくなった時だけ。そう決めたから」

　桜色の瞳が、廉司を射貫《いぬ》く。その瞳には一切の迷いがなく、彼女が如何《いか》に本気であるかが窺《うかが》えた。いや、本気だからこそ、彼女は自らの恥部とも言うべき過去を話したのだ。

「別に、今すぐ決めなくてもいいよ。でも、向こうは君を恋愛対象として見てないんでしょ？　だったら、遠慮する必要もないんじゃないかな。少なくとも、あたしは……どんよりしている君より、楽しそうにしてる君の方が好きだよ。さっきギター弾いてた時みたいにさ？」

愛華《あいか》は力なく笑って、小首を傾《かし》げる。その笑みには妙な艶っぽさがあって、廉司《れんじ》は思わず目を逸《そ》らそうとする――が、彼女はそれを許さず、両手で廉司の頬《ほお》を挟んで無理矢理《むりやり》自分の方を向かせた。

「ねえ、廉司。ひとつだけ約束して」

その桜のような瞳に廉司を映したまま、愛華はこう続けたのだった。

「これからは、あたしの方もちゃんと見て。あの子と違って、あたしは君をちゃんと見てるから」

2

音楽室での一件があって以降、廉司はほぼ毎日愛華と一緒に過ごすようになっていた。愛華とふたりで彼女の行きつけのカフェに行く日もあれば、涼平《りょうへい》や青葉翠《あおばすい》と一緒にだらだら過ごす日もある。ここ数日の自分の変化には驚いていた。何だか、これではまるで普通にリアルを楽しんでいる高校生ではないか。自分がどこか遠くから眺めていたような、色鮮やかな高校生生活を送っている。それがどこか信じられなかった。

愛華の勢いに乗せられてしまっている、というのも大きい。廉司の気分が乗らなくても、無理矢理自分のペースに引き込んでいく。彼女にはそんな強引さがあって、そして嫌々付き合いつつも、彼女のペースに巻き込まれるのはそんなに嫌ではなかった。

祈織《いのり》との一件を目の当たりにしてから愛華とも若干気まずくなってしまっていたが、その蟠《わだかま》りもなくなったように思う。それも、彼女の強引さが切っ掛けだ。彼女はその蟠りをなくそうと歩み寄ってくれたし、自らのトラウマを語って聞かせたことで、こちらも歩み寄らざるを得なかった。そして、何より一番大きかったのは、この言葉だ。

『あの子と違って、あたしは君をちゃんと見てるから』

ここには、いくつかの言葉が隠されているように思う。おそらく、彼女はこう言いたかったのではないだろうか。

『あたしは君をちゃんと〝恋愛対象として〟見てるから。〝だから、君もあたしをちゃんと見て〟』

廉司の頬を両手で挟んでこちらを真正面から見据える瞳は、そう語っているように思えた。本当に強引だ。

愛華や涼平、彼女の友達と過ごすのは楽しい。彼女達はいつでもテンションが高くて、つまらないことや嫌なことが生じても、持ち前のテンションでその場その場を楽しい空気に変えている。そこにはきっと、深い考えなんてない。彼女達は、本能的にそれができる人間で、コツを知っているのだ。そして、涼平《りょうへい》は涼平でその場の空気に自らを合わせられる能力を持っていて、愛華《あいか》達のハイテンションにもついていくし、廉司《れんじ》と気怠《けだる》く過ごす時はそのローテンションに合わせている。きっとこれも本能なのだろう。少なくとも、どちらも廉司にはないものだった。

異なる人種の中にいることに、少し違和感を抱くことはある。廉司にとって彼女達はちょっと明る過ぎるというか、テンションが高過ぎるのだ。無意識のうちに愛華達の高いテンションに合わせていると、時折自分が疲れていることに気付くことがあった。

廉司の自然体とは、程遠い姿。愛華達といると緊張してしまうし、身構えてしまうのも事実。自分と異なる人種と接するのだから、当然だ。だが、それでも――『ちゃんと見て』と言われたからには、見ないわけにもいかない。愛華は愛華で、ちゃんと廉司と向き合ってくれているのだから。

「ねえ、愛華！　昨日上げてた鼻歌の動画、うちの音楽室で撮ったやつっしょ？　隣でギター弾いてたの誰？」

教室で、青葉翠《あおばすい》がそんな声を上げたので、思わずびくっとする。昨夜《ゆうべ》、愛華は先日の鼻歌動画をＴｉＫＴａｋにアップしていたのだ。一応その動画も確認したのだが、『友達にギター弾いてもらった！』とだけ説明欄に記載があり、廉司に関する情報は一切載ってなかった。

愛華は「ナイショ」と翠にウィンクをして返すが、翠からしつこく「えー、誰だよ？先輩？」「教えろよ」「もしかしてオトコ⁉」などと問い詰められていた。彼女はいつも通り飄々《ひょうひょう》として「さあ？」「誰でしょう？」「ひみつ～」などと質問をかわしつつ、一瞬だけこちらを見て悪戯《いたずら》っぽく笑っていた。何だか、秘密を共有しているみたいでちょっと恥ずかしい。

（ったく……何で俺がヒヤヒヤしなきゃいけないんだよ）

小さく溜《た》め息を吐《つ》いて、視線を戻した時——ふと、祈織《いのり》と目が合った。彼女は先程の愛華達のやり取りで、そのギターを弾いている主が誰なのかをすぐに察したのだろう。驚いたように目を見開いて、廉司と目が合うや否や、すぐに逃げるように教室を出て行ってしまった。

（……何で、お前がそんな反応するんだよ）

祈織のその反応には、つい苛《いら》ついてしまった。一体誰のせいでこんな気分になっていて、色々ややこしいことになっていると思っているのだ。

ただ、それもやっぱり八つ当たりみたいなもので……祈織が廉司を恋愛対象として見れないことに関して、彼女に一切の非はない。むしろ、それに関しては廉司の自己責任の側面も大きかった。

そこで、愛華の言葉を思い出す。彼女は『あの子と違って、あたしは君をちゃんと見てるから』と言った。あの子とは、もちろん祈織《いのり》のことだ。だが――祈織は廉司《れんじ》を見ていなかったのだろうか？　そこには少々懐疑的だった。というのも、祈織は廉司が弱小投稿者だった頃から活動を応援してくれていて、コメントで励ましてくれていた。夢香子人形《ムーシャンツー》まで手作りして、今も応援してくれている。

やっぱり、祈織に関しては違和感がたくさんあった。何だか、彼女の言葉と行動には、矛盾がある気がしてならない。

「おーい、廉司！　聞いてる～？」

愛華《あいか》から名前を呼ばれ、はっとする。気を抜くと、祈織のことを考えてしまう。考えても良いことなどないのに、悪い癖だ。

「あ、ごめん。何？」

「これからスイとカラオケ行こーってなったんだけど、廉司も行こうよ」

愛華の方を見ると、翠《すい》がこちらに小さく手を振った。先程の鼻歌動画から、カラオケに行く流れになったのだろう。ただ、女ふたりの間に男ひとりは気まずいものがある。どうしようかと悩んでいると――

「ほら、涼平《りようへい》も行くってさ！」

愛華は言いながら偶然横を通りがかった涼平の首根っこを掴《つか》み、燦燦《さんさん》とした笑みを浮かべた。もちろん涼平は「はい!?　どこに!?」と困惑していたが、愛華ににっこりと笑い掛けられると、すぐに「……ご一緒します」と承諾した。どうやら彼女は笑顔だけで恫喝《どうかつ》する技術を持ち合わせているらしい。強引にも程があるだろうに。結局、廉司に選択肢は残されてはいなかった。

「ああ、うん……いいよ」

そう答えた刹那、教室から立ち去った祈織の後ろ姿が脳裏を過《よぎ》った。でも……今、廉司をしっかり見てくれているのは、きっと愛華だ。それを考えると、答えは決まっていた。

青いネオンライトがカラオケルームを幻想的な空間に変えていた。壁に掛かる液晶テレビは大都会の夜景を背景に歌詞を映し出し、音楽に合わせてレーザーライトが天井から床へとランダムに赤い点を描く。

その狭い室内に、ビブラートを効かせた愛華の美声が響いた。涼平は賑《にぎ》やかしでタンバリンを鳴らし、そんなふたりの様子を翠が動画で撮影している。

実に楽しげな雰囲気だった。以前涼平が言っていた『学生のモラトリアム』を具現化したような時間がこの空間には流れているように思う。

でも――そんな空間の中、廉司はどこか馴染《なじ》めずにいた。たった四人だけの空間なのに自分の居場所がわからなくて、孤立感を抱かされてしまう。

手元に視線を落とすと、デンモクが煌々《こうこう》と輝いたまま次の操作を待っていた。次は廉司が歌う番なので早く曲を入れないといけないのだけれど、なかなか選曲が決まらない。さっきも翠《すい》から「月城《つきしろ》、まだ？」と急《せ》かされているが、歌いたい曲がなかった。既にこれまで二回ほど順番を飛ばしてもらっているので、さすがに次くらい歌わないと空気的にもまずい。

だが、皆も知っていて廉司《れんじ》が歌えそうな曲は、殆《ほとん》ど昔祈織《いのり》が好きだったアーティストの楽曲ばかりだ。そのアーティスト名を見るだけで無意識のうちに彼女に思考を持っていかれ、手が止まってしまう。そうしていくつかのアーティストのページを見て、ああでもないこうでもないと選曲に苦しみ、今に至るのだ。

別に、今が楽しくないわけではない。仲の良い友人達と放課後に遊んで過ごせるのは、きっと楽しい高校生活に入るはずだ。

しかし、どうしても気持ちが乗ってこない。こんなことをしていて良いのだろうかと思ってしまうもうひとりの自分がいて、焦燥感に駆られてしまうのだ。

その原因は明白。自分が本来すべきことをなおざりにしているからに他ならない。ギターの練習も弾いてみた動画の投稿も、祈織へのお返しも、そしてあの約束のことも、彼女の『恋愛対象じゃない』発言以降全てが停滞していた。それが自分でもわかっているから、余計に焦ってしまって何もかもが楽しめなくなっている。

ギターも動画もお返しも、いずれも緊急性が高い事柄ではない。たとえばスマートフォンの料金の支払いなどに比べれば、優先度は低いはずである。だが、それでも焦燥感を抑え切れないのは、それらの事柄が月城廉司を月城廉司たらしめるためにやらなければならないことだからだ。愛華《あいか》が一度嫌いになってしまった自分を好きになるために色々なことを頑張ったように、廉司もギターを頑張らないと自分を好きでいられなくなってしまう。そんな気がしてならなかった。

「……ーい、廉司？　聞いてる？　ねえ」

デンモクをぽちぽちといじりながらそんなことをぼんやりと考えていると、愛華の声が聞こえてきた。

「え!?」と驚いて顔を上げると、そこには心配そうにこちらを見る愛華と、呆《あき》れた様子の涼平《りょうへい》と翠の姿。曲は既に終わったようで、室内の液晶テレビには待機画面としてアーティストのインタビューが流れていた。

「次、廉司の番だよ？」

「あっ……わり。まだ入れてなかった」

手元のデンモクにはスウェーデンのメロディック・デスメタルバンドのARCH《アーチ》 EN《エネ》EMY《ミー》の楽曲一覧が表示されていた。祈織から思考を切り離そうと思って、彼女と関連性がないバンドのページを表示させたのだろう。

ただ、こんなものを歌ってしまえばこの室内がどんな空気になるのかは想像しなくてもわかる。カラオケで選曲してはならない楽曲トップ一〇に入りそうなバンドだ。

「おいおい廉司《れんじ》、どーした？　さっきから浮かない顔して、ノリ悪いぜ？」

「そーそー、月城《つきしろ》まだ一曲も歌って——」

翠《すい》がそこまで言った時、彼女の持つスマートフォンがぶるぶるっと震えた。スマートフォンを見て、彼女は少し驚いた顔をしてから、何かを確認するように愛華《あいか》をちらりと見た。ふたりの視線が一瞬交差した……気がする。その直後、翠は嫌そうに顔を顰《しか》めて、やや演技掛かってこう嘆いたのだった。

「うっわぁ……兄貴からだ。めんどくせぇなあ。悪い、ちょっと席外すよ」

青葉翠《あおば》は一言断ってからスマートフォンを耳に当て、部屋から出て行った。廊下からは「はいはい、何だよ？」と鬱陶しげに応える彼女の声が微《かす》かに聞こえ、次第に遠ざかっていく。

部屋が三人になったところで、今度は愛華が涼平《りょうへい》に目配せをしたかと思えば——

「あ、あいたたたたっ！　急に腹がッ」

タイミングを見計らったように、涼平がいきなり腹を押さえて苦しみ始めた。

「……？　大丈夫かよ？」

「い、いや、こいつは良くねえぜ。良くねえ痛み方だ……ッ。腹の中でジョン・ウィックに扮《ふん》したキアヌ・リーブスがドンパチおっ始《ぱじ》めやがったッ」

　心配して訊《き》いてみると、彼は洋画の吹き替え音声みたいなわざとらしい口調で答えた。

　腹痛がジョン・ウィックに扮したキアヌ・リーブスなら、胃腸薬はマット・デイモンか全盛期のデンゼル・ワシントンか？　腹の中がとんでもない惨状になりそうだ。

「というわけで、僕はちょっとトイレに行ってくるよ」

「お、おう……お大事に、な？」

　腹を抱えたまま部屋を出て行く涼平に、廉司は首を傾《かし》げる。普段からお調子者の涼平だが、あんな洋画の吹き替え音声みたいな喋《しゃべ》り方をしたのは今日が初めてだ。

　自然と愛華とふたりきりになるや否や、彼女は妖艶とも感じさせる微笑を口角に漂わせ、廉司の隣に座り直した。スカートから剥《む》き出しになった彼女の長い足がぴったりとくっつけられ、思わず胸が高鳴る。

「それで、どう？」

「な、何が？」

「どーよ、あたしの歌唱力はっ」

　愛華は自信満々にこちらを覗《のぞ》き込《こ》みながら訊いてきた。

　歌の感想を求めているのか。一体何のことかと思った。というか、太ももの感触とか体温がズボン越しに伝わってきてそれどころではない。

「あ、ああ……良いんじゃない？」

「『良いんじゃない？』……なに、それ」

「いや、ほんとに上手《うま》いと思ってるから」

不機嫌になりそうだったので、慌てて感想を付け加えた。

実際、歌には結構自信があると自分で言うだけあって上手かった。

「まあねンっ」

物凄《ものすご》いどや顔を見せられた。どや顔がよく似合っているから余計に腹が立つ。

ただ、音楽室で見せた力ない笑顔よりは、断然こっちの方が良い。

「声張ってもピッチ安定していたし、そこらのアマチュアバンドのボーカルより全然上手かったよ」

「まあねンっ。というわけで、文化祭でバンドやろ？」

「やんねーよ」

話の流れ的に何となく言いそうだなと思っていたので、即答する。

褒めるとすぐにつけあがる。きっとそれが愛華《あいか》の良さでもあるのだろうけども。

「ちぇっ。ケチ廉司《れんじ》ぃ」

愛華は唇を尖《とが》らせてそう不満を零《こぼ》しつつも、破顔してデンモクを覗《のぞ》き込《こ》んだ。

「それで、廉司は？　歌わないの？」

「いや、あんま得意な歌とかなくてさ。何歌えばいいかわかんなくて」

歌えない曲がないわけではないが、それが祈織《いのり》とリンクしてしまってどうにも気乗りしない、とはさすがに言えなかった。特に、愛華には。

「あれだけギター上手いんだから歌なんて簡単でしょ？」

「別物だっつーの。ギター弾けるだけで歌も上手くなるなら苦労しないって」

「あ、そっか」

愛華はくすくす笑いつつも、廉司の肩に手を置いてこちらにぐっと身体《からだ》を寄せた。その拍子にふわりと彼女の香水が鼻腔《びこう》を擽《くすぐ》って、嫌でも鼓動が速まる。

（だから、近いって……！）

色々柔らかいところが当たってしまっているし、これで何も感じるなという方が無理だ。男なら嬉《うれ》しいと思うべきなのだろうが、嬉しさよりも気まずさが勝ってしまう。

「じゃあさ、なんかふたりで一緒に歌えるやつにしようよ。それとも、せっかくふたりきりだし……別のこと、する？」

「別のことって？」

「たとえば……チュー、とか？」

蠱惑的《こわくてき》な笑みを唇に浮かべて、愛華は廉司をじっと見据えた。

「は、はあ？　揶揄《からか》ってんじゃねーぞ。冗談も大概にしろよ」

「冗談かどうか、試してみる？　色々と、前に進めるかもだし」

挑発的な言葉とともに、彼女はほんの少し、廉司《れんじ》の方に顔を寄せた。

彼女の桜色の瞳は薄暗い室内でも一際輝き、その深淵《しんえん》を覗《のぞ》き込《こ》むような眼差《まなざ》しに思わず息を呑《の》む。他のカラオケルームから漏れてくる歌声や待機画面の音声は徐々に遠のき、ただ彼女の存在だけが浮き彫りになっていた。廉司の鼓動は警鐘のように激しく鳴り響き、その警鐘とは裏腹に彼女の瞳に惹《ひ》き込まれてしまいそうになる。

そして、彼女はその瞳を瞼《まぶた》で覆い、いつぞやの時のように顔を僅かに持ち上げて唇を突き出した。以前と異なるのは、そこに一切の冗談や揶揄《からか》いの雰囲気がなく、さらには息が触れ合うほどに距離が近いということだ。そのままどんどんと彼女の瑞々《みずみず》しい唇が迫ってきて、あわや廉司に触れようかという刹那――

『うん……楽しみにしてるね』

ふと、別の少女の笑顔と声が頭の中で再生された。それは、海音橋《かいおんばし》で夢香子人形《ムーシヤンツー》の御礼に曲を作ると言った時に見せた、祈織《いのり》の笑顔だった。

そこではっと我に返って、廉司は手元のデンモクで開いていた楽曲ページから送信ボタンをタッチ。その直後に液晶テレビにアーティスト名と曲名が表示され、がばっと勢い良く立ち上がった。

「よ、よォし！　やっと曲決まった！　俺のメロディック・デスメタル魂を聴きやがれ！」

液晶画面に表示されたアーティスト名はＡＲＣＨ《アーチ》　ＥＮＥＭＹ《エネミー》、楽曲は彼らの代表曲

『Nemesis《ネメシス》』だった。全然ちゃんと歌える気などしないし、空気もぶっ壊すかもしれないが——むしろ今は空気を壊すのが正解なのかもしれない——もうこの際どうにでもなれ、だ。

「……廉司《れんじ》のヘタレ。ヘ・タ・廉・司」

闇を裂くようなギターのイントロリフの間にそんな罵りが横から聞こえた気がしたが、もちろん無視である。あと、上手《うま》いこと略すな。

ちなみに、メロディック・デスメタル魂が籠ったシャウトを披露している真っ最中に翠《すい》と涼平《りょうへい》が部屋に戻って来てしまい、これ以上ないというほどドン引きされたのは説明するまでもない。何だか色々心が疲弊しただけのカラオケだった。

「あー、ダメだ。全然弾けね」

廉司は愛用するIbanez《アイバニーズ》の七弦ギターをベッドの上に放り投げて、ぐでっと椅子にもたれかかった。カラオケから帰ってきてギターを手に取ってみるも、全く上手く弾けなかったのだ。

四月初旬に『トッカータとフーガニ短調』を上げて以降新しい動画を上げなかったせいで、チャンネル登録者数が減り始めた。ちょっといつものペースで動画を上げなかったくらいで、もう登録解除に踏み切られてしまったらしい。

何の報告もせずに動画投稿を停止したのもまずかった。新学期に伴いフェードアウトしたと思われたのだろう。このままではせっかく突破した二万人の登録者数を下回る可能性もあった。さすがにそれは嫌だったので、そろそろ動画を上げようと思って適当に曲を見繕ってみるも、今度は上手く弾けなくなっていたのである。

別に難しい曲を選んだつもりはない。動画投稿はしていないものの、毎日基礎練習はしていた。いつも通り集中していたらすぐに弾けるようになっていただろうし、動画編集込みでも明日には上げられていたはずだ。

しかし——全くと言っていい程、モチベーションがなかった。モチベーションがないから集中力もなく、そもそも暗譜ができない。このクオリティで動画を上げても、今度はやる気がないと思われて登録解除されそうだ。モチベーションはないくせに、焦燥感だけは募っていくから余計に腹が立つ。

愛華《あいか》と少し仲が深まってから、毎日は確実に楽しくなっていた。だが、それと同時にギターからは気持ちが離れていっていたように思う。愛華達といると、つい刹那的な楽しさを追ってしまうのだ。もちろん、今日みたいに愛華や涼平、青葉《あおば》翠といった新しい友達とカラオケに行ったり、ファミレスでだべったり、何気ない時間が笑いに満ちていて、楽しい。それは決して悪いことではなくて、これまでの高校生活にない潤いと彩りだった。

だが同時に、もうひとりの自分がこう問いかけてくる。

『お前は本当にそれでいいのか？』

その問いに、廉司《れんじ》は頷《うなず》けなかった。

仮に、もし仮に愛華《あいか》と付き合うようなことがあったとしたら……彩られた日々はさらに輝きを増して、華やかな毎日となるだろう。だが、きっとそこに踏み出してしまうと、音楽へのモチベーションはもう回復できないのではないだろうか？　毎日が満たされていると、ギターに割く時間も心もなくなっていく。付き合えば今よりももっと愛華との時間を優先するようになるだろう。そうなると、きっとこのまま動画を投稿しなくなって、演奏系Ｕｔｕｂｅｒとしてもフェードアウトしていく気がする。楽曲制作も、これまでと同じように頓挫するだろう。何となく今の状態を見ていれば、それは想像に容易《たやす》かった。

それに、きっとそうなっても殆《ほとん》ど困らない。せいぜい動画収益が減るくらいだ。その程度なら、アルバイトをすればカバーできるだろう。

だが、内的な問題でいうと、それだけではない。というより、ギタリストでも弾いてみた投稿者でもなくなってしまった自分に、果たして何が残るのだろうか？

音楽を辞めれば何者かになりつつあった自分は消え、何者でもない高校生に戻ってしまうだろう。もしそうなってしまったら、僅かながらに自分を支えていたなけなしの自信みたいなものもなくなってしまうに違いない。それはきっと、愛華が魅力を感じてくれた廉司の姿ではないだろうし、何より廉司自身が望んでいた自分ともかけ離れていた。

（もし、あそこでキスしてたら……どうなってたのかな）

　先程のカラオケでのひと時を思い出し、自らの唇にそっと手を触れる。あのまま愛華とキスをしていたら、きっともう止まれなかった。おそらくなし崩しに付き合う方向に話が進み、これまでの自分とは異なる道を歩まざるを得なくなっていただろう。そして、廉司の立場からすると、あそこで留《とど》まる必要もなかった。意中の幼馴染《おさななじみ》からは『恋愛対象ではない』と言われてしまった今、別に彼女とそうなってしまっても誰からも文句は言われない。涼平《りょうへい》や青葉翠《あおばすい》も、内心ではそれを望んでいる――愛華が裏から手を回しているのかもしれないが――ように思えた。

　だが、既《すん》でのところでブレーキが掛かった。あそこでそうなってしまうのは、絶対に良くない。一番簡単な選択ではあるのだけれど、そんな安易な選び方だけはしてはならない。それを本能的に察したのだ。こうして家に帰るや否や、がむしゃらにギターを弾いているのは、甘い誘惑に負けそうになっている自分を叱咤《しった》するためでもあった。

　そこで、ふとデスクの上にあった夢香子人形《ムーシャンツー》に視線が奪われ、手に取ってみる。この子はいつも通り大きな瞳で優しく見守ってくれていた。ギターを弾かなくても、夢を叶える努力をしていなくても、優しい眼差《まなざ》しを廉司に送っている。

　この人形を祈織《いのり》からもらった時、お返しに曲を作ると約束をした。そして、それは廉司が叶《かな》えたい夢のひとつだったはずだ。しかし、その約束は全く果たされる気配がなく、少し前には無限に湧いてくるのではないかと思えたアイデアも、今では何ひとつ浮かんできやしない。意欲がないのだから、当然だ。創造性と意欲は密接な関係にある。意欲がない時に、良いものなど創れやしない。

廉司《れんじ》が創造性と意欲に満ち溢《あふ》れていた時は、祈織《いのり》が距離を縮めてくれた時だった。一緒に帰ろうと声を掛けてくれたり、一緒に学校をサボったり、夢香子《ムーシャンツー》人形をプレゼントしてくれたり……あの時が、最高潮だったように思う。これまで自分が音楽を続けてきた意味というものを、ようやく見出《みいだ》せたのだ。

だが、祈織から『恋愛対象として見ていない』と言われた直後から、そのやる気は完全に潮を引いてしまった。以降、ギターを触ることはあっても、それはあくまでも腕が鈍《なま》らないために練習しているだけであって、意欲があって取り組んでいるわけではなかった。嫌々やっている筋トレのようなものだ。

愛華《あいか》がいて、涼平《りようへい》がいて、他にも翠《すい》や愛華の友達がいて、学校ではそれなりに羨望の眼差《まなざ》しで見られる立場で。きっと、一年の頃とは比べ物にならないくらい、毎日が充実している。でも、それなのに……廉司は今の自分を、あまり好きにはなれなかった。毎日が楽しいはずなのに、どんどん自分が嫌いになっている気さえする。

(だからって……俺にどうしろっつーんだよ)

意欲を失った理由は明白で、祈織の『恋愛対象じゃない』発言が原因に他ならない。或《ある》いは、それに対して廉司が不貞腐《ふてくさ》れているだけだろう。

ここで人形を見て悩んでいても埒《らち》が明かない。とりあえず、一旦冷たい飲み物でも飲んでリセットしよう——そう思って階下に降りた時、ちょうどこれからお風呂に入ろうとしていたらしい祈織とばったり鉢合わせた。

お互いの口から小さく「あっ……」と声が漏れて、一瞬目が合う。だが、何となく今は余計に彼女と顔を合わせるのが辛《つら》くて、顔を伏せて横を素通りしていこうとすると——祈織が、廉司の背に声を掛けた。

「あのッ……」

遠慮がちな、小さな声。話し掛けていいのかどうかの判断がついていないまま、咄嗟《とっさ》に出てしまったというような声だ。

「動画の投稿……やめちゃったの？」

予想外の祈織からの質問に、廉司の口から「え？」と胡乱《うろん》な声が漏れた。以前のやり取りがあった後に動画のことについて触れられるなど思ってもいなかった。

「いや、そんなことはないけど……？」

素直に答えると、祈織は「そっか。それならよかった」と安堵《あんど》の笑みを浮かべた。

「いきなりどうした？」

「最近、Ｕｔｕｂｅの更新してないから。もう辞めちゃったのかと思って、心配してたの」

チャンネル登録者の声が、実に身近にあった。廉司《れんじ》の弾いてみた動画を楽しみにしてくれている人は大方こんな風に思っていたのだろう。

「あー……うん。まあ。更新できてないだけで、基礎練は毎日やってるよ」

基礎練を嫌々毎日やって何とか腕を保っているつもりだったけれど、モチベーションがついてこなくて投稿できるレベルの動画が撮れていない……とはさすがに言えなかった。

「そうなんだ。廉司くん、忙しそうだもんね」

祈織《いのり》は眉をハの字にして、困ったように笑った。

一瞬皮肉かと思ったが、その表情を見ている限りそういう意図はなさそうだ。ただ単純に、毎日予定があって帰ってくるのが遅いと思ってくれているのだろう。しかし、実際には特別な予定があるわけでも外せない用事があるわけでもなかった。ただ刹那的な楽しさに逃げているだけだ。

「まあ、別に忙しいっていうわけでもないんだけど、な。ただふらふらしてるだけっていうか。ちょっとサボり気味だったのは認めるよ」

「……そっか」

祈織が視線を床に落としたところで、会話が止まった。何か話さないといけないと思いつつも、お互いに言葉が出てこない……そんな感じだ。

(何だか、始業式の前に戻ったみたいだ)

　進級してから少しだけ変わったと思った祈織との関係。一緒に学校をサボった時の心地よさはなく、ただただ気まずい空気だけが残っていた。

「じゃあ、俺はこれで——」

　そう言い残して、この場を立ち去ろうとした時だった。祈織が俯《うつむ》いたまま、こう呟《つぶや》いた。

「ごめんね」

「……？　何でお前が謝るんだよ？」

　彼女の唐突な謝罪に、思わず面食らってしまった。一体何に対して謝られているのかさっぱりわからない。

「別に、祈織は何も悪いことしてないだろ」

「邪魔、してる自覚はあるから」

「邪魔って、何のだよ」

　祈織が何を言いたいのかがわからなかった。彼女を邪魔だと思ったことなど一度もない。もしかすると、母親はあるのかもしれないけれど……少なくとも、廉司にはなかった。

「全部だよ。家でも、学校でも……どこにいても、私は邪魔だと思うから」

「何勝手なこと言ってんだよ。俺がそんなこと思うはずが——」

「あるよ！」

　強い語気で廉司の言葉を遮り、祈織は涙声で悲懐な想《おも》いを紡いだ。

「だって、そうでしょ？　私なんかがいるからおばさんともよく揉《も》めるようになって、家の空気も悪くなっちゃって……。私がいなかったら、黒瀬《くろせ》さんとだってッ！」

嗚咽《おえつ》を堪《こら》えてそう言う祈織《いのり》は、今にも泣きそうで。本来綺麗《きれい》に整っているはずの顔が、くしゃっと歪《ゆが》んでしまっていた。実際には少し強い語気で言っているだけなのだけれど、それはまるで慟哭《どうこく》のようだった。

「さっきから何だよ……？　何で母さんとか愛華《あいか》が出てくるんだよ？　意味わかんねーよ」

まさかこの流れでいきなり祈織がこんな風になるとも思っていなかった。廉司《れんじ》が気付いていなかっただけで、もしかすると彼女は彼女で色々抱え込んでいたのかもしれない。

「廉司くんには……わかんないよ」

顔を伏せて、祈織は投げやりに言い放った。

そんな彼女を見て、だんだんと廉司も腹が立ってきた。誰のせいでこうなっていると思っているのだろうか。誰のせいで悩んでいると思っているのだろうか……そんな、祈織には決して抱いてはいけない感情が胸の中に渦巻いていく。

「ああ、わかんねーよ。だってお前、何も話してくれねーだろ……！」

だめだ。ここでキレちゃだめだ。それはわかっているのに、怒りが収まってくれない。

「だったら、お前に俺のことがわかんのかよ!?　俺がどんな思いでいたとか、何に悩んでるとか、何に傷付いてるとか……そういうの、考えたことあんのかよ！」

何を言っているんだろう、俺は——八つ当たりに等しい怒声を発する自分を冷静に見ながら、廉司は自己嫌悪に陥っていた。

勝手な言い分だというのは、自分でもわかる。でも、もしあの時、祈織が愛華に対してもっと別の表現をしてくれていれば、こんな風に気まずくならなかったのではないか。そう思ってしまうのだ。これまで気まずい関係だったのに改善の可能性が見えた……そんな時だったからこそ、余計に腹が立った。

もちろん、それはただ『恋愛対象ではない』と言われたことに対する不満でしかない。何でずっと好きなのにそんな言い方されなきゃいけないんだよ、という幼稚な不満。もしもっと自分が大人だったら、冷静に感情を処理して、普通に接することもできたのかもしれない。

でも、幼い頃から抱いていた恋心、何年も積み上げてきた初恋に水をぶちまけられた気分になってしまって、とてもではないが『じゃあこれからは仲の良い同居人でいよう』なんて思えなかった。

「うん……そうだね」

祈織の口元は震え、声を出すたびに傷付いた心が顔を通じて顕《あら》わになっていった。目尻にわずかに光るものがあり、それが彼女の内側で何かが砕け散ったことを物語っている。

「私……ここに来るべきじゃなかったよね。廉司くんに嫌な想《おも》いばかりさせて、ごめんね」

祈織《いのり》は伏せていた顔を上げて、もう一度謝罪の言葉を口にした。涙を堪《こら》え、誤魔化《ごまか》すために笑顔を作ろうとしたが、それに失敗して、すぐにくしゃっと表情が崩れる。その瞳からは涙がぽろぽろと溢《あふ》れ出し、透明な痛みを頰《ほお》に伝えていた。

「おい、祈織――」

「本当に……ごめんなさい」

廉司《れんじ》の呼び掛けから逃げるように、彼女はそのまま脱衣所に急いで駆け込んでしまった。

「……何で、こうなるんだよ」

もちろん、これも一〇〇パーセント自分が悪い。その自覚はあった。

今回だけではない。きっと今までのことも廉司が全部悪いのだ。距離を置いてしまったのも、勇気を出してもう一度彼女に歩み寄ろうとしなかったのも、あの約束を反故《ほご》にし続けたのも、自分の所為《せい》である。そんなこれまでの対応を見て祈織は『恋愛対象ではない』という結論に至っただけなのかもしれない。全て、自己責任だ。

結局飲み物を飲む気分にもならなくて、廉司はそのまま庭に出て、夜空を仰いだ。春の夜空には星々が冷たく輝き、空は透き通るような澄み切った紺に包まれていた。しかし、その綺麗《きれい》な空を見ていても、心の中にはどんよりとした雲が立ち込めて、星明りの一筋も射《さ》し込《こ》まない。まるで今の廉司と祈織の関係性のようだった。

風呂場の方向からは、壁を通してお湯がはじける音や水面を掻《か》き分ける穏やかな音が耳に届く。それとともに、嗚咽《おえつ》を堪える祈織の声も、水音の合間に微《かす》かに聞こえた。

（また泣かせてるじゃんか……俺）

この一か月で、母親よりもずっと祈織を傷付けている気分になってくる。嫌われて同然だ。

「謝るのは、俺の方だよな……」

壁越しにすすり泣く彼女の声を聞いていると、ふと昔の記憶が蘇《よみがえ》った。

夏祭りの夜、迷子になっていた祈織。彼女は散策路の分かれ道のところで、泣きじゃくって廉司を呼んでいた。何だか、あの時の光景と今が妙に被《かぶ》る。

『私がいなかったら、黒瀬《くろせ》さんとだってッ！』

先程、祈織はこの後何を続けたかったのだろうか。後に何を続けるつもりだったのだろう？　色々考えられるも、結局のところ本人から真意を聞かないことには何もわからない。

とりあえず、明日ちゃんと祈織に謝ろう。謝って、誤解を解いて、彼女の意図するところもちゃんと聞こう。その上で、自分の考えも話せばいい。大丈夫、何も問題はない——この時は、そう思っていた。ここで先延ばしにしたことをひたすら後悔することになるなど、この時の廉司は全く想像していなかったのだ。

＊

異変は、翌朝すぐに感じ取れた。いつもなら朝食を作っている祈織《いのり》の姿がなく、母親が台所にいたのだ。心なしか、背中から若干不機嫌そうな様子が感じ取れる。

先に起きていた父親が新聞越しに一瞬だけ廉司《れんじ》を見たが、すぐに視線を新聞へと戻した。

「おはよう。祈織は？」

リビングのテーブルに座って、彼に尋ねた。

「おはよう。祈織なら……今日は用事があってな。先に家を出た。学校も休むそうだ」

「用事？」

首を傾《かし》げて、時計を見る。登校するにしてもいつもより早いし、こんなに早く家を出ても店など開いていないだろう。

一体何の用事なのかと訊《き》こうとしたタイミングで、母が食卓に料理を運んできて、そこで会話は終《しま》いとなった。彼女の前では祈織の話題は出したくなかったというのもあるが、父親の雰囲気がそれ以上の質問を拒んでいるようにも思えて、訊けなかったのだ。いつもなら文句のひとつでも言いそうな母親も、この日は祈織について何も触れなかった。

父の言葉通り、祈織はその日、学校を休んだ。別に学校を休むことそれ自体はおかしなことではない。誰にでも休む時くらいはあるだろう。だが、昨日の口論の後となると、状況は異なってくる。これ以上なく、嫌な予感がした。

【今日、どうしたの？】

　あまりに気になり過ぎて、こう祈織にＬＩＭＥを送ろうかとも思った。実際に文章まで作ったが、やっぱり送りにくくて、送信ボタンをタップできなかった。

　それに、彼女が帰ってくる場所はうちだ。仮にどこか遠くに行く用事があったとしても、夜には帰ってくるだろう。否応《いやおう》なしに顔も合わせるだろうし、そこで昨日のことについてちゃんと謝れば良い。湧き出てくる嫌な予感を振り払いつつ、ＬＩＭＥのアプリを閉じた。

（大丈夫……きっと、大丈夫）

　そう自分に言い聞かせているものの、授業中も昼休みもずっと焦燥感に囚《とら》われていて、気が気でなかった。何だかいつもと違う様子の両親と、昨日あった事柄が繋《つな》がっている気がしてならない。だからこそ、早く祈織に会って昨日のことを謝りたかった。

　放課後になるや否や、廉司は学校を飛び出して家へと急いだ。その日一日の焦りが、帰宅の急ぎ足に全て現れていたように思える。得体のしれない不安から、早く解放されたかった。

　家に帰ると、中は誰もいないのかと思う程に静まり返っていた。そういえば、今日も県外の書道教室で、母も父と一緒について行っているのだ。謝るのにも打ってつけだ。

（祈織のやつ、まだ帰ってないのか……？）

　そう思った時、かたんと物音がした。祈織の部屋の方からだった。慌てて彼女の部屋の方に行くと——部屋の扉は開いていた。

中を覗《のぞ》き込《こ》むと、そこに彼女はいた。まるでどこかに旅行に行くかのように、大きなスーツケースに荷物を詰め込んでいる。

「あっ……おかえり、廉司《れんじ》くん。今日は早いんだね」

イヤホンを外してスーツケースを閉じると、祈織《いのり》はいつもの弱々しい笑みをこちらに向けた。音楽を聴きながら荷造りをしていたようで、廉司の帰宅に気付かなかったようだ。

「その荷物、どうしたんだよ？　どっか旅行……とか？」

この荷物量からしても、一日や二日の旅行ではないことは明らかだ。彼女が旅行に行くなどとは親からも聞いていない。きっと、旅行なわけがない……そう思いつつも、旅行であってほしいという願望から、そう訊《き》いていた。

「ううん、旅行じゃないよ」

祈織は力なく笑ったまま、首を横に振った。

「じゃあ、どうして——」

「私、叔父さんの家から学校に通うことにしたの」

希望を打ち砕く宣告が、幼馴染《おさななじみ》から告げられる。いつもの柔らかい声で、優しく語り掛けるようなのに、その声は酷《ひど》く冷たく聞こえた。

「ちょっと遠くて通学は大変なんだけど……多分、私はここにはいない方がいいと思うから」

「なん、で……」

その絶望的な発言に、廉司はそう絞り出すので精一杯だった。荷造りをしていたところからも、この答えは想像できていた。だが、それでも信じたくなかった。

「……私は、邪魔だから」

「邪魔なんかじゃない！　俺は、これまでお前のこと、邪魔だなんて——」

「ううん、いいの。今まで気を遣わせてごめんね」

祈織は再度、廉司の言葉を遮った。あたかも、あなたとは会話や話し合いをするつもりはない、とでも言っているかのようだ。彼女は続けた。

「残った荷物はゴールデンウイークにまとめて運ぶから、それまではこのままだけど……もし邪魔なものとかあったら、捨ててくれていいから。当面の着替えとか、大事なものはもう入れちゃったし」

「待ってくれ、祈織」

廉司は懇願するように声を絞り出した。

取り付く島もない彼女の態度に、どんどん胸のうちが焦燥感で満ちていく。

「昨日、俺があんなこと言ったからか？　それなら、謝るよ。朝からずっと謝りたかったんだ。言い過ぎたって……お前の気持ち、全然考えてなかったって……だから、もしそれが原因なんだったらッ」

「昨日のことだけじゃないよ」

祈織《いのり》の口調は、いつも通り優しくて。でも、しっかりとこちらの言葉を否定していく。

「ほんと言うと、ずっと考えてたの。私、ここにいてもいいのかなって。それに、廉司《れんじ》くんの気持ちがわかってなかったのはほんとのことだし」

「待てって。だってさ、叔父さんの家、遠いんだろ？　それなら、うちから通ってた方が、朝とかも全然楽だろうし……朝飯だって、別に祈織が作らなくていい。親父《おやじ》からも母さんに言ってもらうから」

「いいよ、無理しなくて。そんなこと言ったら、またおばさんを怒らせちゃう。それと、朝ごはんを作るのは全然苦じゃなかったから。お味噌汁《みそしる》、美味《おい》しいって言ってくれたの嬉《うれ》しかったし」

祈織は柔らかく笑った。優しい笑顔。廉司の好きなはずの笑顔。それなのに、そこには断固とした決意があって、一縷《いちる》の望みがするりと消え去っていく。

「あ、そうだ。この前、曲作ってくれるって言ってたよね？　あれも……気にしなくていいよ。せっかく作ってもらっても、私が約束に応えられないし」

「約束って……？」

「うん。廉司くんが作った曲を、私が演奏するっていう約束。昔、したでしょ？」

廉司はこくりと頷《うなず》いた。

昔、そう約束をした。それは廉司がギターを始める切っ掛けになった口約束でもある。

『俺だってこのくらいできるし。曲だって作るし』

『じゃあ、廉司くんが作った曲は私が演奏するね』

廉司の強がりから生まれた、何ともない小さな口約束。夢香子人形《ムーシャンツー》をもらった時、その約束を果たそうと思って彼女に曲を作ると言ったのだ。

「でも……別に、演奏なんてしなくても」

「違うの。そうじゃなくて……私、廉司くんに嘘吐《うそつ》いちゃったから」

祈織はそれまで作っていた笑顔を崩し、悲しげに眉をきゅっと寄せて俯《うつむ》いた。

「嘘？　嘘って、何だよ」

全く想像がつかない。一体どこに、どんな嘘があるのかもわからなかった。

俯いたまま、彼女は声を絞り出すようにして呟《つぶや》いた。

「ピアノ、もう弾けないの」

「はっ……？」

弾けないって、どういう意味なんだよ。あまりに予想外だった言葉に、全然上手《うま》く反応できない。困惑する廉司をよそに、祈織の告白と謝罪は続いた。

「弾かないんじゃなくて、弾けなくなっちゃった。あの時に言わなきゃいけなかったんだけど、何だか言い出せなくて。ごめんね」

「弾けなくなったって、何でだよ……？」

「精神的なもの、なんだと思うけど……ピアノの前に座ると、手が震えて動かなくなっちゃって。あと、過呼吸も起こしちゃうし。だから……もう弾けないんだと思う」

そこまで話してから、彼女はもう一度力無い笑みを浮かべてみせた。でも、その笑顔は今にも崩れ落ちそうで。無理矢理《むりやり》作っているものであることは明らかだった。

「待てって……何でいきなりそうなるんだよ？　だって……去年は弾いてたじゃんか！」

信じられる話ではなかった。彼女は昨年の春から夏に掛けて、コンクールに出ていたはずだ。応援こそ行っていなかったが、彼女がコンクールに出ているという情報は両親から聞いていたし、その輝かしい結果も知っている。

「お父さんとお母さんが事故に遭った日、覚えてる？」

祈織《いのり》は廉司《れんじ》の問いには答えず、唐突にそう訊《き》いた。

「え？　あ、ああ……去年の夏、だったよな」

いきなり話題が変わったので若干困惑したが、廉司は記憶を遡って答えた。

祈織の両親は、昨年の七月に事故で命を落とした。そこで祈織の両親は、病院に駆け付けたうちの両親に対して『祈織を頼む』と死に際に伝えたのだ。それが、彼女がこの家で暮らすことになった切っ掛けだった。

「あの日、私のコンクールだったの。その応援に来る途中でふたりは事故に遭って。それから……」

弾けなくなっちゃった、と祈織は呟《つぶや》くようにして付け加えた。

ピアノを弾けなくなった理由――それは、自分のピアノが切っ掛けでふたりが命を落としてしまったことへの罪悪感。彼女には何ひとつ責任がない事柄のはずである。だが、それを責めることくらいでしか、自分の心を守る術《すべ》がなかったのかもしれない。

「もっと早く辞めてればよかったのにね。もうピアノを弾く意味なんてなかったし……でも私、ピアノくらいしか縋《すが》れるものなかったから。神様は……そんな私を見兼ねて、罰を与えたのかな」

祈織は自身の片手を宙に掲げて、じっと見上げた。

「ごめんね、変な話聞かせちゃって。そういうわけだから……お返しは気にしなくていいよ。気持ち悪かったら、人形も捨ててくれていいし」

手を下ろし、寂しげに笑う。その微笑《ほほえ》みの裏に滲《にじ》む切なさに、見ているこっちが泣きたくなってしまった。

「あと……やっぱり、これも返しとくね」

彼女は少し迷った後にそう言うと、ポケットから何かを取り出した。そして、茫然《ぼうぜん》と立ち尽くす廉司の手に、押し付けるようにして握らせる。

「あっ……」

手のひらにあったのは、古びたヘアゴムだった。色褪《あ》せて、もう描かれたイラストも掠《かす》れて消えかかっていた。でも、それが何の絵柄なのかは明白。廉司《れんじ》が夏祭りの日に買ってあげた、こむぎゅんのヘアゴムだ。廉司にヘアゴムを握らせる彼女の手は、震えていた。

はっとして顔を上げると——そこには、涙をとめどなく流す、祈織《いのり》の姿。深い悲しみが瞳から溢《あふ》れ出し、止《や》まない雨のように頬《ほお》から零《こぼ》れ落ちる。そして、彼女は声を震わせて、こう言った。

「……嘘吐《うそつ》き」

どこか既視感のある表情と言葉。それは、いつかの夢の中で彼女が言ったことだった。

そして、その夢と同じ言葉が、彼女の口から零れ落ちる。

「どこにも行かないって……もう寂しい思いさせないって、言ったのに」

祈織はそうとだけ言い残すと、スーツケースを引いて廉司の横をすり抜けていった。

追い掛けるべきだったのかもしれない。すぐに追い掛ければ、捕まえられたはずだ。だが、最後に言われた言葉が頭を離れず、まるで足に根が張ったように動けなかった。

『嘘吐き』『どこにも行かないって……もう寂しい思いさせないって、言ったのに』

それは、いつか見た夢と同じ言葉だった。そして、この言葉から彼女がもうひとつ嘘を吐いていたことも明らかになった。

以前、祈織《いのり》は夏祭りの日のことを覚えていないと言っていた。しかし、やはりちゃんと覚えていたのだ。夢香子《ムーシャンツー》人形のことや細かい約束のことまで覚えていたのだから、あの夏祭りのことだけ忘れているのは変だと思っていた。だが、きっと——廉司《れんじ》が彼女にその嘘《うそ》を吐《つ》かせてしまったのではないだろうか。『もう寂しい思いはさせない』……この約束をずっと廉司が守らなかったからこそ、彼女は『覚えていない』と答えるしかなかったのではないだろうか。

祈織はずっと……廉司に助けを求めていたのだ。あの夏祭りの時みたいにひとりですすり泣きながら、ずっと待っていた。しかし——廉司はその声を聞き逃し、その姿を見逃し続けてきた。彼女との約束を何ひとつ果たせないまま、のうのうと生きていたのである。

(……最低過ぎんだろ)

その真意に辿《たど》り着いた時、とてもではないが祈織を追えなかった。追う資格がないと思えた。彼女の足音とスーツケースを引くキャスターの音が、少しずつ少しずつ遠のいていく。廉司は立ち尽くしたまま、ただその音に耳を傾けていた。

＊

冷たいコンクリートの上を、キャリーバッグのキャスターがカタカタと音を鳴らす。

普段は近所の子供達が遊んでいる声や車の音、草木のざわめきが聞こえてくるのに、今日に限ってはあたりがしんと静まり返っていた。キャスターの乾いた音だけがやけに響いていて、とても耳障りだ。

夕陽《ゆうひ》が山に姿を隠し、ひんやりとした空気が祈織の身体《からだ》を覆う。もう四月も終わりだというのに、まるで冬のように寒かった。

気温は例年よりほんの少し低いくらいなので、この寒さが心理的なものに起因しているのは自分でもわかっている。

大切なものを全て失《な》くしてしまった喪失感、そして縋《すが》れるものを失った心細さ。そういったものが影響しているのだろう――そんな風に冷静に自己分析をしようとするも、すぐに胸の中からぐっと何かがこみ上げてきて、目頭が熱くなった。

（全部……全部、なくなっちゃった）

祈織は立ち止まって、十か月ほど暮らしていた家を振り返った。

両親を亡くして、ピアノも弾けなくなって、唯一縋れるものがあった場所……そのはずだったけれど、ここでの日々は決して楽なものではなかった。

廉司の母から受けたいびりには悲しくなったし、心が折れそうになった時もある。どうしてこんなところにいるんだろう、どうしてこんなに嫌われているんだろうと思い悩んだ時も、一度や二度ではない。

でも、彼が傍《そば》にいると思うとそれだけで安心できたし、不安や不満など気にもならなかった。彼――月城廉司《つきしろれんじ》こそが、祈織《いのり》にとっては心の支えだったのだ。この世界で頼りにできる、最後の存在。こうして出て行く旨を彼に伝えた今、どれだけ彼に縋《すが》っていたのかがよくわかる。不安と心細さ、それから絶望感で胸がいっぱいになって、自分から出て行くと言い放ったくせに、足が重くて仕方がない。できることなら、『やっぱりやめる、ドッキリだよ』と柄にもないことを言って、戻りたかった。

でも、あれを言ってしまった後では、それはもはや叶《かな》わない。

「何で……言っちゃったかな」

自分の言った呪いに近い言葉を思い返し、祈織は自嘲的な笑みを浮かべた。

『嘘吐《うそつ》き』

『どこにも行かないって……もう寂しい思いさせないって、言ったのに』

これらは、言うべきではなかった。たとえそう不満に思っていたとしても、絶対に口に出すべきではなかったはずだ。

それは、小学生の頃にしただけの、小さな小さな口約束。ただ泣いている女の子を慰めようとしただけの、彼の優しさから生まれた約束に過ぎない。それを反故《ほご》にされたからといって相手を責めるなど、自分勝手にも程がある。

言うつもりはなかった。責めるつもりもなかった。

ただ自分が勝手に期待して、勝手に縋っていただけで。恨み言を言う資格など、あるはずがない。彼からすれば、迷惑極まりない話だろう。

でも——もう、祈織にはそれくらいしか、縋れるものがなかった。

ひんやりとした春の夕風が吹き抜け、長い髪を優しく揺らす。咄嗟《とっさ》にそれを押さえながら、祈織はふと家の方を振り返るも……玄関から、彼が追い掛けてくる気配はなかった。

当たり前だ。そうさせないように、半ば言いくるめるみたいにして彼を突き放したのだから。でも、心のどこかで追って来てくれるのではないかと期待してしまっている自分がいて、余計に腹が立つ。

勝手に期待して、勝手に縋って、それが叶わなかったら突き放して、でも心の奥底では期待していて……彼に我儘《わがまま》ばかり押し付けている自分が、醜く思えて仕方なかった。

祈織はぎゅっと目を閉じて首を振り、前を向く。

ここにいると、ずっと彼に期待してしまう。頼ってしまう。彼が望まぬことを、し続けてしまう。これ以上、もう自分を嫌いになりたくなんてなかった。彼の重荷にもなりたくない。だから、きっとこれが正しい選択。そうだと信じたかった。

(私は……廉司くんにとって、邪魔だから)

祈織はそう自分に言い聞かせて、後ろ髪を引かれつつも、重い足に力を込める。

コンクリートとキャスターが擦《こす》れる耳障りな音が、再び鳴り響いた。足取りは重く、キヤリーバッグを引っ張る腕にも殆《ほとん》ど力が入らない。

このまま祈織《いのり》が廉司《れんじ》の日常から消えたならば、彼は幼馴染《おさななじみ》とのしがらみから解放される。そうなれば、黒瀬《くろせ》愛華《あいか》との仲も自然と深まるだろうし、それが彼にとっての幸せに繋《つな》がるはずだ。

黒瀬愛華は、祈織から見ても魅力的な女の子だった。誰からも好かれていて、輝かしくて。自分の好意を素直に示せて、積極的に行動を起こすことができる。たとえ恋敵への贈り物とわかっていても、想《おも》い人のためならば協力することさえ厭《いと》わない。嫉妬や焦燥感に駆られるまで何もできなかった自分とは、大違いだ。

廉司には、ずっとうじうじしている自分なんかよりも、彼女のように溌剌《はつらつ》としていつも笑っているような人の方が合っていると思う。それに、表現者としてお互い活動しているのだから、理解・共感できる部分も多いだろう。支え合うことだってできるはずだ。

(私が勝てるものなんて……何もないよね)

こうして改めて比較してみると、考えるまでもなかった。

廉司は黒瀬愛華と仲を深めるべきであるし、その方が学校生活に於《お》いても私生活に於いても有意義に違いない。呪いのように付き纏《まと》っている幼馴染は、彼の輝かしい青春の障害でしかないだろう。でも、優しい彼はその約束を拒絶できない。それもわかっていた。

だからこそ……祈織の方から、拒絶しなければならない。彼の未来には、幼き頃からの約束《のろい》は不要だ。

角を曲がって家が見えなくなったところで、涙が溢《あふ》れ、嗚咽《おえつ》がこみ上げてくる。思わず強く堪《こら》えるが、心は今にも叫び出しそうだった。

「……私、最近泣いてばっかりだ」

自らの頬《ほお》を伝う雫《しずく》を指で拭って、祈織は苦い笑みを漏らす。

少し前までは、全然泣けなかった。両親の死を前にした時も、自分が薄情者なのではないかと思うくらい、涙は一滴も零《こぼ》れなかったのだ。当たり前にいた存在が急にいなくなることが、あまりにも非現実的で、今も尚《なお》受け入れられていないからだ――自分ではそう分析していた。

だが、泣けない理由はそれだけではなかった。

月城《つきしろ》の家では色々あるけれど、お世話になっている身であることには変わりない。月城夫妻には心配も掛けたくなかったし、弱味《よわみ》も見せたくなかった。

そう……今の祈織には、自分の感情を曝《さら》け出せる場所もないのだ。

廉司はきっと、祈織のことを泣いてばかりの女の子だと思っているに違いない。小さい頃もよく彼の前では泣いていたし、最近に至っては酷《ひど》い有り様だった。

だが、実のところ、祈織はあまり人前では泣いたことがない。嫌なことがあっても、その場ではぐっと堪えてひとりで泣くようにしていた。そうした我慢をせずに済んだのは、彼の前だけだった。両親以外では、唯一彼の前でだけ自分の感情に正直になれたのだ。

それはきっと、無意識下でずっと彼を頼り続けていたからだろう。

しかし——これからは、もう頼れない。ただ、それもきっとそこまで難しくはないはずだ。三年時のコース選択では彼が選ばなそうな理系コースを選び、卒業後は伊佐早《いさはや》に近付かない。それだけで、ふたりの接点はなくなる。幼馴染《おさななじみ》の関係性など、実に脆《もろ》いものだ。彼の言う通り、所詮祈織《いのり》達の関係は、その程度のものでしかなかったのである。

（卒業したら……もう二度と会えなくなっちゃうのかな）

その状況を想像すると、またじわりと涙が浮かんできてしまって、思わずポケットに手を突っ込んだ。だが……いつもポケットに入っていたそれがないことを、すぐに思い出す。さっきの決別と一緒に突き返してきたのだから、なくて当たり前だ。

お守り替わりでずっと肌身離さず持っていた、彼からの贈り物。辛《つら》くなった時はそれを握り締めることで、いつも耐え忍んでいた。

でも……もう、それさえもない。今の祈織には、縋《すが》れる人も物も、何もなかった。

涙と嗚咽《おえつ》を堪《こら》えきれなくなって、祈織は両手で顔を覆い、その場に座り込んだ。

そして、口からは、ついこんな言葉が漏れ出てしまう。

「独りにしないで……廉司《れんじ》くん。独りに、しないで」

いつかの夏祭りで、呟《つぶや》いていた言葉。こう呟いた直後に、ヒーローの如《ごと》く彼が現れた。

今回もこうしてめそめそ泣いていれば、彼が助けに来てくれると思ったのだろうか？自分でも都合が良過ぎて反吐《へど》が出る。自分から手放して、彼を傷付ける言葉を選んでおいて、諦めようと思っていたのに……また彼に救いを求めてしまっている。

でも、他に縋れるものを、祈織は知らなかった。

「廉司くん……廉司、くん」

救いを求める声は、春風の中に溶けて消えていき——すすり泣きと嗚咽だけが、慰めを求めて空虚に響き渡っていた。

3

祈織がいなくなって、数日が経《た》った。両親も、彼女がいなくなったことについては何も触れなかった。母親が「ああ、そっか……あの子、いないんだっけ」と夕飯の具材を買い過ぎてしまったことをぼやいていたことくらいだろうか。

父親はきっと、ある程度事情を知っているのだろう。当然出ていく際に相談もされているだろうし、祈織がこの家にいたくないと思ったことも、その原因に廉司が絡んでいることも知っているはずである。しかし、彼は何も言ってこなかった。廉司を叱責することもなければ説教することもない。

廉司《れんじ》の気持ち的に言えば、叱られた方が楽だったのかもしれない。お前のせいであの子は苦しんだ、お前のせいであの子は苦労する羽目になった、と誰かに叱り付けてほしかった。そうすれば、抱いている罪悪感も、この苦しみも少しは紛らわせたのかもしれないのに。祈織《いのり》がいなくなったとて、それほど大きな変化はないはずだ。もともと生まれた時から三人で暮らしていた家に約十か月程彼女がいて、また三人の生活に戻るだけ。それだけのはずなのに、実際は全然そんなことはなかった。

まず、朝リビングに降りれば嫌でも食卓の空席に目がいってしまい、祈織がいないことに違和感を覚える。風呂に入る際は、無意識のうちに『OCCUPIED（使用中）』の札を掛けようとしてしまっていた。別に親子だけなら、こんな札は必要がない。風呂場から水音がすれば母親は入ってこないし、仮に父親が入ってきたところで別に恥ずかしいものでもない。この札がなくても、もう誰も困らないはずだ。それなのに、その札を使わなくて済むことにとてつもない寂しさを感じてしまうのである。

洗面所に入れば、一か所だけぽっかりと空いたスペース。そこには本来、祈織が使っていたコップや歯ブラシなどがあったはずだ。朝の洗面所で、サンリーキャラの洗顔用ヘアバンドを付けて顔を洗っていた彼女と遭遇した時、彼女はいつも恥ずかしそうにヘアバンドを取って「おはよう」と言ってくれた。そういった当たり前にあった日常の出来事もなくなって、彼女のために設けられたスペースは尽《ことごと》く空白となっていた。

祈織がこの家で暮らしていたのは僅か十か月程なのに、この家のいたるところに彼女の面影がある。そういえば上の戸棚に背伸びして手を伸ばしていたな、とか、瓶の蓋が固くて一生懸命開けようとしていたな、とか、誰にも頼まれてないはずなのに、廊下やリビングの床をクリーンワイパーで掃除をしていたな、とか。今まで気にも留めなかった、当たり前にあった光景がふとした瞬間に残像とともに記憶に蘇《よみがえ》るのだ。

祈織がいなくなってわかったことといえば、これまで家の中をうろつく時に、どれだけ自分が彼女を意識して生活していたかだった。朝起きて階下に降りた時も、お風呂の前後も、夜中にトイレに行く時も……自分が部屋を出るタイミングで、いつも彼女と顔を合わせる可能性を考えていた。階下で偶然彼女と顔を合わせればびくっとしつつも内心でちょっと嬉《うれ》しかったり、顔を合わせなかった時はちょっとだけ残念だったり。そんな、何気ない瞬間がすごく大切で、そうして彼女のことを考えていた時間が、実は自分でも驚く程に好きだった。それを、彼女がいなくなったこの数日間で嫌という程実感させられたのだ。

学校ではもちろん祈織と顔を合わせるが、これでもかというくらいに徹底無視を決め込まれていた。こちらから話し掛けても逃げられてしまうし、周りからもまるで廉司が振られてしつこく付き纏《まと》っているようにさえ見える。

露骨に祈織から無視されている廉司を見て、涼平《りょうへい》は呆《あき》れたように言った。

「おいおい、廉司。どうしたんだい？　あからさまに避けられてるじゃないか」

「わかった！　今度こそお風呂で裸見ちゃって嫌われたんだね!?　あれだけ注意しろって言ったのに～。ちゃんと謝りなよ？」

「うるせーよ……」

こうして涼平《りょうへい》に揶揄《からか》われても、怒る気力さえなかった。

謝って済む問題なら、いくらでも謝る。土下座で事が済むなら、何度だってする。だが、そんなことくらいで解決する問題ではないことは、他でもない廉司《れんじ》が一番わかっていた。

あのこむぎゅんのヘアゴムを突き返してきたことが、彼女の心の全てを物語っている。

キャラクターの塗装も殆《ほとん》ど剥《は》がれてしまっている古いヘアゴムだが、これまでずっと大切にしてきたのがよくわかるくらい、綺麗《きれい》な状態で保たれていた。それだけ祈織《いのり》にとっては大切な想《おも》い出の品だったのだ。

その品を、突き返すということ。それはすなわち、『これをくれた時の約束をお前は守らなかった』というメッセージに他ならない。

実際に、その通りだった。廉司は当時の約束を何ひとつ守れず、ただただ祈織を傷付け続けていただけだったのだ。心の中で祈織を想っていながらも、一度も歩み寄らなかったし、歩み寄ることそのものを躊躇《ちゅうちょ》してしまっていた。その結果、祈織は密《ひそ》かにずっと傷付いていたのである。

そして、いざ歩み寄る決意をした時には、既に遅かった。見切りをつけられてしまったのだ。今できることと言ったら……ただ、未練がましく視界の片隅に彼女を捉えて、その姿を追うだけ。そんなどうしようもない毎日を送っていた。

放課後になっても、すぐに家には帰らなかった。屋上に向かって、校門の方角をゆっくり見下ろす。もちろん、もう校舎の中に祈織はいない。ホームルームが終わると、彼女はすぐに帰ってしまうのだ。というのも、彼女は今、叔父の家から通っている。祈織の叔父の家は伊佐早《いさはや》からかなり遠くて、電車で一時間半程かかるそうだ。駅までの徒歩の時間も合わせれば、二時間近く掛かる。毎朝七時前の電車に乗らないといけないし、夜も授業が終わってすぐに帰っても夜の六時とか七時とかになってしまう。実際、かなり大変だと思う。祈織をうちで預かることになった理由として、その通学時間もあったはずだ。それなのに、廉司のせいで不便な生活を送らせることとなってしまった。それが申し訳ない。

それに、今日は金曜日だ。次に祈織と会えるのは、月曜日。このままこうした鬱々とした気持ちを抱えて週末を過ごさなければならず、家の中でも祈織の面影を探してしまうのだろう。

（あーあ……何やってんだろな、俺）

内心で独り言《ご》ちて、ぼんやりと空を見上げる。

春の夕暮れは一日の温かさを静かに抱きしめながら、ゆっくりと夜へと移り変わっていく。太陽が地平線と重なる時間、空は柔らかな紅色に染まり始め、その色彩が静かに輝いていた。日中の喧騒《けんそう》から解放されたかのような、穏やかで清々《すがすが》しい空気が漂う。その清々しさが逆に廉司《れんじ》の心を憂鬱にさせた。不愉快でならなかった。

放課後、学校でだらだらしているのに特に理由はない。単純に、家に帰りたくない、というだけだった。家に帰れば、否応《いやおう》なく祈織《いのり》が出て行ったという現実に直面する。彼女がいない空間に慣れてしまえば、次第に彼女がいなくなった日常も受け入れざるを得なくなってしまうだろう。廉司はそれが嫌だった。いや、認めたくなかったのだ。

だが、だからといって何か解決策があるわけでもない。こうしてうじうじ悩んで、あの時ああすればよかった、こうすればよかったと後悔するだけ。心底、自分が嫌いになる。

祈織に話し掛けても露骨に避けられてしまうし、涼平《りょうへい》が言うように周囲に変な誤解を与えかねない。廉司自身が誤解を受けるならまだしも、彼女が誤解の対象になるのは嫌だった。正直、手の打ちようがない。

祈織が出て行ってから、ギターも触らなくなっていた。楽曲制作の意欲はもちろん、練習する気にもならず、家にいてもぼーっと動画を見たり、ソシャゲをやったりして無駄に時間を浪費するだけ。一番嫌いな時間の使い方をしてしまっていて、そんな自分に反吐《へど》が出るのに、何もできないでいる。それも家に帰りたくないと思う理由のひとつだった。

愛華《あいか》や涼平とも少し距離を置いていた。遊びには誘われているが、全て断っている。単純に遊ぶ気分にならなかったというのもあるが、祈織との最後の会話を思い出すと、どうしても今は愛華と一緒に過ごす気にならなかったのだ。

廉司は夕陽《ゆうひ》から目を背けるように、瞼《まぶた》を閉じる。

『……嘘吐《うそつ》き』

祈織の言葉が、頭の中を駆け巡った。

『どこにも行かないって……もう寂しい思いさせないって、言ったのに』

これが、彼女から最後に言われた言葉だった。物心ついた頃から一緒にいて、ずっと好きだった幼馴染《おさななじみ》からの決別の言葉。

祈織と過ごした幼い頃の記憶も一緒に蘇《よみがえ》ってくる。当時の廉司はまだ恋心と友達の『好き』の違いがわかっていなくて、単純に彼女の手を引いて、駆け回っていた。今にして思えば、祈織の方はその『好き』の違いに廉司より早く気付いていたのか、顔を赤くして恥ずかしそうにしていたこともあったように思う。

あの時は、彼女が照れていようがお構いなしにぐいぐいと距離を詰めていた。無知な自分がむしろ羨ましい。当時の廉司ならこんな状況になっても『何で機嫌悪いの？　ちゃんと教えて？』とどストレートに突っ込んでいっていたのだろう。だが、今はそれが怖くてできない。これ以上傷付けてしまったら、嫌われたらと思うと、遂《つい》には話し掛ける勇気さえなくなってしまった。

（もしかして、ずっとこんな感じなのかな）

祈織《いのり》は親戚の家から学校に通って、ずっと誰とも話さないで一年を過ごして。それで、廉司《れんじ》も苦しみが徐々に薄れていって、祈織と話さない日々に慣れてしまうのだろうか。そうしてまた一年が経《た》って、卒業して、そしたらきっと、もう二度と……。

(何でこんな急に、色々言い出すんだよ……)

色々不満に思うところはあるが、祈織からすれば『急に』ではなかったのかもしれない。この家に来てから、廉司の不甲斐《ふがい》なさを始め、母のことや家のこと、それから両親を失った悲しさや理不尽さに対する怒りなどが積もり積もって、そこに黒瀬愛華《くろせあいか》というイレギュラーまでもが追加された。それらが重なって、一気に溜《た》まっていたものが爆発してしまったのかもしれない。

『邪魔、してる自覚はあるから』

『家でも、学校でも……どこにいても、私は邪魔だと思うから』

『私なんかがいるからおばさんともよく揉《も》めるようになって、家の空気も悪くなっちゃって……。私がいなかったら、黒瀬さんとだってッ!』

『私……ここに来るべきじゃなかったよね』

祈織のこれらの言動は、まさしくうちで生活する上で、彼女がずっと悩んでいたことなのだろう。ずっと、ずっと自分の心の中だけで抑えていた悩み。それを吐露したことが既に、彼女からのSOSだったのではないだろうか。

（どうして……どうして気付いてやれなかったんだよ）

大事なＳＯＳを見逃した上に逆切れしてしまうなど、本当に最低だ。あそこで気付いていれば彼女が出て行く事態は避けられていたはずなのに。祈織を苦しませて、悲しませて、痛めつけて……最後まで優しい言葉のひとつも掛けてやれない。自分が最低に思えてならなかった。

こうしてぼーっとしていると、嫌でも彼女との会話が蘇《よみがえ》ってくる。手鏡を贈れば、『ありがとう、廉司くん。これ、大事にするね』と言ってくれたこと。いきなり髪を短くした方がいいかを訊《き》いてきて、『私だって……このくらい、できるから』と言ってギャル化しようとしたこと。『私もギャルになった方がいいのかなって……』と当初言われた時は意味がわからなかったが、おそらく愛華を意識してのことだったのだろう。

『ギター、上手になったんだね』

『リクエスト聞いてくれたの、嬉《うれ》しかった。ありがとう』

『でも……ずっと応援してた。廉司くんの演奏聴くと、元気出てくるから』

『廉司くんが音楽始めるって言ってたのが嬉しくて……応援したかったから』

祈織の言葉が次々と蘇ってきて、廉司の胸を締め付ける。

彼女はずっと、純粋に廉司の音楽活動を応援してくれていた。それを本人に知らせるわけでもなく、陰ながら応援コメントを送って背中を押してくれて、楽曲をリクエストしてくれて、それが切っ掛けで人気が出た。今の〝人気弾いてみた動画投稿者〟としての廉司《れんじ》は、彼女が作ってくれたに他ならない。

上手《うま》くいかなくてやきもきしているのは自分だけだと思っていた。でも、こうして祈織《いのり》の行動や言動を思い返してみれば、決してそうではなかったことがわかる。祈織は祈織なりにずっと廉司の方を見ていて……関係を改善したいと考えていたのである。

あまりにバカな自分に苛立《いらだ》って、屋上の手すりに頭をガンガンと打ち付けた。拳を握って手すりを殴りつけた。こんなことをしたって、救われるわけでもなければ、心が軽くなるわけでもない。ただ体の節々が痛むだけだ。それでも、自分を痛めつけたくて仕方なかった。どれだけ愚かだったのかを、自ら知らしめるために。しかし……どれだけ自分を痛めつけたところで、ただぽっかりと穴のあいた心の中に、虚《むな》しさが募っていくだけだった。

そうして過ごしているうちにあたりは薄暗くなって、そろそろ帰ろうかという時――

「あ、こんなとこにいた～！　めちゃくちゃ探したんだけど！」

不意に背後から、そんな陽気な声が聞こえてきた。振り返ると、そこには太陽のように眩《まぶ》しい笑顔。その明るさを象徴するかのように、短い金髪が風に揺らされ、キラキラと光の粒子を飛ばしている。だが、廉司には愛想笑いをする気力も残っておらず、ちらりと横目で彼女に視線を送っただけだった。愛華《あいか》はそんな廉司を見て、眉根をハの字にして困ったような笑みを浮かべた。

「まーたそんな顔して……」

　彼女は呆《あき》れたように言うと、廉司の横に並んで視線を夕空へと送った。彼女から先程の陽気さは消えていて、じっと夕陽《ゆうひ》の方角を睨《にら》みつけている。その目付きは鋭く、こちらを向いていないにもかかわらず、どこか廉司を威圧するようでもあった。

「あの子と喧嘩《けんか》したんでしょ？」

　不意に、愛華が訊《き》いた。あの子、という指示語が誰を差しているのかは確認するまでもない。何でわかるんだと訊き返そうとすると、彼女はその質問を先読みしたようにして、小さく溜《た》め息を吐《つ》いた。

「何でわかるのかって？　そんなの、見てれば誰でもわかるでしょ。君、あたしのこと馬鹿にしてんの？」

　愛華はやや不機嫌そうにこちらを睨みつけた。その桜色の瞳はまるで『君のことをずっと見てるんだからわかるに決まってるでしょ』とでも言いたげで。その気持ちが有り難くもあり、同時に申し訳なさも感じていた。今廉司が持っている悩みはきっと、彼女を傷付けるものでもあるからだ。

「それで？　何があったの？」

　廉司を見据えたまま、彼女は重ねて訊いた。

「いい加減に話してよ。あっちに訊いても『黒瀬《くろせ》さんには関係ない』で終わらされちゃうしさ。話してくれなきゃ、どうにもできないんだって」

肩を竦《すく》めて、視線を夕陽《ゆうひ》へと戻す。廉司《れんじ》のもとに来る前に、既に祈織《いのり》にコンタクトを取ったのだろう。今の祈織が愛華《あいか》からの質問に答えるとも思えなかったので、その返答も想像に容易《たやす》かった。

「何で、わざわざそんなことするんだよ。お前にとったら……嫌な話だろ」

廉司が祈織に好意を寄せている、或《ある》いは幼い頃からの初恋を引きずっているという事実は、愛華にとって好ましいものではないはずだ。

どういうわけかわからないが、愛華は廉司に好意を抱いてくれている。そんな彼女にとって、祈織は邪魔でしかないだろう。

「あたしのこと、甘く見ないでよ。あたしはそんなに弱くない」

愛華は廉司の質問の真意を見抜いたのか、不機嫌そうに言った。かと思えば、すぐに破顔して「……っていうと、嘘《うそ》になるけどね」と自らの言葉を訂正する。

「そんなことよりも、友達がひとりで辛《つら》そうにしてるのを見てるとさ、あたしも結構辛いものがあるってわけ。今はあたしが君のことをどう思ってるのかとか気にしなくていいから、困ってるなら頼ってほしいかな。少なくとも、今のあたしと君は友達なわけで、友達に悩み相談をするのは別に変なことじゃないっしょ？」

諭すように優しい口調で言うと、彼女は再び廉司の瞳を真っすぐに見つめた。心の中を見透かされているような、覗《のぞ》き込《こ》まれているような、そんな視線だった。

こいつに何を隠しても無駄なのだろう――廉司の直感が、そう告げていた。いや、本当は誰かに話を聞いてほしかったのかもしれない。それが、たまたま愛華だっただけで。涼《りょう》平《へい》でも、父親でも、事情をある程度知る人に話したかったのだ。もう自分だけではどうしようもないことを悟ってしまったから。

「……長くなるぞ」

そう前置いてから、廉司は洗いざらい全てを愛華に話すことにした。

祈織を昔から好きだったこと、ギターを始めた切っ掛けや動画投稿を始めた理由、一緒に行った夏祭りのことや、夢香子《ムーシャンツー》人形を贈ってもらったこと。祈織がずっと陰ながら廉司を応援してくれていたことから、つい先日の揉《も》め事……家での祈織の状況や、母親がどういうわけか彼女に辛く当たっていたこと、そんな彼女を救ってやれなかった自分の為体《ていたらく》。それから、つい先日の口論から、祈織が家を出て行って親戚の家に引っ越すと言い始めたことまで、全部……。

愛華は廉司の話を遮るでもなく、嫌そうにするでもなく、相槌《あいづち》を打ちながら真剣に聞いてくれていた。自分を好きだと言ってくれている女の子に、話す内容ではないことはわかっている。それでも君の悩みを聞きたい――そう言ってくれた愛華に、きっと甘えてしまっているのだろう。その自覚はあった。

「なんていうかさ、君って……ううん、君達って、ほんと頭悪いよね。ふたり揃《そろ》って、小学校からやり直した方がいいんじゃない？」

廉司《れんじ》が全てを話し終えると、愛華《あいか》はその綺麗《きれい》で整った顔に怒りと呆《あき》れの感情を広げてそう言った。

「君達はさ、ふたりそろって真実を見失ってるだけなんだよ。って言っても、バカみたいに鈍感な君には、これじゃ伝わらないかな」

彼女の溜《た》め息が、夕空に溶ける。心底呆れている、という様子だ。

「これ、あたしの口から言いたくないんだけどなぁ……友達ってほんと損な役回りよね。でも、まあ言わないとわからないだろうし、仕方ないか」

「何のことだよ……さっぱりわかんねーぞ」

廉司がぼやくと、愛華は物言いたげな表情で首を横に振って、「やっぱりね」と失笑を漏らした。

「はっきりわかりやすく言うと……君はあの子のことが好きで、あの子も君のことが好き。それだけだよ」

「はっ……!?」

想像もしていなかった彼女の言葉に、廉司の口から動揺の吐息が漏れる。

前半部分については、言われるまでもない。だが、後半部分については。理解が追い付かなかった。

「いや……それは、有り得ねーだろ」

改めて考えるまでもなく、その結論に至れてしまう。

そんなこと、有り得るはずがなかった。なぜなら、祈織《いのり》にとって廉司は——

「恋愛対象じゃないって、言ってたから？」

こちらの考えていることを見透かしたように、愛華が補足した。

そう、その通りだ。愛華も廉司も、祈織自身の口からその言葉を聞いている。額面通りその言葉を受け取るならば、彼女の指摘は的外れなはずだ。

愛華は廉司から視線を逸《そ》らすと、どこか呆れたように小さく息を吐いた。

「あの言葉の意図はあたしもわかんない。でもさ、それってそんなに大事なこと？」

「え？」

「恋愛対象だとかそうじゃないだとか……〝好き〟の種類って、それだけじゃなくない？家族として好きとか、友達として好きとか、そういうのもあるじゃん？」

「……まあ、それは確かに」

彼女のもっともな意見に、頷《うなず》かざるを得なかった。

好きという単語には、ＬＩＫＥの意味だってちゃんとある。彼女の言う通り、恋愛対象であるかどうかだけが全てではない。

「近過ぎたからこそお互い見えなくなってたこととか、気付いてなかっただけですれ違ってたとかそういうのもあったんだろうし。まー、あたしからすれば？　廉司《れんじ》とそれだけ近い距離にいられるっていうのは、羨ましいことなんだけどね」

どこか茶化《ちゃか》したような、自嘲したような笑みを浮かべて、愛華《あいか》は肩を竦《すく》めてみせた。

「それは……そう、なんだけどさ」

愛華の言う通り、近過ぎたから見えなかった部分は実際あったのだと思う。でも、そのことがかえって自分の不甲斐《ふがい》なさを一層際立たせているように感じられてならなかった。

「けど、なに？」

言葉を濁す廉司を、愛華が不機嫌そうに睨《にら》み上げる。

「俺が近くにいることで、結局あいつは苦しんでた。だからあいつは、俺がいない場所に行きたがってて……」

「ああもうッ……！　ほんとに君って、何でそうなのかなぁッ」

愛華は右手で頭を掻《か》きむしることで、苛立《いらだ》ちを示した。基本的にいつも明るくて陽気なオーラを振りまいている彼女にしては、珍しい反応だ。

「親同士が仲良いって言っても、所詮は他人でしょ？　血縁関係のない、他人の家に住むって決めるのにどれだけの覚悟が必要だと思ってんの？　しかも、頼みの綱の幼馴染《おさななじみ》くんとは何年も疎遠。ちょっとはあの子の立場になって考えてみなよ」

何も言い返せなかった。確かにその通りだ。祈織《いのり》の立場になって考えれば、月城《つきしろ》の家で暮らすメリットなんてただ学校から近いことくらいしかない。

「多分だけど、あの子は廉司のお母さんが自分のことをよく思ってないのなんて、一緒に住む前からわかってたんじゃないかな？　女ってそういう感情に敏感だから。あたしだったら絶対にそんな家住まないよ。不便でも、好きな人がいるってわかってても、親戚の家から通うと思う」

廉司の無神経さを咎《とが》めるように、愛華は祈織の立場を事細かに説明した。

これでは、どっちが祈織の味方なのかがわからない。

「でも、あの子は君の家に住むって決めた。それがどういうことかわかる？　君と一緒にいたかったからでしょ。たとえ辛《つら》い思いをするってわかってても、あの子は君の近くにいたかった。君に縋《すが》りたかったの。そういうことでしょ？」

「だから、家のことで辛い思いをさせてる時点で、俺が力不足なんだろ……」

「はぁぁ……ほんと、なんであたしがあの子のことで君に腹立てなくちゃいけないんだろ。あたしが一番バカみたいじゃんか」

彼女の口から、呆《あき》れと苛立ちが入り混じった深い溜《た》め息が漏れた。

「話を聞いてて思ったのは、廉司のお母さんからよく思われてないとかっていうのは、根本的な原因じゃないと思うよ。あと、自分で言うのも癪《しゃく》だけど、あたしのことも関係ないと思う」

「そう、なのか?」

愛華《あいか》はゆっくりと頷《うなず》いた。

頷いた拍子に、ほんの一瞬だけ悔しそうな表情が滲《にじ》み出た気がした。

「その原因だって、少し考えればわかると思う。君の望み、それからあの子の望み……それさえわかれば、すぐに解決できる問題じゃないかな?」

そこまで言って、彼女はいつもの飄々《ひょうひょう》とした表情に戻ると、揶揄《からか》うようにこう続けた。

「それさえもわかんないなら……きっと、君のオツムはお猿さん以下ってこと。ま、それはそれで可愛《かわい》らしいけどね。よしよししながらバナナ食べさせてあげたくなっちゃう」

どこか人を小馬鹿にして、嘲るような表情と言葉。しかし、その表情や発言とは裏腹に、まるで廉司《れんじ》の背中を押してくれているかのようにも思えた。

「何で……何でお前は俺にそこまでしてくれるんだよ? お前からしたら、今の状況の方が都合が良いだろ」

愛華は以前、廉司と付き合いたいと言った。『ちゃんとあたしを見て』とも言っていた。

それはきっと嘘《うそ》ではない。だが、それらの行動と今の行動は矛盾しているようにも見える。

廉司の疑問を一笑して、彼女はこう言った。

「ばーか。あたしのこと甘く見ないでって言ったでしょ? こっちにもプライドってもの

があるのよ。まー、もしかすると？　これも含めて、あたしの作戦かもしれないけどね？」

悪戯《いたずら》っぽい表情で片目を瞑《つぶ》ってみせると、愛華《あいか》は最後にこう言い残したのだった。

「じゃあね、廉司《れんじ》。友達としてあたしができることはここまで。あとは、自分で考えて」


愛華が立ち去ったところで、最終下校のアナウンスがされた。既に陽《ひ》は沈み、身体《からだ》全体が夜という地球の影に覆われていた。だらだらと帰宅しながらも、考えることはひとつだ。自分の望みは何なのか、そして祈織《いのり》の望みは何なのか……愛華の言葉を何度も脳内で繰り返し、ひたすらその答えを考える。家に帰ってからも、それは変わらなかった。愛華の責めるような目つきと、祈織がこの家を出て行く際に言った『嘘吐《うそつ》き』という言葉、そして彼女の流した涙が、何度も何度も脳内で蘇《よみがえ》る。

祈織のことを考えていると、視線は自然とテーブルの上にある夢香子人形《ムーシャンツー》へと向かった。この部屋に来た時から変わらず、にこにことして廉司を見つめている。

祈織は『お返しはいらない』と言った。昔した約束を、自分自身が果たせないからだ。その約束とはすなわち、廉司が作った曲を祈織がピアノで演奏するというもの。

昨年、両親を事故で亡くした時を境に、祈織はピアノを弾けなくなってしまった。だから、もう曲を作ってもらっても自分が弾けないので贈られても困る、というのが彼女の主張だった。

だが……果たして、本当にそれでいいのだろうか？

祈織から夢香子《ムーシャンツー》人形をもらった時、廉司は心から喜んだはずだ。嬉《うれ》しかったからこそ彼女にも喜んでほしくて、昔の約束を引き合いに出して、そう提案したのである。それに対して、彼女はあの時『楽しみにしてる』と答えてくれたはずだ。

わざわざ夢香子《ムーシャンツー》人形まで作ってくれて、さらには小学生の時にあげたヘアゴムを後生大事に持っているような性格の女の子だ。彼女にとって、廉司との約束がどれほど大きなものであったかはこれからからも想像に容易《たやす》い。そうであれば、たとえ祈織自身がピアノを弾けなくても、その楽曲を聴きたいと思うのではないだろうか？　いや、きっとピアノが弾けなくなったことを隠していたのは、そのためだ。

そう思いつつ……部屋の隅に立て掛けられたロイヤルブルーの七弦エレキギター・Ib《アイ》anez《バニーズ》のRG1527に手を伸ばす。自分で小遣いを貯《た》めて、買ったギター。祈織ならかっこいいと言ってくれるんじゃないかと思って、敢《あ》えてレスポールなどの王道ではなく、玄人好みのIbanez《アイバニーズ》を選んだ。ギター選びまで彼女にどう見られるかを意識しているのだから、我ながら呆《あき》れてしまう。音を出さないまま弦に指を走らせてみるも、結局気分が乗らずにすぐに元の場所に戻してしまった。

夕食までの間も、夕食を終えてからも、ただひたすらに愛華から問われたことについて思考を巡らせた。そうして悩み続けているうちに時間は刻々と過ぎていき、時刻は夜の十時を回っていた。

何となく風呂に入る気分にならなかったので庭に出てみると、ふと普段廉司《れんじ》が使わない方の家屋に視線が奪われた。もう夜の十時が過ぎているのに、明かりが点《つ》いていたのだ。

廉司の家には敷地内にふたつの建物がある。そのうちのひとつは廉司達の住居で、もうひとつは書道教室と父の作業部屋だ。書道教室の方は平屋となっていて、生徒は基本的にこちらに出入りする。

（親父《おやじ》、晩飯食った後からずっと仕事してんのか）

そんなことを考えながら、中を覗《のぞ》いてみる。すると、予想通り父親がひとり黙々と書に打ち込んでいた。ゴミ箱の中には失敗したと思われる半紙がぎっしりと詰まっていて、墨汁の臭いがツンと鼻を刺す。

「ん……？　おお、廉司か。お前がここに来るなんて珍しいな。どうした？」

人の気配に気付いた父が手を止めて、顔をこちらに向けた。

言われてみれば、この教室に入ったのは随分久しぶりだった。小学生の頃は廉司も頻繁にこの教室に出入りしていたが——強制的に書道を習わされていたのだ——中学に上がったタイミングで辞めたので、自分の家の敷地内のはずなのに疎遠な場所になっていた。

「いや、明かりがついてたからさ。まだ作業してんのか」

「手本書きが終わらなくてな。三時までに終わればいいのだが」

「三時⁉」

壁掛け時計を見て、ぎょっとする。今はまだ十時を過ぎたばかりだ。ここから五時間もずっと作業をする気なのだろうか。

「それは……大変だな」

「仕事だからな」

彼は言って、また手本書きの作業へと戻った。彼の教室では、生徒ひとりひとりに手本を書いて、それを模写させるスタイルだ。生徒それぞれのレベルと目的に合わせて教え方を変えているので、手本も個別に用意する必要があるのだそうだ。今日は手本書きをしているが、夜通し自分の作品作りに没頭している時もある。昼も夜も、基本的に彼はずっと仕事をしているのだ。

それを思うと、ふと自分と似ているな、と思った。廉司も夜通しでギターを弾き続け、何度もリテイクをしてレコーディングを繰り返したり、動画の撮影や編集に明け暮れたりしている。やっていることは結構近い。父は手を動かしたまま、言った。

「それで？　お前がそんな顔をしてわざわざこんなところに来るということは、何か訊《き》きたいことがあるんだろ？　言ってみろ」

「……そんな顔って、どんな顔だよ」

廉司はふくれっ面になって返した。何だか内心を見透かされた気がしたのだ。

「そうだな。うじうじとうじ虫みたいに不貞腐《ふてくさ》れてるような顔、か？　ついでに、いつぐらいからそんな顔になったかも教えてやろうか？」

「嫌味《いやみ》かよ。いらねーよ」

「嫌味ではない。まあ、皮肉ってはいるがな」

顔を上げて、挑発するようにして父が笑った。

ちくしょう、完全に揶揄《からか》われている。彼は祈織《いのり》が出て行った原因が廉司《れんじ》にあることも、それから廉司の様子がおかしくなったことも気付いていたのだろう。

廉司は溜《た》め息を吐《つ》いて、壁を見上げた。書道教室の壁には、その月に書いた生徒達の傑作が貼り出されている。今月は『友情』がテーマなようだ。それぞれ上手《うま》い下手には差はあれど、一生懸命に書かれているのがよくわかる、力強い書だった。

「……幼馴染《おさななじみ》って、何なんだろうな」

壁に掛けられた作品を眺めつつ、廉司はぽそっと漏らした。

廉司の父と祈織の母は幼馴染だった。幼馴染という単語、及びその関係性について相談できるのは、廉司の周りでは彼しかいない。この教室を訪れたのはきっと、彼にこの質問をしたかったからだろう。

「……幼馴染というのは、不思議な関係でな。小さい頃から一緒にいて、兄弟と同じくらい、下手をすれば兄弟以上に仲の良い時もあれば、他人になってしまう時もある」

父親は手本書きをしながら、言葉を紡いだ。

「そのくせ、他の人間よりもその人について知っていることも多いから、完全に他人と割り切ることもできない。異性間であれば、思春期になれば尚更《なおさら》おかしなことにもなりがちだ。兄妹《きょうだい》のようで、兄妹ではない。かといって、他の同級生とも友達とも違う。お互い、知り過ぎているからな」

「おばさん……祈織の母さんと親父《おやじ》もそうだった？」

廉司の問いに、父は「まあな」と鼻で笑った。

その時一瞬だけ垣間《かいま》見《み》えた彼の顔を、廉司はこれまで見たことがなかった。昔を懐かしむかのような、慈しむような、そんな笑み。その表情からも、父にとって祈織の母が特別な存在であったことが見てとれる。

「付き合ってたとか？」

「まさか。付き合ってたら、お前も祈織も生まれてないだろう」

「いや、付き合ってても別れるとかもあるじゃんか」

「ないな」

父は断言するようにして言った。

「もし付き合っていたら、別れなかった……と思うぞ。お互いをよく知っているからこそ、幻滅をしたり落胆したり、過度に期待することもないからな。もちろん、どうやれば相手のご機嫌を取れるかも知っている。私達は……そんな関係だった」

「なるほど、な」

その言葉は理解ができた。少なくとも、小学生の頃の廉司《れんじ》だったならば、祈織《いのり》のことなど何でもわかっていたつもりだった。どうすれば悲しむのか、何をすれば泣くのか、その際にどうやれば相手のご機嫌を取れるのか。あのこむぎゅんのヘアゴムも、きっとそうした判断のうちのひとつだ。もっとも、それから数年殆《ほとん》ど会話を交わさなければ、相手の考えなど何ひとつわからなくなってしまっていたのだけれど。

「恋愛感情とかはなかったのかよ。それとも、恋愛対象じゃなかった?」

少し踏み込んで訊《き》いてみた。こんなことを父親に訊くのも少し恥ずかしかったし、恋愛対象云々《うんぬん》を話題に出すのも自身の傷を抉《えぐ》るようで嫌だった。

しかし、今はなりふりを構っていられる状況ではない。

「はっはっは、まさか廉司からそんな質問をされる日がくるとはなぁ。よっぽど、祈織が出て行ったのが堪《こた》えたか?」

父親はそんな廉司を見て、可笑《おか》しそうに笑った。笑った拍子に筆からぽとりと墨汁が半紙に落ちて、「あっ」と苦い顔をする。息子をいじめて遊んでいるからだ。ざまぁ見ろ。

「私達の場合は……いまいちお互いがどういう感情を持っていたのか、最後までわからなかった。今ではもう確認する術《すべ》もないしな」

彼は小さく息を吐き、新しい半紙を取り出した。

「ただ、そういう機会が訪れなかったし、そうなろうとお互いが動こうとしなかった。それが全てだと私は思っているよ。少なくとも、お前達ほどわかりやすい感情をどちらかが持っていれば、もっと違った関係になっていたかもしれないな」

言いながら、さささっと半紙の上に筆を走らせ、一枚の手本を書き上げる。出来栄えに満足したのか、少し嬉《うれ》しそうに目元を細めてから、こちらに視線を戻した。

「でもな、廉司。さっきも言ったが、幼馴染《おさななじみ》というのは兄弟のように近くもなれば、赤の他人より遠くなることもある。どういう関係になるかは、結局自分達次第なんだ。自分がどうなりたいのか、相手はどうなりたいと考えているのか……つまるところ、それが全てだろう」

「……またそれかよ」

「ん？　何がだ？」

「いや、何でもないよ」

廉司は肩を竦《すく》めつつ、内心で舌打ちをした。ついさっき、愛華《あいか》から似たような説教をされたばかりだ。どいつもこいつも、全部本心を見透かしたかのようなことを言ってくる。

腹立たしい限りだ。

「どういう決断を下すのか、どういう選択をするのかはお前次第だ。だが……そうだな、

「これだけは渡しておこうか」

父は筆を置いて、本棚に立てかけてあった手帳を手に取った。すぐに、別のメモ帳に何かを書き写し始めると、そのページを破って廉司《れんじ》に渡す。渡された紙に書かれた文字に目を落として、はっと目を見開いた。

「これって……」

そこに書かれていたのは、同じ静岡県内の住所だった。廉司達が住む伊佐早《いさはや》市からは、やや遠い。ちょうど一時間半ほどかかるくらいの場所だ。

父は新しい半紙を取り出して筆を持つと、こちらに視線を向けずにこう言った。

「この話の流れだ。言わなくてもわかるだろう？　あとは、自分で決めなさい」

部屋に戻って、ベッドにばたりと倒れ込む。それから、手のひらにあるメモ用紙をぼんやりと眺めた。メモ用紙には、達筆な文字で住所が書かれていた。この住所は、おそらく祈織《いのり》の叔父のものだ。よくよく考えれば、父親は祈織の両親のどちらとも深い関係がある。彼女の叔父とも当然面識があったのだろう。

『あとは、自分で考えろ』

父親からのメッセージ。何について考えるのかは、わかり切っている。

幼馴染《おさななじみ》は、兄弟よりも深い関係になることもあれば、簡単に他人にもなれてしまう、酷《ひど》く脆《もろ》い関係だと彼は言っていた。実際に、廉司と祈織だって小学生の頃は兄妹《きょうだい》のように仲が良かったはずなのに、中学生から最近に至るまでの間は、ほぼ他人同然だった。

このまま赤の他人になるのか、幼馴染に戻るのか、或《ある》いはそれよりも先……廉司の父と祈織の母が至らなかったような関係を目指すのか、じっくり考えて選べ。彼はそう言いたかったのだ。

そして、祈織はこの家を離れた。ゴールデンウイークに引っ越すと言ったことからも、今が関係を巡る分水嶺《ぶんすいれい》であることは明らかだ。ここを過ぎれば、廉司と祈織は幼馴染から〝赤の他人〟へと関係を変えるだろう。

『楽しみにしてるね』

ふと祈織から夢香子《ムーシャンツー》人形をもらった時の言葉を思い出して、視線は再び人形へと向かう。

夢香子《ムーシャンツー》——願い事を叶《かな》えるために地上に降り立った月に住む少女。願いを叶えると、少女は月に帰ってしまうのだという古来中国の伝承。そういった言い伝えのある人形を、祈織は廉司に贈った。ただ誕生日プレゼントを渡しそびれていただけ、と彼女は言ったが、本当にそうだろうか？　何か彼女には願い事があって、その願い事があるからこそ、この人形を廉司に贈ったのではないだろうか。

祈織がこの人形に込めた、本当に望んでいる願いとは？　ひと針ひと針に込められた、彼女の想《おも》いとは一体何なのだろうか？

「……何、言ってんだよ」

そこまで考えてから、廉司《れんじ》はぼそりと呟《つぶや》いた。そんなこと、考えるまでもない。彼女がずっと願っていたことなど、わかり切っていたではないか。

『どこにも行かないって……もう寂しい思いさせないって、言ったのに』

この言葉に、祈織《いのり》の願い事の全てが込められていた。

どこにいても居場所がないと感じていた彼女。両親を失い、たったひとりぼっちになってしまった彼女。

愛華《あいか》によれば、祈織はもっと前から母に好かれていないことは知っていたという。愛華なら絶対にそんな家で暮らさない、親戚の家から学校に通う、とも言っていた。

しかし、それでも祈織はこの家に住むことを選んだ。母から皮肉を言われても、家事や仕事を手伝わされたりしても、嫌な顔ひとつせずにふたつ返事で承諾していた。

それは何故《なぜ》か？　その答えが、この言葉だったのだ。

祈織はただずっと自分の味方でいてくれて、傍《そば》にいてくれる人を求めていた。そして、彼女がそう想《おも》える人間は……ずっと昔、幼馴染《おさななじみ》として兄妹《きょうだい》のように仲が良かった廉司しかいない。いや、そこまで彼女と近しい人間も、彼女が信用できる人間も、もう他にいないのだ。だからこそ、最後に縋《すが》るものとして、廉司の家で暮らすこと……いや、廉司の傍にいることを決めたのではないだろうか。

（ここであいつの願いを叶《かな》えてやらなきゃ、男じゃないよな……！）

祈織の願いを叶えたい——それは抑えることのできない衝動となって、廉司の体中を駆け巡っていた。それは理屈ではなくて、彼女の願いを叶えることそれ自体が廉司の願いだったのだ。そんなことに、今更気付かされた。

愛華の言う通り、廉司は救いようのないバカだった。中学に入った頃、周りから冷やかされるのが嫌で、祈織とは距離を置いた。そうして距離を置いて、彼女からも距離を置かれるうちに、いつしか本当に嫌われてしまったのではないかと不安になった。それがただただ怖くて、臆病になって……ギターさえ弾ければ自信がつくと思っていたけれど、そんなわけもなくて。幼い頃にした、曲作りの約束も果たせなくて。そうしてぐずぐずとしているうちに、祈織の状況も変わってしまった。結果としてもっと追い詰められる状態になってしまい、今こうした岐路に立つに至ってしまったのである。

幼馴染か、赤の他人か。今、その境界線ギリギリの場所に、廉司達は立っている。ここで動かなければ、間違いなく他人になる。しかし——お互いが、そんなことを求めていないのは明白で。でも、その状況を生み出してしまったのは廉司に他ならなくて。

迎えに行かなければならない。お祭りの会場の外で独り泣いていた彼女を探しに行った、あの時のように。

もしかすると、もう手遅れかもしれない。もう彼女には見限られてしまっているのかもしれない。だが、今更そんなことはもうどうでもよかった。

卑しかろうが、醜かろうが、そんなのどうだっていい。罵られたって、貶《けな》されたってよかった。これまで祈織《いのり》は、ずっと思い慕ってくれていた。今は、その人のために、全てを捧《ささ》げたい。このまま、祈織と離れ離れになるわけにはいかなかった。その前に、どうしても言わなければならないことがある。

廉司《れんじ》の、本当の想《おも》い。俺はいつだって祈織の傍《そば》にいて、もう寂しい思いなんてさせない、と。たとえ彼女がもうこの家に戻ってこないにしても、この想いだけは伝えなければならなかった。

しかし——衝動の赴くままに想いを伝えたところで、祈織に届くかどうかはわからない。彼女だって相当な決心をしてこの家を出て行ったはずだ。学校での態度を見る限り、もう廉司とは他人になる、と決意したのかもしれない。

その閉ざされた心を開くには、強く訴えかける証《あかし》が必要だ。

祈織の願いと、廉司の願いを叶《かな》えてくれる何か。ふたりを繋《つな》ぎとめてくれる何か。それは——……？

四章　依依恋恋

1

淡い薄明かりが徐々に空を照らし始め、春の夜が静かに明けていく。あちこちから目覚める小鳥達のさえずりが、穏やかな朝の訪れを告げていた。四月の明け方、窓からは生き生きとした新緑の息吹を感じさせる空気が流れ込んでくる。風に揺れる若葉が、廉司を急《せ》かすようにさざめいていた。

目の前には、煌々《こうこう》と光るＰＣのディスプレイと作曲ソフトの画面。それからヘッドフォンから流れてくる自分のギターの音と、メトロノーム。延々とその画面と耳の音、手元のギターにだけ神経を注ぎ込む。今日中に、届けたかった。それも、できるだけ早くに。

この土日が終われば、ゴールデンウイークまでもう数日だ。そこがタイムリミット……その日を境に、祈織はこの家から完全に引っ越してしまう。

学校ではこれまで通り避けられてしまうだろうし、授業などの弊害もあって、周りの目もある。それを考えると、この土日に彼女のもとを訪れ、勝負を掛けるしかなかった。

しかし、祈織とて叔父の家で暮らすにあたって何か予定があるかもしれない。その予定よりも前、できれば午前中に届けたかった。気持ちは伝えたいけれど、迷惑も掛けたくない。そんな複雑な心境だった。

だが、それらの心配よりも、まずはこれを完成させることが第一だ。祈織《いのり》との約束を果たすための楽曲――〝月姫の約束〟。

昨夜から、ずっとギターを弾き続けている。ああでもない、こうでもないと悩みながら、何度も弾き直した。

着手してから既に七時間。寝る間も惜しむとはまさにこのことだ。作曲という作業は、急いで何とかなるものではない。浮かんできたアイデアを手元で再現してみて、前後と照らし合わせて、「おっ」と思うかどうか。突如として降ってきたものが繋《つな》がる時もあるし、この先のメロディに上手《うま》く繋げるためにはどうすればいいか、と合間の一小節で長々と頭を悩ませることもある。気ばかりが焦って、上手く弾けなくて何度も失敗した。集中力が途切れて、全く何も浮かんでこない時間帯もあった。

そんな時に助けてくれたのは、ただ心の拠《よ》り所《どころ》として取り組んでいただけの作曲……祈織から夢香子人形《ムーシヤンツー》を贈られる前から密《ひそ》かに行っていた制作活動だった。

思いついたワンフレーズをただ録音しただけのものだったり、メモ代わりに殴り書きした五線譜だったり、或《ある》いは未完のまま手つかずで終わってしまっている楽曲であったり
……今にして思えば、当時行っていたのは楽曲制作と言えるほどのものではなかったのか

もしれない。どちらかというと、ただ行動した気になっていただけの活動。しかし、そういったこれまでの小さな積み重ねが新たなアイデアとして昇華され、苦境を乗り越える助けとなった。何も前に進んでいないと思っていたけれど、今になってそうした行動が実を結び始めたのだ。どんな小さなことでも、努力に無駄はないと思わされた瞬間だった。

今回ばかりは、絶対に諦めるわけにはいかない。この曲を何としても祈織に届けると夢《ムーシ》香子《ヤンツー》人形に誓ったのだから。

（祈織に届けるって約束をしたんだ。これまでたくさん約束をして……そのどれもまだ果たせてない）

目を閉じればふっと眠気に意識を奪われそうになり、その瞬間に泣いている祈織が脳裏を過《よぎ》って意識を取り戻す。

目を開いて一番に視界に入ってくるのは、テーブルの上でこちらを優しく見守る夢香子《ムーシャンツー》人形。ただ見つめるだけで、そこに込められた祈織の願いが伝わってくる気がして、活力と元気を湧き起こしてくれる。お目付け役としてはこれ以上ない存在だ。

数週間前、彼女に曲を贈ると約束をした時はアイデアだけ降ってきて、全然まとまらなかった。それは、どういう気持ちを彼女に伝えたいかがまだ定まっていなかったからだ。

しかし、今は違う。自分の願い、そして祈織の願いが明確にわかった今ならば、作るべき曲の方向性も決まってくる。

とにかく、優しい曲を彼女に贈りたかった。聴いているだけで傷付いた心が癒えていくような、悲しさも慈しめるような、そんな楽曲。天才でも何でもない自分にそんな大それたものを作れるのかはわからないが、それが今の廉司《れんじ》の気持ちだった。

やがて、太陽が徐々に姿を見せて、完全なる朝を迎えていた。時刻はもう朝の九時を過ぎていて、作業時間は十時間を超えている。その間、トイレに行く時間すら惜しんで曲を作り続けた結果――

「やっと、できた……」

待ちわびた瞬間を迎えることができた。どさっと椅子にもたれかかると、満足感に包まれて全身から力が抜けていく。意識が飛びそうになるのを何とか堪《こら》えて、最後の確認のために再生ボタンをクリックした。

耳を澄ませると、静寂を破るかのように、最初の一音がヘッドフォンから脳内に響き渡る。それは、まるで遠い昔から伝わる祈りのように、穏やかでありながらもどこか切ない旋律。電子的なギターの音が紡ぐ旋律は、静かながらも力強い、春の夜明けを思わせるような優しさを持っていた。次第にメロディは高まりを見せ、まるで月に届くかのような壮大さへと変貌していく。それは、古代の神話が現代に蘇《よみがえ》ったかのような、壮大で神秘的な響き。空気までもが音楽に呼応するかのように、ヘッドフォンの中は緊張と期待で満ちていた。メロディはさらに力を増し、疾走するように速く、情熱的になっていく。それはまるで、月の姫が地上の営みに感動して涙を流すかのような情景を描いていた。

曲がクライマックスに達すると、楽曲に込められたエネルギーが頂点に達する。ひとつひとつの音が、まるで魂の叫びのように心に響き渡っていた。それは、ただの音楽以上のもの、人の心を揺さぶるような強烈なメッセージ。廉司から祈織《いのり》に向けた、音の言葉の数々だった。曲が終わって……最後の一音が、余韻を残す。

停止ボタンをクリックして、廉司は大きく息を吐いた。

(良い曲、だよな……？)

作った楽曲は、ギターのインストゥルメンタル。ドラムの打ち込みやベースライン、ギターの重ね録《ど》りなど、直したいところや増やしたいところは山ほどある。完成したといっても、まだまだデモ音源の領域を出ない簡易的な音源だ。

だが、時間的なものや集中力、体力を鑑みると、今はこれが限界だった。少なくとも、廉司が伝えたかった気持ちは旋律にできているし、ギターのメロディは既に理想に近い。

ようやく形を成した楽曲に、こみ上げる喜びを抑えることができなかった。迸《ほとばし》るような興奮が全身を包み込んだかと思えば、上手《うま》くできたという安心感から力が抜けていく。

もう一度再生ボタンをクリックして、自らの作った楽曲に身を浸した。満ち足りた気分、というのはきっとこういう状態なのだろう。興奮と鎮静が交互に生じて、それらが溶け合い、幸せな気分になる。

この音から、彼女は何を感じ取ってくれるだろうか。それは、彼女にだけしかわからない。だが、きっと……伝わると思う。そう信じたかった。

「って……伝わるかどうかを心配する前に、聴いてもらわなきゃ始まらないよな」

廉司《れんじ》は苦い笑みを浮かべ、作曲ソフトを操作して楽曲をMP3形式で出力した。データをスマートフォンに移行すると、跳ねるように立ち上がって、スマートフォンと財布、父親からもらったメモ帳と、ずっと廉司を見守ってくれていた夢香子人形《ムーシャンツー》、それから彼女に返さなければならないものを鞄《かばん》に放り込んだ。

片手で鞄を担いで、勢いのままドアを開け放って階段を駆け降りていく。

「ちょっと廉司、どうしたの？　そんなに慌てて」

何事かと母親がリビングから飛び出てきた。

「大事な用があってさ。夜までには戻るから。あと……もしあいつを連れて帰ってきても、嫌な顔しないでくれよ」

そうとだけ伝えて、母親の顔を見ないで家を飛び出した。後ろから母が廉司の名を呼んでいたが、無視だ。今は彼女に構っている暇はない。

駅までの道を、大急ぎで駆けていく。目的地は、もちろん決まっていた。思った以上に時間が掛かってしまったので、それだけが気掛かりだ。どこかに出掛けていなければいいけど……と思いつつも、出掛けていたなら帰ってくるまで待っていればいい。

大丈夫、きっと全て上手《うま》くいく。そう信じて疑わなかった。

興奮は依然冷めやらず、火照った体に春の朝の風が心地良く吹きかかる。

徹夜明けにもかかわらず、不思議と疲れを感じなかった。いつまでも走り続けられる気がした。

いや……ただ、祈織《いのり》に会いたかった。

父親にもらったメモの通りの場所に行くと、そこには一軒家があった。普通の住宅街に佇《たたず》む、二階建ての一軒家。家も綺麗《きれい》だ。

時刻は既に十一時を回っていて、家を出てからは既に二時間近く経《た》っていた。電車の中は退屈で、ただ気持ちだけが逸《はや》ってしまっていて。ずっとそわそわしていたように思う。

それと同時に、祈織はこんなに遠い場所から通学していたのかとも驚かされた。

そういえば、ここ数日間、彼女は授業中もうとうとしていて、あまり集中できていなかったように思う。その原因はきっと、この通学距離だ。朝六時半頃には家を出ているとなると、起きるのはもっと早い。この距離の通学は、決して楽なものではないだろう。そんな負担を彼女に背負わせていたと思うと、余計に自己嫌悪に襲われてしまった。

電車に乗っている間もずっと興奮状態を保つのなんて不可能で、今ではとっくに心の無双状態も消えてしまっていた。

怖いものなんて何もない、全てが上手《うま》くいく……そんな風に思っていたのに、いざこうして家の前まで来ると、怖気《おじけ》づいてしまう。心臓がドキドキと早鐘のように打ち鳴らされ、最悪の結末ばかりが頭を過《よぎ》った。

蘇《よみがえ》るのは、祈織《いのり》の泣き顔と『嘘吐《うそつ》き』という言葉。また同じように言われたらどうしよう、もう遅いと言われたらどうしよう……そんな恐怖心で、胸がいっぱいになる。正直、怖かった。逃げ帰れるものなら、逃げ帰りたい。でも、そんな時――

『あたしね、今になってピアノ辞めたこと、後悔してるんだ』

ふと、〝友人〟の黒瀬愛華《くろせあいか》の言葉が記憶に蘇った。

『だって、そうじゃん？　あたしがあたしを信じてて、もっと練習頑張ってたら、いつかは望月《もちづき》さんを超えられたかもしれない。超えられなかったとしても、やるだけやってたら後悔はしなかったと思う。そしたらきっと、ピアノも嫌いになんなかっただろうし、自分のことも嫌いにならなかったんじゃないかなって』

彼女は、諦めたことを後悔していた。いや、諦めたことというより、挑戦しなかったことを後悔していたのだろう。その結果、自分も、その諦めてしまったことも嫌いになってしまったのだ。

続いて蘇ってきたのは、昨夜父親に言われたことだった。

『幼馴染《おさななじみ》というのは兄弟のように近くもなれば、赤の他人より遠くなることもある。どういう関係になるかは、結局自分達次第なんだ』

今、廉司《れんじ》はこの分岐点にいる。今のまま、これまで通り何の行動も起こさなければ、きっと赤の他人よりも遠い存在になって……間違いなく取返しがつかなくなるだろう。行動を起こさなかったことを悔やみ続け、そんな自分を憎み、自己嫌悪に走るしかなくなる。きっと、自信なんてものは全てなくなるだろうし、音楽に対する気持ちもなくなってしまうだろう。一番届けたい人に届けたい楽曲を届けられないなら、音楽を続ける意味などないからだ。

（やらない後悔よりもやった後悔、だよな……）

大きく息を吸い込んで、その息をゆっくりとゆっくりと吐き出す。

そして、震える指で……遂《つい》に、インターフォンを押した。どこの家でも鳴るようなチャイムの音が、玄関子機から聞こえてくる。

応答まで待っている時間が、果てしなく長く感じた。静寂がひたひたと身体中《からだじゅう》から染み渡ってきて、遠くからは呑気《のんき》な車の音や小さな鳥の鳴き声が聞こえてくる。海が近いのか、カモメの声も聞こえた。

『……はい』

玄関子機から聞こえてきたのは、壮年の大人の男性の声だった。きっと、これが祈織の叔父だろう。

「あの……いきなりすみません。祈織《いのり》はッ……祈織さんは、いらっしゃいますか？」

声が上ずりそうになるのを必死で堪《こら》えて、用件を伝える。

が、ここでミスをした。思わず名前を呼び捨てで呼んでしまったことで動揺してしまって、自分が名乗るのを忘れていたのだ。

『祈織ならおりますが……どちら様で？』

男性の声に、一気に警戒の色が宿る。

「月城《つきしろ》です。月城廉司《れんじ》と申します。祈織さんに、どうしても伝えたいことがあって」

『ほう……月城の』と男性は言った。月城、という苗字《みようじ》で祈織との関係性に思い当たったのだろう。声には明らかな警戒心が含まれていて、少し低くなっていた。

『用件は今日でないといけないのかな？』

「……はい」

「ふむ……」

それから、祈織の叔父は押し黙った。

嫌な沈黙だった。無機質なノイズが、玄関子機から流れていた。

『すまんが、帰ってもらえないか？』

「えっ!?」

『詳しくは聞いていないが、月城の御宅《おたく》で何かしら問題があったことはわかっている。そうでないと、あの子がこんな通学に不便な場所に来たいだなんて言い出さないだろうからな。君か、君の両親に原因があるのは想像に容易《たやす》い。全く……兄さんと義姉《ねえ》さんの親友だというから信用して姪《めい》を預けたというのに、困ったものだな』

祈織の叔父の口から、憎々しげな言葉が漏れる。そこには嫌悪感さえも漂っていた。

『それで伝わるだろう？　そういうわけだ』

「待って下さい！　でも、俺は――」

そこで、無情にもインターフォンは切られてしまった。

玄関子機のノイズは消え、再び静寂が戻る。

予想外の事態に、茫然《ぼうぜん》と立ちすくむ。祈織に拒絶される可能性はあると思っていたが、まさかそこにさえ辿《たど》り着《つ》けないとは思ってもいなかった。

でも、考えてみれば当然かもしれない。彼の立場からすると、月城家は姪っ子を傷付けた存在に他ならないだろう。彼の兄が信用していたから預けたのに、姪っ子が傷付いて逃れてきたのだ。自分がその立場だったらきっと月城家に腹を立ててるだろうし、不審に思うのも仕方ない。そうして姪っ子を傷つけた存在が自分の家に訪れて、差し出す保護者がどこにいるだろうか。でも――

（そんなことで……引き下がってられっかよ！）

祈織が立ち去り際に見せた泣き顔、その際の言葉と彼女の真なる願い、それらが頭の中を駆け巡り、廉司《れんじ》の決意を固めていく。

廉司は家を睨《にら》みつけて、もう一度深呼吸をした。それからスマートフォンを取り出して、祈織《いのり》に電話を掛ける。呼び出し音が何度か鳴るが、案の定彼女は電話に出ない。

だが、先程彼は『祈織ならいる』と言っていた。居留守を使っているのか、スマートフォンから離れていて気付いていないのだろう。

ならば、やるべきことはひとつしかない。廉司は大きく息を吸い込んで――

「祈織――――!!」

家に向かって、力いっぱい彼女の名前を叫んだ。

とんでもないことをしているという自覚はある。月城《つきしろ》の家の者は非常識だ、と祈織の叔父は思うだろう。こんな危ない奴《やつ》がいる家になんて姪《めい》っ子《こ》を預けられるわけがない、と怒るかもしれない。

だが、廉司には今しかないのだ。ゴールデンウイークになれば、彼女は去ってしまう。ここが幼馴染《おさななじみ》でいられるか、赤の他人に戻るかの分水嶺《ぶんすいれい》。何としても今日中に彼女と話しをしなければならなかった。そのためなら、手段など選んでいられない。

「祈織、頼む！　約束を……約束を、果たさせてくれ！」

閑静な住宅地に突如として男の叫び声が響き渡ったので、周囲の家から人が何事かと出てくる。もちろん、それはこの家の家主も例外ではなく――彼女の叔父も、家から飛び出してきた。

「おい、君！　何のつもりだ!?　非常識だぞ！」

廉司の叫び声に続いて、彼の怒号も住宅街に響き渡る。

そして、開け放たれたドアの先には――会いたくて会いたくて、仕方がなかった人の姿があった。

「廉司くん……!?」

祈織は玄関の上《あが》り框《かまち》の向こうで、呆気《あっけ》にとられた様子でぽかんとこちらを見ていた。

「君、これ以上騒ぐなら――」

「すんませんしたァッ！」

怒声を遮るようにして、廉司は腰の角度を九十度に曲げ、土下座するかの勢いで頭を下げた。

「無礼なのも非常識なのも重々承知しています。でも……祈織に話を、いえ……曲を、どうしても聴いてほしくて。本当にすみません！」

もう一度彼に詫《わ》びてから、そのままの姿勢で後ろにいる祈織に向けて言葉を綴《つづ》った。

「祈織……俺が悪かったのはわかってる。この前だけじゃなくて、これまでもずっと、俺が悪かった。幼馴染として、最低なことをしてきた。それを許してくれとは言わない。でも……約束だけは、果たさせてくれ。あんな態度ばっか取ってたからわかんなかったと思うけど……お前との約束を、忘れた時なんて一度もないんだ」

「私との、約束……？」

祈織《いのり》はサンダルを履いて玄関口から出てくると、廉司《れんじ》の前に立った。廉司はゆっくりと顔を上げて、彼女を見据えると——あの約束の言葉を、もう一度紡いだ。

「ずっと昔……あの夏祭りの日にした約束だよ。もうお前に寂しい思いなんて、絶対にさせないから」

きっと、これが祈織の求めていた言葉なのだと思う。あの時夏祭りで廉司が言った『どこにも行かない』『もう寂しい思いはさせない』というふたつの約束。これを今、彼女は欲していたのだ。両親を失い、独りぼっちになってしまっていたからこそ、寄り添ってほしいと願っていた。同じ屋根の下で暮らしていたのに、そんなことにも気付いてやれなかったなんて……愛華《あいか》の言う通り、頭が悪いにも程がある。

「廉司くん……」

祈織の瞳には涙が盛り上がり、頬《ほお》を伝って零《こぼ》れ落ちていく。そして——

「うん……っ！」

ゆっくりと、でもしっかりと、そして力強く、噛《か》み締《し》めるようにして……深く頷《うなず》いてみせた。

「叔父さん、驚かせてごめんなさい。私、廉司くんと約束があるんです」

祈織《いのり》も廉司《れんじ》と並んで彼女の叔父に頭を下げると、その流れで廉司の手をすっと取った。

「行こっ、廉司くん？」

「あ、おい――」

涙を流したまま、くすっと小さく笑って。彼女は廉司の手を引き、走り出す。

祈織の叔父の呆《あき》れた視線を背中で一身に受けて、ふたりは風を切った。


目の前に、青い海が広がっていた。防波堤から見る海はお昼前の陽光に照らされ、無数の宝石がちりばめられたように、きらきらと輝いている。波の音は穏やかで、まるで海がゆったりとした呼吸をしているかのようだ。波打ち際では、時折小さな波が石や砂に優しく触れ、白い泡を残しながら引いていく。

ふと、防波堤で隣に腰掛ける幼馴染《おさななじみ》を盗み見る。彼女は海の向こうを見やって、穏やかに吹く海風に目を細めていた。その表情はどこか嬉《うれ》しそうで、子供のような無邪気さを秘めている。

ふたりの間では、未《いま》だに手が繋《つな》がれていた。彼女の叔父の家が見えなくなったところでお互いに若干気恥ずかしさを覚えているのだが、離すこともできず――廉司の場合は離したくなかったというのもあるが――そのまま近くの防波堤まで来たのだ。

「それで……聴いてほしい曲って？」

「ああ、うん。えっと……曲、作ったからさ。約束しただろ？」

「それなら、いいって言ったのに」

祈織は眉を顰《ひそ》めた。きっと、前に言った〝約束〟のことを言っているのだろう。

曲を作ってもらっても、もう自分はピアノを弾けない。だから、もうお返しはいらないる。

——これが、彼女が以前言っていたことだった。だが、それが本音でないことも知ってい
「別に、お前に弾いてもらおうと思って作ったわけじゃないよ。ただ聴いてほしい。他の誰でもない、祈織にさ。まだ詰め切れてない部分もあるけど……多分、もうこんな曲は二度と書けないから」

「力作なんだね」

「まあ、な。俺の気持ちは全部ここに込めたから、話すよりも聴いてもらった方が早いと思って」

廉司は名残惜しげに祈織の手を離し、鞄《かばん》の中からイヤホンとスマートフォンを取り出した。その際に、ちらりと鞄の中から夢香子《ムーシャンツー》人形が見えて、祈織が嬉しそうに顔を綻ばせる。

「あっ。その子も連れてきてくれたんだ」

「そりゃあ、曲の由来だからな」

「何ていう曲なの？」

「〝月姫の約束〟。あくまでも仮タイトルだから、今はタイトルセンスを問わないでくれ」

言ってから恥ずかしくなって、視線をスマートフォンのディスプレイに落として音楽アプリを起動させる。

冷静になって考えると、自作の曲にタイトルをつけるのってすごく恥ずかしい。さっきまで舞い上がっていて気にもならなかったが、いざタイトルを誰かに伝えるとなると、赤面ものだ。

祈織《いのり》はそんな廉司《れんじ》を見て、くすくすと笑っていた。

「どんな曲なんだろう……？　ちょっと緊張しちゃうな」

「何でそっちが緊張するんだよ。俺の方が何倍もしてるっての」

自分では力作のつもりだし、名曲のつもりだ。でも、他の人も同じことを思うかというと、必ずしもそうではない。どんな名作でも、別の人から見れば駄作になり得るし、その逆も然《しか》り。結局、芸術は好みの問題なのだ。これが彼女の好みであることを祈るしかない。

「流すぞ？」

祈織がイヤホンを装着したのを見て、訊《き》いた。

「うん」

彼女は頷《うなず》くと、ゆっくりと目を閉じる。廉司はそれを確認してから、再生ボタンをタップした。

曲名が表示されて、秒数が進み始めた。もう秒数を見ただけでどこでどの音が入るかがわかる。それくらい何度も聴いたし、向き合った楽曲だ。

そして――最初の一音が流れた瞬間、閉じられた祈織の瞳が、はっとして開かれた。その綺麗《きれい》な青み掛かった瞳はじわりと潤み、瞬く間に涙が溢《あふ》れ出る。彼女は顔を両手で覆い、声を出さずに肩を細かく震わせた。

(伝わった……のかな)

廉司は視線を静かに涙する祈織から海原へと移した。気持ちなら、全部この曲に込めた。幼い頃から彼女に抱いていた気持ちも、距離を置いていたときの気持ちも、そして一緒に暮らし始めてからの気持ちも、全部全部この曲に入っている。それらはきっと、もう言葉では示せない。言葉で伝えられる領域はとうに超えてしまっていて、今となってはもう言語ではないものでしか、自身の気持ちを表現できなかった。

この曲は、間違いなく、祈織に聴かせるためだけに作ったもの。きっと、曲に込めたこれらの感情は、彼女にしか伝わらないだろう。ふたりだけの時間、幼馴染《おさななじみ》として過ごした期間と赤の他人みたいになってしまっていた期間があるからこそ、わかる音色。そんなものが、きっとこの曲にはあるはずだ。少なくとも、廉司はそう信じている。

曲が流れ終わるまでの間、波の音と静かに涙する彼女のすすり泣く声に、耳を傾けていた。

曲が最後まで流れ終わっても、祈織《いのり》はイヤホンを外そうとはしなかった。目尻の涙を指で拭い、ただ小さく嗚咽《おえつ》を堪《こら》えている。

「……どう、だった？」

廉司《れんじ》は彼女の顔を覗《のぞ》き込《こ》むようにして、おそるおそる訊《き》いた。

この曲に込めた想《おも》いは、どれだけ伝わったのだろうか。彼女の心には届いただろうか。全力は尽くしたけれど、それでも不安は拭い去れない。

祈織は小さく深呼吸をしてから、ゆっくりと息を吐き出した後、イヤホンを外して……

「こんなに感動した曲、生まれて初めてだよ。作ってくれて、ありがとう」

こちらに、これ以上ないほど優しくて柔らかい笑みを向けた。微笑《ほほえ》んだ拍子に、涙がまたぽろりと頬《ほお》を伝う。

「ほんとはもっと色々感想を伝えられたら良いんだけど……どんな言葉を使っても、上手《うま》く伝えられる気がしなくて」

「いや……十分だよ」

祈織の感想に、廉司は安堵《あんど》の息を吐《つ》いた。言葉にならない――きっと、それが一番欲しかった褒め言葉なのだと思う。廉司自身、この曲を細かく解説しろと言われても上手く言葉では言い表せない。彼女に届けたいものを全部込めて、乗せただけの楽曲。そうとしか言えないのだから。

「この曲は……廉司くんの心そのもの、だね」

祈織は感嘆の息を吐くと、自分の手を広げてじっと見つめた。そして、悔しそうにこう言うのだ。

「ああ、もうっ……私、どうしてピアノ弾けなくなっちゃったんだろ？　この曲、すごく弾きたい。絶対に弾きたいのに」

「いつかでいいよ」

廉司は祈織の細く繊細な手にそっと自らの手を重ねて、包み込んだ。

両親の死がきっかけでピアノを弾けなくなってしまった彼女。そんな彼女が、ピアノで弾きたいと言ってくれた。それが何よりも嬉《うれ》しかった。

「いつか、またピアノを弾けるようになったら……そん時、聴かせてくれ」

「……うん」

祈織は嫣然《えんぜん》として、ゆっくりと頷《うなず》いた。

きっと、伝えたいことは伝わったのだと思う。この数年の間にあったすれ違いも、誤解も、贖罪《しょくざい》の気持ちも。でも、それだけではダメだ、とも思う。この楽曲は、あくまでも夢香子《ムーシャンツー》人形の御礼に過ぎないのだから。

「あー、えっと……曲だけじゃなくて、ちゃんと言葉で伝えたいこともあって」

「……？」

こちらを見て、彼女が小首を傾《かし》げた。

廉司《れんじ》はその視線から逃れるように防波堤に打ち付ける波を見つめ、一度深呼吸をする。これを言うために、曲を作ってここまで来たと言っても過言ではない。でも、実際に言うとなると、やっぱり緊張する。それでも、後悔だけはしたくなかった。

もう一度深く息を吸い込み、覚悟を決める。そして——自らの願い事を、口にした。

「お前に、月城《つきしろ》の家に戻ってきてほしい」

鞄《かばん》の中にある〝もの〟を取り出して、そっと祈織《いのり》の手に握り込ませる。形だけで何かわかったのか、彼女は「あっ……」と声を漏らした。

渡したものは、一度彼女から突き返されたもの。こむぎゅんのヘアゴムだった。

「あそこがお前にとって決して居心地が良い場所じゃないのはわかってる。正直、俺の我《わが》儘《まま》みたいなもんだ。でも……それでも、俺はお前にいてほしい。いや、お前がいなくなったここ数日間で、それを嫌って程思い知ったんだ」

もちろん、先程の楽曲にこれらの気持ちも詰め込んである。でも、音楽だけで全て伝えるのは難しい。

言葉では伝えられない感情を伝えるには、音楽が最適だ。しかし、その逆……言葉にできることは、ちゃんと言葉にしないと伝わらない。廉司はそれを、この数年間で痛い程味わってきた。もっと早く言葉にしていれば。ちゃんと謝っていれば。ふたりの関係はここまで拗《こじ》れなかったはずだ。彼女を苦しめることも、泣かせることもなかっただろう。それらを齎《もたら》してしまったのは……廉司が、ちゃんと言葉で伝えることを怠ったからだ。

だからこそ、今度はちゃんと伝えよう。恥ずかしいし、自分が情けなくなるけども……そんなちっぽけなプライドなんて、犬に喰《く》わせてしまえ。そう自分に言い聞かせて、廉司は自らが抱いていた気持ちを吐露していった。

「中学ん時に友達から揶揄《からか》われて、学校で避けるようになってから、話しにくくなったんだけど……でも、ほんとはずっと、お前と話したかった。この前みたいに一緒に登下校したり、学校サボったり、家でも他愛《たあい》ない話したりとかさ。ほんとはもっと、お前と色んなことしたいって思ってたんだ」

「廉司くん……」

「今更って感じだよな。ずっと言いたかったんだけど、全然勇気でなくてさ。嫌われてたらって思うと、怖くて言い出せなかった。それに、一番辛《つら》かった時も支えてあげられなかったし。独りにしないって約束してたのに……ほんと、幼馴染《おさななじみ》失格だよな。ごめん」

祈織の方を向き直って、もう一度しっかりと頭を下げた。

今まで、彼女との約束を何ひとつ果たせていなかった。もともとは彼女と対等になりたいがために始めたギターだって、ちゃんと彼女に聴かせてあげられていない。曲を作る約束も、夢香子《ムーシャンツー》人形を贈られるまで言い出せなかった。

　それだけではない。祈織《いのり》が決別を決意するまで、廉司《れんじ》は『もう寂しい思いはさせない』『どこにも行かない』という一番大切な約束まで反故《ほご》にしようとしていた。自分でも最低だと思う。しかし——

「廉司くんだけじゃないよ。私も同じだったから」

　祈織は首を横に振った。

「私もずっと怖くて、踏み出せなくて……中学の時も、どうして避けるのって訊《き》けばよかったただけなのに。これ以上嫌われたくないっていうより、自分が傷付きたくなくて、廉司くんから離れちゃった。だから、悪いのは廉司くんだけじゃないの。私の方こそ、ごめんなさい」

　祈織は身体《からだ》も廉司の方に向けると、姿勢を正して頭を下げた。もう一度顔を上げて、眉をハの字にしていつもの困ったような笑みを浮かべる。

　きっと、廉司と祈織は似た者同士なのだと思う。ふたりとも同じように憶病で、傷付くのが怖くて、尻込みして避け合って。それで、結局お互いが傷付く道を選んでしまっていた。愛華《あいか》の言う通り、本当に愚かだ。

「それに……廉司くんのお家、居心地悪くなんてないよ？」

「いや、さすがにそれはお世辞にしても無理があるだろ」

この十か月ほどのうちでの彼女の生活を思い返してみても、それは有り得ないように思う。母から小言を言われたり、家事を手伝わされたり、仕事だって手伝っている。居心地が良い環境とは到底言えないだろう。

しかし、祈織は笑って、「そんなことないよ」と否定した。理由はこうだった。

「ほら、私の部屋って、階段のすぐ傍《そば》じゃない？」

「……ああ」

「だから、廉司くんの部屋のドアが開いたり閉まったりする音で、廉司くんが起きてるのとかもすぐわかったりして。夜中に物音がしたら、あ、まだギター弾いてるのかな、とか。ちゃんと勉強してるのかな、とか」

どこか少し照れ臭そうに話す彼女を見ていると、廉司の方も恥ずかしくなってくる。夜中に物音って何をしていた時だろう？　変なことをしていた時じゃなければ良いのだけれど。

「上手《うま》く言えないけど、私……そうやって、同じ家のどこかで廉司くんがいる気配みたいなのが、すごく好きだったの」

祈織はそこまで言って、照れを誤魔化《ごまか》すようにして微笑《ほほえ》んだ。

何だか、自分の一挙手一投足に聞き耳をたてられているようで、むず痒《がゆ》い気持ちになってくる。でも、考えてみればそれは廉司も同じだったのかもしれない。ここ数日、廉司が家にいても何か物足りない気持ちになるのは、まさしく家のどこからも彼女の気配を感じなかったからだ。

「あと……引っ越しも、まだ決めたわけじゃなくて。今回叔父さんの家に来てるのも、ちょっとした気分転換って言ってあるし」

「え？　じゃあ、ゴールデンウイーク中に引っ越すっていう話は？」

「……私が邪魔してるっていう自覚はあったから。廉司《れんじ》くんがその方が良いなら、そうしようかなって」

祈織《いのり》はそう言って、逃げるようにして視線を海原の方へと移した。

廉司も彼女の視線を追って、海を見やる。まだ春にもかかわらず、サーファーが大波を求めて海の中を泳いでいた。

（邪魔してる、か……何でそう思うんだろうな）

そういえば、彼女は以前も『私が廉司くんの邪魔をしてる』と言っていた。しかし、実際に何の邪魔をしているのかについては、頑《かたく》なに語ろうとしない。きっと、今訊《き》いてもはぐらかされてしまうだろう。ならば、別の方向から彼女の本心に迫る方が良いのかもしれない。

「なあ、祈織。ひとつ、訊いてもいいか？」

「なあに？」

「うちに住む決め手って、何だったんだ？」

勇気を出して、訊いてみた。先程から祈織の話を聞いていて思ったのは、彼女の判断基準の多くが廉司にあるということだった。同じ家の中に気配云々《うんぬん》という話だって、実際に住んでみないとわからなかったことのはずで……母親のことだって、きっと必要以上に気を遣っているだろう。愛華《あいか》に言わせてみれば、『絶対にそんな家住みたくない』。実際に廉司も彼女と同意である。

しかし、祈織はそんな家に自らの意思を以《もっ》て暮らしたいという。その理由が知りたかった。そこに、色々な答えがある気がしたのだ。

「……あの夏祭りの時みたいだったから」

祈織は静かにそう答えた。

「夏祭りって、祈織がはぐれた時の？」

「うん。お祭りで廉司くんとはぐれちゃって、悲しくて、寂しくて、不安で。見つけてくれて、元気付けてくれて、それがとっても嬉《うれ》しくて……だから私、あの家に行きたかったの」

言葉を一旦区切って、ゆっくりと身体《からだ》をこちらに向けた。

「両親亡くして、独りぼっちだったけど……でも、近くにいれば、また廉司くんが見つけてくれるんじゃないかって。あの時みたいに、また寂しさとか不安とか、全部吹き飛ばしてくれるんじゃないかって……そう思ったから」

瞳に涙を溜《た》めたまま、噛《か》み締《し》めるようにして微笑《ほほえ》んだ。

その時の祈織《いのり》の笑顔はあまりに綺麗《きれい》で、可愛《かわい》らしくて、同時に守ってあげたくなるほどに儚《はかな》くて……廉司《れんじ》の心の一番柔らかい部分が、鷲掴《わしづか》みにされてしまったかのような感覚になった。彼女が何故《なぜ》嫌な想《おも》いをしてでも、廉司の家で暮らすことを選んだのか。その理由は、全てあの夏祭りの想い出に集約されていたのだ。

「前は覚えてないなんて言ってごめんね？　あんな幸せな想い出、忘れるわけないよ」

小さく笑う祈織の瞳には、淡い寂しさが浮かんでいて、ほんのりとした哀愁を湛《たた》えていた。大切な想い出を『覚えていない』と伝えるのは彼女にとっても辛《つら》かったはずだ。これには廉司もひどく傷付いた。しかし——今にして思えば、この嘘《うそ》も実のところは彼女の優しさから齎《もたら》されたものなのではないだろうか。

彼女にとっては大切な想い出で、大切だったからこそ『どうして夏祭りのことは覚えているのに、私との約束は覚えてないの？』と廉司を責め立てたかったに違いない。だが、彼女は廉司を責めなかった。我慢してくれたのである。そして、叱責の言葉を引っ込めるためには、『覚えていない』と伝えるしかなかった。そういうことではないだろうか。

「でも、やっぱり廉司くんはあの時のままだなって安心しちゃった」

「そうか？」

「うん。あの時みたいに……迷子になってる私を、ちゃんと見つけてくれたから」

そこで、きっと感極まってしまったのだろう。祈織は先程までの綺麗な笑顔をくしゃっと歪《ゆが》ませると、ぐずっと鼻を鳴らして、俯《うつむ》いてしまった。

彼女はきっと、この瞬間を待っていたのだ。あの夏祭りの時のように廉司が迎えに来てくれることを、ずっとひとりで待っていたのである。

『どこにも行かない』

『もう寂しい思いはさせない』

ただ泣いている幼馴染《おさななじみ》を何とか元気付けたくて、出まかせで言った言葉。そんな子供の頃にした約束に一縷《いちる》の望みを託して、彼女はずっと待っていた。その気持ちを想うと、目の奥の方がじんと熱くなる。

「ずっと待たせて、ほんと悪かった。もう独りにしないから。寂しい思いもさせない。あの時の約束は……これから、ちゃんと守るから」

両手で顔を覆って嗚咽《おえつ》を堪《こら》える彼女の頭をそっと抱き寄せて、自分の頭にくっつけた。

祈織は声をひっくひっくと震わせて、涙を堪えようと必死だった。

けれど、それも叶《かな》いそうになく──

「ごめ、ん……おも、いっきり、泣いちゃう、かも」

言っている傍《そば》から声は震えていて、言葉は途切れ途切れ。もう殆《ほとん》ど泣いてしまっている状態だった。

その言葉に応えるようにして、廉司《れんじ》は祈織《いのり》の肩を抱いた。彼女の肩は壊れてしまいそうなほど細く、長く堪《こら》えてきた寂しさが今にも溢《あふ》れ出そうなほどに震えていた。ほんの少し腕に力を込めると、確かな重みが腕と身体《からだ》に掛かってきて、それと同時に彼女は言葉通りにおもいっきり泣き始めた。よくもまあこれだけ泣けるもんだと思うくらい、おもいっきりである。

これまでも何度か彼女の涙は見てきたけれど、そのどれとも種類が違う涙。その泣き声から、彼女が今まで味わった孤独感や喪失感、そして何とも言い表せない慟哭《どうこく》が心に流れ込んできた。それはまるで、迷子になっていた子供が母親を探し求めるような泣き方で、聞いている方も胸が痛くなる。

きっと、祈織はずっとこうしておもいっきり泣きたかったのだと思う。両親を亡くした直後も、こんな風に泣きたかったはずだ。でも、彼女にはこうして自らの感情を曝《さら》け出せる場所がなくて……今の今まで、我慢させてしまっていた。

少し躊躇《ためら》った後、廉司は祈織の背中に両腕を回し、思いっきり強く抱き締めた。祈織は廉司の首たまにかじりついて、慟哭を漏らす。付き合いは長いと雖《いえど》も、ここまで大泣きする祈織は初めてだった。どうしていいかわからず、泣きじゃくる彼女の髪や背中、肩をバカのひとつ覚えみたいにして、撫《な》でまわすことしかできない自分が憎らしい。

その拍子に、家の中ですれ違った時に香る彼女の甘い匂いが鼻腔《びこう》を擽《くすぐ》る。このまま彼女の体をもっと強く抱き締めて、その長く綺麗《きれい》な髪にも、涙で濡《ぬ》れる頬《ほお》にも、震える唇にもキスをして、これまで抱いていた気持ちを全て打ち明けたい――そんな衝動に駆られてしまうが、必死に自らを抑え付ける。

今はダメだ。今だけはダメだ。祈織はやっと縋《すが》れる人、心を解放できる場所を見つけたのである。今このタイミングでその張本人から好きだと言われたら、断れない。それはあまりに卑怯《ひきょう》で、フェアではないと思うのだ。

祈織が涙を零《こぼ》すたび、波が静かに打ち寄せる音が優しく響く。彼女の肩越しに、穏やかに輝く太陽の下で揺れる海面や、岩場に打ち寄せる波のしぶき、水平線上をゆっくりと移動する帆船を眺めた。緩やかに揺れるヨットが遠くの水平線を滑るように進み、その帆は太陽の光を浴びて輝いている。近くでは子供達が砂浜で元気よく遊んでおり、彼らの歓声がときおり風に乗って届いた。

岬の先端をヨットが通り過ぎていく頃。彼女の激しい慟哭は次第に静かなすすり泣きへと変わり始め、やがて周囲の静寂に溶け込むように穏やかになっていった。

「落ち着いたか？」

「うん……」

祈織は甘えた猫のように、自らの額を廉司の胸に優しく押し当て、ぐいぐいと押し付けた。すんと涙と洟《はな》をすすり上げる。

「廉司《れんじ》くんの腕の中……すごく泣きやすかった」

まだ少ししゃくり上げながら、祈織《いのり》が言った。

「それは、どーも」

廉司は彼女の肩を掴《つか》んで離して海の方へと身体《からだ》を向けると、不愛想に応えた。嬉《うれ》しいやら恥ずかしいやらで、どう言っていいのかわからない。

「お父さんみたい」

「……お父さんかよ」

その言葉に、がくっとなる。どれだけさっき気持ちを伝えたい衝動を抑え付けるのに苦労したと思っているのだろうか。いっそのこと、全部言ってやればよかった。

「まあ……恋愛対象じゃないもんな、俺は」

廉司は諦めたように小さく溜《た》め息を吐《つ》いて、肩を竦《すく》めた。

結局は、そういうことなのだろうか。彼女は心の拠《よ》り所《どころ》を探していただけであって、恋人がどうとか、そういったものを廉司に求めていたわけではなかったのかもしれない。だとすれば、愛華《あいか》の指摘はやはり正しかったことになる。そう思っていたのだが――

「それ、勘違いだから」

隣から、祈織の不機嫌な声が聞こえてきた。

「ん？　何が？」

「黒瀬《くろせ》さんに言ったこと、勘違いしてる」

「だから、勘違いって、どういうことだよ」

「私が『恋愛対象じゃない』って言ったの、そういう意味じゃないよ」

そういう意味って、だからどういう意味なんだ。指示語が多過ぎてわからない。

「私にとって廉司くんは、そんな簡単な言葉に当てはめられる人じゃないの」

祈織は説明するように言った。

「物心ついた頃から近くにいて、昔からずっと特別で……色んな場所に連れて行ってくれたり、新しいことを教えてくれたり。私が困ってたら絶対に助けに来てくれるし、迷子になってたら探しに来てくれる、そんなヒーローみたいな人。それが私にとっての廉司くん」

「えっと……つまり？」

「好きとか嫌いとか、恋愛対象とかそうじゃないとか、そんな言葉で言い表せる存在じゃないってことだよ。それなのに、黒瀬さんが下世話な話に落とし込もうとするから、私、腹立っちゃって。あなたの物差しで私の気持ちを測ろうとしないでって、そういう意味で
――」

「ばっか野郎！」

祈織の言葉を遮り、廉司は自らの頭を殴りつけた。祈織がびくっと身体を仰け反《のぞ》らす。

「クソッ、ほんとバカみてーだ……おもっきりひとりで勘違いしてただけじゃねーか。つか、お前も何でわざわざそんな言い方したんだよ？　愛華《あいか》の言うことなんて、普通に無視すればよかっただろ？」

「そんなこと言ったって。廉司《れんじ》くんが聞いてるなんて、思ってなかったんだもん」

それもその通りだ。あの状況下で盗み聞きをされているなどとは思いもしないだろう。こっちだって聞きたくて聞いたわけではない。ただ、あの場で出くわしてしまった以上、聞き耳を立ててしまうのも仕方ないと思うのだ。

「じゃあ、一応確認だけど。俺もそういう対象になるっていう解釈でいいんだよな？　異性っていうか……その、恋愛的な意味でも」

「……私、廉司くん以外の男の人のことなんて、これまで考えたこともなかったんだけど」

不服そうに、祈織《いのり》がぽそりと言った。多分これは、廉司の勘違いに苛立《いらだ》っていたからこそ、思わずぽろりと漏れてしまった本音だったのだろう。

ただ、それは到底聞き捨てられる言葉ではなかった。唖然《あぜん》として彼女を見ていると、そこで彼女も自分の口から漏れ出た言葉に気付いたようだ。「え？　あっ！」と小さな声を上げ、慌てて口元を手で覆った。

「い、今のは無し！　無し、でお願いします……」

慌ててそう付け足すも、後半部分はもはや聞き取るのが困難なくらいに声が小さくなっていた。頬《ほお》も林檎《りんご》みたいに真っ赤だ。

「な、無しか。そっか。そう、だよな」

「うん……」

何とも気まずい沈黙。でも、今のはきっと、そういう意味、として受け取ってもいいのだろうか？　そういう意味、というのはつまり恋愛対象として見ていて、しかも廉司以外とそういう関係になるとは考えたこともないという意味で――そこまで考えて、顔から火が噴き出た。

「え、えーっと……か、帰るか！」

慌てて立ち上がる。このままでは色々頭がショートしておかしくなってしまいそうだ。

「叔父さんも心配してるかもだし、俺ももう一回ちゃんと謝らないと――」

「あ、待って」

そのまま防波堤から降りようとする廉司の洋服の裾を摘まんで、祈織が呼び止めた。そして、彼女は柔らかい笑みを携えて、こう言ったのだった。

「もう一回、聴きたいな。廉司くんの曲」

「それなら……何回でも」

廉司がもう一度隣に座り直すと、祈織はこちらにイヤホンの片側を差し出した。

「廉司くんも」

「え、俺も？　まあ、いいけどさ……」

散々聴いたんだけどな、と思いつつも、彼女からイヤホンを受け取って片耳に挿す。

スマートフォンの再生ボタンをタップしてイントロが流れ始めたところで、祈織《いのり》は廉司《れんじ》の肩の上に頭を乗せ、そっと目を閉じた。ふたりの間では、どちらともなく再び手が繋《つな》がれていて……潮風の合間に香る彼女の香りと体温を感じながら、真っ白な春の雲を見上げた。

春らしくぽかぽかとあたたかくて、でも心がどきどきして落ち着かなくて、それなのに居心地が良いと感じてしまう。不思議な感覚だった。

もしかすると、こういった感覚を幸せと呼ぶのだろうか？　そんな気障《きざ》なことを考えながら、彼女の呼吸に耳を傾ける。

アウトロの最後の一音が静かに消え去ったところで、廉司は視線を彼女の方に戻した。祈織も、ゆっくりと廉司を見上げていた。

その時——あたたかな春風が舞った。

流れるような彼女の長い髪が風に揺られて、柔らかに煌《きら》めく。そして、改めてふたりの視線が結びついたその刹那……廉司は自らの時間が止まったように感じた。

祈織が、実に幸せそうな笑顔をこちらに向けていたのだ。

その笑顔は、ここ最近見せていたどの笑顔とも違っていて……とっても明るくて、天真《てんしん》爛漫《らんまん》な笑み。それはいつかの夢で見た、あの笑顔だった。

2

「ねえ、廉司《れんじ》くん。この問題って、どうやって解くの？」

週明けの月曜日。数学の授業前に、唐突に祈織《いのり》が話しかけてきた。手には数学のノートと教科書がある。彼女が尋ねてきた箇所は、確か先週の授業で全部板書されていて、その公式を当てはめれば解けるだけの問題だった。

「ん？ そこって先週板書されてなかったっけ……って、お前。ノート、何も書いてないじゃんか」

祈織のノートを見て、廉司は眉を顰《ひそ》めた。普段はきっちりと書かれているであろうノートが、該当する箇所だけ綺麗《きれい》さっぱり白紙状態になっていたのだ。

居眠りでもしていたのだろうか？ 優等生なのに、珍しい。

「先週は朝も早かったし……色々考え事もしてたから、板書できてなくて。ごめんね」

祈織は気まずそうに笑って言った。その色々は廉司のことであるのは間違いないだろうし、朝早くなってしまったのも廉司のせいに他ならない。それでも彼女は決してそれを責めるようなことは言わなかった。ならば、こちらの対応も決まっている。

「ったく、しょーがないなァ。そこはこの数式を入れてから……」

廉司は面倒《めんど》そうな風を装って、問題の解き方を教えてやった。

祈織は髪が廉司の手にかからないように耳に掛けてから、すっと身体《からだ》をこちらに寄せて廉司のノートを覗《のぞ》き込《こ》む。ふわりと彼女の甘い香りが鼻先を掠《かす》めた上に、思ったより距離が近くて息を詰まらせてしまいそうになったが……ぐっと堪《こら》えて、問題を解いてみせる。

(何だか、信じられないよな)

祈織に数学のノートを見せながら教えつつ、ふとこの教室で当たり前に彼女が話し掛けてくる光景に、思わず感慨深くなってしまう。

祈織は、あの日のうちに月城《つきしろ》の家に戻ってきた。一緒に彼女の叔父に謝って、その足で連れ帰ったのだ。

祈織を連れ帰って驚いたのは、母親が『あら、ゴールデンウイークまで向こうで泊まるんじゃなかったの?』と素っ頓狂なことを言い出したことだった。どうやら、彼女は廉司の両親に対しても『ちょっと叔父のところに顔を出してくる』と言っただけで、月城の家を出るなどということは一言も言っていなかったのである。父親は祈織が悩んでいることには気付いていたようで、廉司を焚《た》きつけるために住所が書かれたメモを渡したのだろう。どうやら、祈織だけでなく父親にも一杯食わされたらしい。

でも、もしあのまま廉司が行動を起こさず、うじうじと悩んだままであったならば、祈織は本当にあのまま叔父の家に引っ越していたのではないかな、とも思う。彼女が引っ越しの選択肢を考えていたのは事実であったし、実際に廉司《れんじ》が動かなければ関係が改善しなかったのも間違いないのだから。

月城《つきしろ》の家に戻ってからの祈織《いのり》は、これまでよりも幾分か明るくなった。言われなくても、自分から母の仕事を手伝おうとする有様だ。その変わりっぷりには彼女の皮肉も追い付かず、たじたじとしていたのが少し面白かった。

どうして母が祈織に対してあまり好意的でないのか……それについてはまだわからない。直接訊《き》いても絶対に話してくれそうにないし、下手に触れて爆発されても面倒だ。ただ、もしかすると……うちの両親と祈織の両親の関係の中に、その答えはあるのかもしれない。今の段階では、とりあえずそう納得しておくことにした。

そして、学校では……祈織はこうして、当たり前に廉司の傍《そば》にいるようになった。中学以降ひたすらぼっちを貫いていた望月《もちづき》祈織が、まるで小学生の頃と同じように、廉司の隣にいるようになったのだ。小学生の頃と全く同じとまではいかないが、性格・表情ともに少し明るくなったように思う。そうした祈織の変わりっぷりを見て、周囲の彼女を見る目——特に男子からは——も変わった。

『えっ？　望月って、あんな笑い方すんのかよ』『笑顔、可愛《かわい》過ぎん？』『あのふたりって一緒に暮らしてるんだよな？　うわ、なんか急に腹立ってきた』

そんな声が、教室のそこかしこから聞こえてくる。もともと祈織はその容姿から美少女認定はされていたが、周囲を拒絶する態度やその陰鬱な雰囲気から、誰も近寄ろうとしなかった。彼女からその陰鬱さが消えた瞬間、評価が一変。この変わりようには腹が立たなくもないが、廉司が知っている祈織ならば、本来これくらい人気が出て当たり前だ。いつも明るく周囲にキラキラを振りまいている黒瀬愛華《くろせあいか》とは正反対だが、お淑《しと》やかでどこか守ってあげたくなる女の子……それが、本当の望月祈織なのだから。

「あ、祈織。今日学校終わるの早いし、帰りに下田《しもだ》まで行かないか？　あいつ、連れてきてるし」

問題の解き方を教え終えたところで、廉司はそう提案した。

土曜日にひとつの願いを叶《かな》えてもらってから、しなくてはいけないことがある。それには祈織も同意していたのだが——彼女は眉をハの字にして、表情を曇らせた。

「あっ……今日はちょっと、厳しいかも」

祈織の予想外の反応に、廉司は「えっ？」と間の抜けた声を上げる。

断られるという発想がなかった。彼女ならば喜んでホイホイついてくるものだとばかり思っていたのだ。

「行きたいのは山々なんだけど……ほら、おじさんとおばさん、今日も帰りが遅いでしょ？　それで……」

「あー、そっか。そうだったな。忘れてた」

そこで、祈織《いのり》が言わんとするところを理解した。

今日も父親は県外で会合があり、そこには母親も同伴する。帰りはきっと、夜の十時を回るだろう。こういった両親の帰りが遅い日は、今後祈織が夕飯を作ることになったのだ。

ちなみに、これは彼女の方から母に提案したらしい。

伊佐早下田《いさはやしもだ》までおよそ一時間と少し。往復だと二時間以上かかるし、そこから食材を買って夕飯の仕度をするのは少々大変だ。

「ごめんね？　せっかく連れてきてくれたのに」

祈織がちらりと廉司《れんじ》の鞄《かばん》を見て、申し訳なさそうに肩を落とした。その謝罪はきっと、廉司に対してというより、鞄の中にいるあいつに向けられたものだろう。

「いや、いいよ。別に急ぎの用件じゃないし……まっ、ゴールデンウイークもあるしな。今日はスーパー寄るだけにしとくか」

「うんっ」

祈織が明るく頷《うなず》いた。そんな彼女を見て、廉司の頬《ほお》も自然と緩む。

少し残念ではあるけれど、別に急ぐ必要はない。今の……いや、これからの廉司達には、時間はいくらでもあるのだから。

「よっ、おふたりさん。ゴールデンウイーク、下田に行くの？」

廉司と祈織の間に入ってそう声を掛けてきたのは、涼平《りょうへい》だった。涼平はコミュ力お化けなので、相手が祈織だろうが愛華《あいか》達だろうがお構いなしに間に入ってくる。このくらいの肝っ玉があれば祈織ともここまで拗《こじ》れなかったんだろうなと思うと、ちょっとだけ彼が羨ましかった。

まあ、彼の真似《まね》をしようとも思わないし、できるとも思っていないのだけれど。

「ちょっとやらないといけないことがあってさ。な？」と祈織に話を振ると、彼女は少し緊張した様子でこくりと頷いた。

涼平は誰彼問わずお構いなしに話し掛けられる性格だが、祈織はそうではない。廉司以外の男子と話すのも慣れていないので、やはりまだ緊張してしまうようだ。

「えー、なになに？　気になるぅ。僕にも教えてよ」

「うるせー。用事があんだよ。あっち行け」

シッシッ、と廉司は野良猫を追い払うようにして手を振った。

「ちょっとあなた、友達の扱い酷《ひど》くないですか!?　祈織ちゃんも何とか言ってやってよ！」

涼平は祈織に廉司を叱責するよう求めるが、それにすぐに応えられるほど彼女は男子と喋《しゃべ》り慣れていない。「え、私？」と困惑した様子で廉司と涼平を見比べ――

「えっと……シッシッは傷つくと思うから、もうちょっと柔らかく伝えてあげた方が良いんじゃないかな」

全くフォローになっていないフォローを返していた。涼平が「そもそもの追い払う前提は変えてくれないんですかね⁉」とずっこけたのは言うまでもなかった。

もちろん、涼平《りょうへい》はこんな程度で傷付く男ではない。彼は彼なりに、ハイテンションで祈《いの》織《り》と接して笑わせようとしているだけなのだ。

無論、涼平のツッコミに祈織はたじたじとした様子で苦い笑みを浮かべているだけなのだけれど……まあ、彼女の場合はこれくらい強引に話題を投げ掛けるくらいがちょうどいいのかもしれない。無理矢理《むりやり》にもでも話を持ち掛けないと、会話の輪に入ってこないだろうし。多分彼もそれがわかっているからこそ、祈織に話を振っているように思う。こいつはこう見えて、結構気が利くのだ。

「それで、わざわざ下田《しもだ》まで何しに行くのさ？　あそこって観光地以外なんかあるっけ？」

涼平が話題を戻して、廉司《れんじ》に訊《き》いた。

「まー、願い事を叶《かな》えてもらったからさ。その供養に。な？」

「うん」

祈織は廉司と視線を合わせると、僅かに微笑《ほほえ》んで小さく頷《うなず》いた。

別に、敢《あ》えて涼平に隠す必要はなかった。ただ……何となく、〝夢香子人形《ムーシヤンツー》〟のことはふたりだけの秘密にしたかったのだ。祈織も補足しないところを見ると、きっと同じ考えなのだろう。だが、それに納得しないのは涼平だ。

「だからさっきからその部外者切り捨て的な感じで話すのやめて！　寂しくなるから！」

「実際部外者だろ」

「だからあなた、友達の扱い酷《ひど》くないですか!?」

廉司と涼平のやり取りに、祈織がくすくすと可笑《おか》しそうに笑った。

一瞬だけ涼平がその笑顔に見惚《みと》れていたので……おもいっきり足を踏んでやった。

「――痛《い》った！　はあ!?　何で僕今足踏まれたの!?　何かした!?」

当然、涼平は抗議をしてくるが、もちろん知ったことではない。というか、暗い女の子は得意じゃないとか言ってなかったか、こいつ。

「いや、なんかムカついたから」

「なんかムカついたからってだけで人の足踏まないでくれませんかね!?」

「悪い悪い。じゃあ今から足踏みまーす」

一言そう断ってからもう一度むぎゅっと踏んでやると、涼平の悲鳴が教室に響き渡った。

実に楽しい時間。隣に祈織がいるだけで、何気ない休み時間がこんなに楽しくなるだなんて、思ってもいなかった。

その時、ふと視線を感じた。そちらを振り返ってみると――そこにいたのは、クラスメイトで〝友人〟の黒瀬愛華《くろせあいか》。祈織と廉司が仲を改善する切っ掛けを作ってくれた人物に他ならない。

愛華はいつも通り友達と話しつつ、視線だけを廉司の方に送っていた。何か用か、と首を傾《かし》げると、彼女はその視線に応えるかのように、手元のスマートフォンをささっといじった。その直後、愛華《あいか》からLIMEのメッセージが届く。内容は、こうだった。

【とりあえず、仲直りおめでとう。これからはあたしも本気出していくから、そのつもりでよろしく！】

そして、立て続けにもう一通のメッセージ。

【あたしとの〝約束〟、忘れてないよね？】

ぎょっとして愛華の方を見ると、愛華は廉司《れんじ》にだけ見えるように、小指だけぴっと立てた。そして、蠱惑的《こわくてき》に微笑《ほほえ》んで、片目だけ瞑《つぶ》ってみせる。

（おいおい……冗談だろ。勘弁してくれよ）

廉司が引き攣《つ》った笑みを返すと、彼女はそれに満足したのか、何事もなかったかのように友達との談笑に戻っていた。

愛華との約束は……とりあえずは、横に置いておこう。

そもそも、どうして彼女が廉司の背中を押してくれたのかについても、理由はわかっていない。彼女の行動は一貫性を欠いていて、色々と謎が多かった。

『まー、もしかすると？　これも含めて、あたしの作戦かもしれないけどね？』

あの時の愛華の言葉が蘇《よみがえ》った。

もし、である。もし、廉司と祈織《いのり》の仲を戻すところまで愛華の作戦通りだったとしたなら……この後に何が起こるのだろうか？

一瞬だけ考えて、廉司は身体《からだ》をぶるっと震わせた。今は考えるのはやめよう。色々怖くなってくる。やっと落ち着いた日常が手に入ったのに、これ以上変な問題を起こさないでくれ。

兎《と》も角《かく》、四月もあと数日で終わり。しかし——廉司達の間にある春雷は、まだまだ続きそうだった。


その日の帰り——通学路にある小さな橋へと差し掛かった際に、祈織がふと立ち止まって、川下を見やった。視線は遠く、山の向こうを見ている。

それはまるで、いつか学校をサボりたいと言ったあの日を彷彿《ほうふつ》とさせる光景だった。あの日と違うのは、もう桜は完全に散ってしまっていて、あたりが夕陽《ゆうひ》色に染まっていることくらいだろうか。

「綺麗《きれい》……」

祈織は独り言のように、ぽそりと呟《つぶや》いた。心から漏れ出てしまった一言、という感じだ。

「……ああ。すっげー綺麗だ」

夕陽とは別のものに視線を奪われたまま、廉司はその言葉に同意した。

きっと、夕陽もちゃんと見れば綺麗だったのだと思う。でも、それよりももっと綺麗なものが目の前にあって……つい、それから目が離せなかったのだ。

橙色《だいだいいろ》の光に照らされたその横顔から彼女の手元にあるものへと視線を移す。

彼女の手には、あいつがいた。色々な願いを込めて、ひと針ひと針丁寧に縫って作られた、手作りの夢香子《ムーシャンツー》人形。もうすぐお別れだから撫《な》でさせて、と彼女から頼まれ、先程鞄《かばん》から出してやったのである。

「なるべく早くに、そいつも供養してやらないとな」

「……うん」

祈織《いのり》は廉司《れんじ》の言葉にゆっくりと頷《うなず》いて、愛《いと》おしそうに人形を撫でた。

夕陽《ゆうひ》に照らされているからか、夢香子《ムーシャンツー》人形のくりくりした瞳が、今は少し寂しそうに見えてしまう。もしかすると、この子も廉司達との別れを予期しているのだろうか。

願いが叶《かな》ったら、褒美を与えて月に帰してあげる——すなわち、供養してあげるというのがこの夢香子《ムーシャンツー》人形の伝承だ。

ただ伝承に従うだけなら、この川に流して供養するだけでもよかったのかもしれない。

しかし、廉司と祈織はそうは考えなかった。こいつを月に帰すには、太平洋を望むあの橋が相応《ふさわ》しい……そんな共通認識が、彼女との間にはあったように思う。

「それにしても、この子、一体いくつ私達のお願いを叶えてくれたんだろうね……？　ちょっと働かせ過ぎたかな？」

人形を撫でながら、祈織が変な心配事をする。依り代に『働かせ過ぎたかも』と心配するなど、あまり聞いたことがない。

「そんなことはないんじゃないか？」

廉司は祈織の心配を笑って否定した。

「こいつは確かに俺達ふたり分の願い事を叶えてくれたけど……でも、叶えた願いは、多分ひとつだったんじゃないかな」

廉司と祈織の願い事。ふたり分の願い事をこの人形は叶えてくれたけれど、でもその願い事は同じだったように思うのだ。

また話せるようになりたい、仲直りしたい、一緒にいたい……色々な願望はあったけれど、その根っこになっていた部分は廉司も祈織も同じだった。だからこそ、今こうしてふたりは一緒にいるのだと思う。

「うん……そうだね」

廉司の言葉に感極まったのか、祈織は鼻をぐずらせて頷いた。

「おい、泣くなよ」

「だって。思い出したら、嬉《うれ》しくなっちゃったんだもん」

じわりと涙を浮かべて、祈織はぎゅっと夢香子《ムーシャンツー》人形をその胸に抱き締めた。

まるで我が子を想《おも》う母のような優しさがそこにはあって。そんな彼女が愛しくて、自然と廉司《れんじ》はぽんぽんとその頭を撫《な》でてやった。

「もうっ……子供扱いしないでよ。昔とは違うんだから」

彼女は涙声で不満を顕《あら》わにした。そう言いつつも、鼻は少し赤くなっているし、半分くらいもう泣いている。全く説得力がなかった。

「一昨日《おととい》は、子供の頃より泣いてなかったっけか？」

「それは……廉司くんのせいでしょ？」

じぃっと責めるようにして、上目遣いでこちらを見てくる。面目ない。その通りだ。

そうこうしているうちにすぐに時間は経《た》って……徐々に夕空に夜の色が加わっていく。

「……そろそろ行こっか。夕飯、遅くなっちゃう」

祈織《いのり》はちらりと沈みつつある夕陽《ゆうひ》を見て言うと、夢香子《ムーシャンツー》人形を廉司に返そうと差し出した。これからスーパーで買い出しをして夕飯の支度だから、確かにこれ以上だらだらするのはよくなさそうだ。

「だな。それじゃあ、さっさと」

買い出しを済ませよう――そう続けようとした時、夢香子《ムーシャンツー》人形を受け取ろうとした廉司の手が、ぴたりと止まった。

人形のその丸くて大きな瞳が、何かを訴えかけるように廉司をじっと見ていたのだ。それはまるで、もうひとつ願いを叶《かな》えなくていいのか、と問わんばかりの眼差《まなざ》しだった。

（ほんと……嫌になるな。お前はどれだけ俺の本心を見抜いてやがるんだよ）

先程、祈織の横顔を見ていた時、廉司の中には小さな願い事が生じていた。そして、ほんの少しの勇気でそれが叶うこともわかっている。

緊張を誤魔化《ごまか》すために、廉司は小さく深呼吸をした。

大丈夫。きっと、拒絶されない。もしされたらその時は素直に謝ろう。

廉司はそう自分に言い聞かせ、覚悟を決めると——人形を受け取る流れで、そっと彼女の手を取った。

「えっ……？　えぇっ!?」

祈織の口からは、もちろん吃驚《きっきょう》の声が上がった。

「あ、あの、廉司くん？　いきなり、どうしたの……？」

繋《つな》がれた自分の手と廉司の顔を交互に見て、祈織はおずおずと尋ねた。

一昨日は自分から繋いできたくせに、こちらから繋ぐとこの反応である。さすがにちょっと酷《ひど》いのではないだろうか。

「……なんか、昔みたいに繋ぎたくなった」

言ってから、恥ずかしくて血が上るのを感じた。言い訳にしても酷い。穴があるなら入りたかった。

「嫌だったら、離すけど」

「い、嫌じゃないよ！　嫌じゃないけど、その……びっくりして、心臓止まるかと思った」

祈織《いのり》も頬《ほお》を上気させたまま、俯《うつむ》いてしまった。

手を繋《つな》いで、ゆっくりとふたりで家路を進む。入学してから幾度となく歩いた通学路。でも、手のひらに温《ぬく》もりを感じながら歩いたのは、もちろん今日が初めてだ。

同じ高校に入ってから、いや、中学の頃から、こうして彼女と手を繋いで下校するのを何度も夢見ていた。妄想だけで言うなら、その数は計り知れない。しかし、今……その妄想は、実現していた。彼女の体温を感じていても、未《いま》だに信じられない。

暫《しばら》くの沈黙の後、廉司《れんじ》は言った。

「俺さ、お前の願い事も叶《かな》ってほしいんだ」

「え、私の？」

祈織が顔を上げて、小首を傾《かし》げた。さっきよりは随分とマシになっているが、それでもまだその頬にはほんのりと赤みを残している。

「ああ。今回は、俺が願い事を叶えてもらう立場だったから……今度は、お前の願い事が叶ってほしいっていうか」

「それだと、私がもらってばっかりになっちゃうよ」

祈織からすれば、そういう認識になってしまうらしい。どうやら、ふたりとも自分だけが願い事を叶えてもらっていると考えているようだ。本当にある意味、似た者同士というか、何というか。

「何かないのかよ？　小さいことでも、何でもいいからさ」

「う〜ん……あっ」

しばし思案していた彼女の瞳が、ふと何かを閃《ひらめ》いたように輝く。そして、名案だとでも言うように、祈織はこう続けたのだった。

「じゃあ、廉司くんのお願い事が叶うことが、私のお願い事っていうのは？」

「あのな……」

呆《あき》れて言葉が出てこなかった。冗談でもお世辞でもなく、本気で心からこう思っているから困ってしまう。

「そしたら、お前が夢香子人形《ムーシャンツー》になっちまうだろうが」

廉司が溜《た》め息交じりに言うと、祈織も「あ、そっか」と困ったように笑った。

「でも、今はほんとにお願い事なんてないの。こうしてまたふたりで話せるようになって、一緒に過ごせるようになって……私、今すごく幸せだから」

そう言って、繋がれた手に視線を送る彼女の横顔は本当に幸せそうで。何年も何年も、心からこの時間を待ち望んでいたのがよく伝わってくる。

取り戻せてよかった。そして、ほんの少しだけ勇気を出してよかった。心からそう思わされた。

「じゃあ……これからはさ、思いついた願い事を一個一個叶《かな》えていこっか。俺のも、祈織《いのり》のも。今まで叶えられなかった小さなことも含めて、全部」

「……うん」

廉司《れんじ》の提案に、祈織はゆっくりと、でもしっかりと頷《うなず》いた。

少し手を握る力を強めると、彼女がそれに呼応するように、きゅっと握り返してくれる。

それから互いに視線を合わせて、面映《おもは》ゆい笑みを交わした。

弾けなくなってしまったピアノ、愛華《あいか》からの不穏なＬＩＭＥ、それから母親と祈織の関係……まだまだ未解決な問題は山積みだ。それに、学校での祈織の見られ方も変わって、別の問題も生じるかもしれない。

でも——どれだけ多くの問題が生じても、どれだけ困難な問題であっても、全部解決してみせる。そして、彼女が心から幸せを感じられるような日常を作り出してみせる。

嫣然《えんぜん》と微笑《ほほえ》む祈織を見て、廉司は改めてそう誓ったのだった——。

終章

夢を見ていた。いや、これは夢というより過去を追体験している、という感覚だろうか。

夢の中で、小さな祈織《いのり》は膝を抱えて泣いていた。遠くの方から祭りの楽しそうな音が聞こえてきているが、祈織の心境はそれとは全く異なるものだった。

（私、どうして泣いてたんだっけ……？）

今の自分と過去の感情や記憶、そして意識が混濁していて、状況がはっきりとわからない。おそるおそる顔を上げて周囲を見渡すと、そこは竹林の散策路だった。最近あまり行っていないけれど、とても懐かしくて思い出深い場所。そう……小学生の頃、彼と遊ぶ時にいつも待ち合わせていた散策路だ。自らの記憶を辿《たど》るまでもなく、今日がいつなのかはすぐにわかった。これは小学四年生の夏休み、彼と初めて夏祭りに行った日だ。彼とあの約束をした、祈織にとって何よりも大切な日でもある。

ふと小さくなった自分の身体《からだ》を見てみると、これまた酷《ひど》い有り様だった。転んでしまったのか、浴衣はドロドロで、足は擦り傷だらけ。慣れない下駄《げた》のせいで指の付け根も擦り切れてしまっていて、もう歩くのも辛《つら》い。

確かこの日は、初めて好きな男の子とふたりで行く夏祭りに浮かれてしまい、色々な出店に目移りしている間に彼とはぐれてしまったのだ。

最初は会場内を探していたのだけれど、下駄の鼻緒で足が痛くなったところに誰かにぶつかられて転んでしまい、そこで祈織の心はぽきりと折れた。そして、彼ならいつか見つけてくれると信じて、縋《すが》る思いでこの場所まで戻ってきたのである。

（廉司《れんじ》くん……早く見つけてよ。私、ここにいるよ……？）

幼き日の自分と気持ちが同期されているのか、祈織の胸は不安と寂しさでいっぱいだった。いや、むしろあの時よりも不安や孤独が深い気がする。この後彼が見つけてくれることを知っているはずなのに、当時よりも心細かった。

それはきっと、この時には知らなかったはずの孤独を、今の祈織が経験しているからかもしれない。

（ねえ……独りにしないで。独りぼっちは、もう嫌だよ）

学校ではいつも独りで、遂《つい》には家族さえもいなくなって……誰にも頼れなくなってしまう。そんな未来を知っているからこそ、孤独に対する恐怖心が増していた。

大丈夫、彼がちゃんと見つけてくれるから。この日も、そして何年後かにも、ちゃんと迎えに来てくれるから。そう自分に言い聞かせて、必死に孤独感を抑え付ける。

どれほど時間が経《た》っただろうか。たった数分のようにも思えるし、何時間も待っているようにも思える。ただ彼を待っていればいいだけのはずなのに、色々な記憶が恐怖と化して、胸の中を侵食していった。霊安室で物言わぬ骸《むくろ》となってしまった両親と対面した時の悲嘆、売家になってしまった実家を見た時の何とも言えない虚無感。楽しかった思い出も自分を応援して守ってくれる存在も、全ていなくなってしまったという絶望感。そんなものが一気に膨れ上がってきて、今にも泣き叫びたい衝動に駆られていた。

『独りにしないで……廉司《れんじ》くん。独りに、しないで』

嗚咽《おえつ》を堪《こら》えて、祈織《いのり》は祈るようにして彼の名を呟《つぶや》いた。

もう限界だった。心が壊れてしまいそうなくらい、胸が痛くて凍えそうだった。大切な想《おも》い出も約束も、全て暗闇に飲み込まれてしまうのではないかと思えた。

もう耐えられない——心が折れかけた、その刹那。後ろから足音とともに、最も聞きたかった人の声が聞こえてきた。

『俺はどこにも行かないよ、祈織』

その声が聞こえると、瞬く間に安らぎと安心感で胸の中が満たされていった。柔らかくて、あたたかくて、でも頼りがいもあって……これまで感じていた孤独や不安が、嘘《うそ》のように消え去っていく。

もう、遅いよ——そんな悪態とともに彼を見上げようとした時。それが、自らの記憶と異なっていることに気付く。

そこに立っていたのは今の彼で……泣いていた自分も、高校生となっていたのである。

そして、高校生の彼は、優しい声音でこう言ってくれた。

『不安にさせてごめん。もう寂しい思いはさせないから。約束する』

＊

目の前に光が満ち溢《あふ》れ、祈織の意識は穏やかに覚醒へと導かれていく。

ゆっくりと瞳を開けると、最近ようやく見慣れてきた天上が、妙にぼやけた状態で映り込んできた。

怪訝《けげん》に思って何度か瞬《まばた》きをしてみると、目尻から水滴がぽろりと流れ落ちる。驚いて自らの顔に触れてみると、こめかみのあたりも涙で濡《ぬ》れていた。どうやら、夢の中だけでなく現実でも泣いていたらしい。

何だか、懐かしい夢だった。でも、その夢は記憶とも少し違っていて……途中まではとても胸が苦しくて悲しかったのに、その最後はとても幸せで。先程の夢を思い出すと、自然と笑みが浮かんでしまう。

枕元のスマートフォンで時間を確認すると、いつも目覚める時間より少し早かった。きっと、皆まだ眠っている頃合いだろう。

（せっかくだし、早めに準備しちゃおっかな）

祈織《いのり》はむくりと起き上がって、大きく伸びをする。

疲れる夢を見ていたはずなのに、妙に寝起きはすっきりしていた。それはきっと、ここ何年もの間胸の中を占めていた悩み事のひとつが、最近解消されたからだろう。先程の夢も、それを顕著に顕《あらわ》していたように思う。

今日が終われば、明日からゴールデンウイーク。こんな幸せな気持ちで連休を迎えられると思っていなかったので、何だか自分でも舞い上がってしまっていた。

廉司《れんじ》の母親との関係や黒瀬愛華《くろせあいか》のことなど、まだまだ祈織の悩み事は尽きない。でも、最初の一歩だけはようやく踏み出せた。それだけでも、ここ何年かを思えば大した進歩だ。

朝の身支度を済ませてから部屋を出たところで、階段の軋《きし》む音とともに「あっ」という声が聞こえてきた。

ふと振り返ると、そこには夢の中で迎えにきてくれた彼——月城《つきしろ》廉司の姿があった。彼は何かに驚いたように目を瞠《みは》っていて、祈織の顔をじっと見ている。

もしかして、変な顔でもしていたのだろうか。ちょっと不安になる。

「……おはよう。廉司くん」

誤魔化《ごまか》すように笑い、彼から視線を逸《そ》らす。今朝の夢のこともあって、顔を見るのが少し恥ずかしかった。

「お、おはよう。今日も早いんだな」

廉司は素っ気なくそう言うと、壁掛け時計へと視線を逃がした。

あれ……？　よく見ると、彼も少し恥ずかしそうだ。どうしたのだろう？

「うん。変な夢見て、起きちゃった。それで、目も醒《さ》めちゃって」

言ってから、こっそりと彼を盗み見る。

顔色はあまり良くなく、頬《ほお》にも不自然な寝跡ができていた。昨夜も遅くまでギターを弾いていたのか、動画の編集をしているうちに寝落ちしたのだろう。

祈織が月城の家に戻ってから、彼は何かに取り憑《つ》かれたようにギターを弾いて、毎日演奏動画を上げ続けていた。理由を訊《き》いてみたところ、『急にやる気が出てきた』らしい。

もしそのやる気が祈織によって齎《もたら》されたものだとしたら嬉《うれ》しいけれど、それはちょっと思い上がり過ぎだろうか。

「そっか……俺も、何か変な夢、見てた気がする」

「どんな夢だったの？」

少し気になったので、訊いてみた。

「よく覚えてない。でも……今回は『嘘吐《うそつ》き』って言われなかった、気がする」

廉司はちらりとこちらを見て、気まずそうな微苦笑を浮かべた。

「嘘吐き……？」

一体何のことだろう？　以前何か後ろめたい嘘でも吐いて、叱られる夢でも見たのだろうか。

「な、何でもない！　それより、洗面所使っていいか？」

「え？　うん。それはもちろん、構わないけど」

祈織《いのり》がそう答えるや否や、彼は逃げるように洗面所へと入ってしまった。なんだか、以前にもこんなことがあった気がする。

（もしかして、廉司《れんじ》くんも同じ夢を見てた、とか？　もしそうだったら嬉《うれ》しいけど……でも、さすがにそれはないよね）

小さく笑みを零《こぼ》してから、祈織は朝食の準備へと向かう。

以前と殆《ほとん》ど変わらない、でも、ほんの少しだけあたたかくてむず痒《がゆ》い朝。

そんなふたりの朝が、これから始まろうとしていた。

あとがき

数ある書籍の中から本作を手に取っていただきありがとうございます。九条蓮《くじょうれん》です。

僕はスターツ出版文庫というライト文芸レーベルからデビューした作家で、ライトノベルとして恋愛小説を出版させていただくのは本作が初めてとなります。

余命もSFも奇病もないどストレートな高校生の恋愛小説、楽しんでいただけたでしょうか？　特殊設定や属性を期待していた方からすれば、ちょっと物足りない側面もあったかもしれません。でも、僕は余計な設定や属性など全てを取っ払って、とにかくどストレートな青春恋愛を描きたかった。なんというか……こういう『悩み葛藤しながら成長していく少年少女のお話』が、とにかく好きなんです。

本作の表テーマはタイトルにもなっている通り『約束』なのですが、実は『自信』が裏テーマとなっています。本作のキャラは皆『自信がない』。廉司《れんじ》は祈織《いのり》に対する負い目と嫌われているかもしれないという恐怖心から一歩を踏み出せず、祈織に至っては全てに於《お》いて自信がありません。一見自信満々に見える愛華《あいか》も『祈織の存在』でその自信が脅かされている。そして、廉司のお母さんもきっと……という、皆がそれぞれ『自分と自信』に向き合っていく物語が〝壊れ君〟なのかな、と思っています。

皆さんは自信がありますか？　……多分『ある』と断言できる人ってあんまりいません

よね。でも、今は自信満々な人でも、最初からそうだったわけじゃないとも思っていて。最初は自信がないところからスタートして、そこから小さな行動と成功を少しずつ積み重ねることで自信を築いていったのではないかな、と僕は考えています。廉司が最後に自分から手を繋《つな》ぎに行けたのも、一連の流れを経て『祈織に嫌われてない』という自信を持てたからこそだと思いますし。

自信を持てたから、少し前進できた——これって恋愛だけじゃなくて、きっと勉強やスポーツもそうですよね。僕もまだまだ未熟な身なので、この物語を通して廉司達と一緒に成長していけたらと思っています。もし皆さんも廉司達と同じような悩みをお持ちなら、一緒に少しずつ進んでいきましょ。無理のない程度で。

本書を通して皆さんが少しでも前向きになってくれたら、それが一番嬉《うれ》しいです。

願わくは、廉司と祈織、そして愛華達の物語が末永く続きますように。と、こっそりと祈りの言葉を添えさせてください。

小説は作り手だけでは完成しません。読者の皆さんがいて、初めて完成します。もし、皆さんも僕と同じく、彼らの物語のその先を読みたいと思って頂けましたら……ぜひＭＦ文庫Ｊ編集部宛に手紙を送ってみたり、レビューを投稿してみたりして下さい。あなたの小さな行動が、物語の未来を変える……かもしれません。笑

また、本作ではイラストレーターのゆがー先生もあとがきを書いて下さっておりますの

で、先生との馴《な》れ初《そ》めも少しお話させてください。

ゆがー先生と僕は商業デビューした日が全く同じで、何かと縁がありました。その後イベントでご挨拶させて頂き、お互い著書を買い合って「絶対にお仕事一緒にしましょう！」と勝手に約束して。笑　そしてようやく、本作で約束を果たすに至りました。

いや、もうほんとに……表紙も口絵も挿絵も全て最高で、ゆがー先生にお願いしてよかった、と心から思いました。全てが僕の理想、いえ、理想以上です。これからも末永く、祈織《いのり》や愛華《あいか》、廉司《れんじ》達を描いてやってください。ゆがー先生がいつか『〝壊れ君〟画集』を出せるよう、僕も頑張ります……！

最後に、ピンク髪の担当編集Sさん。企画段階から換算すると発売までおよそ一年半、本作のためにご尽力下さり本当にありがとうございます。他の方が担当していたら、きっとこの作品はここまで辿《たど》りつけませんでした。〝壊れ君〟は、Sさんとゆがー先生と僕の三人で作ったものだと認識しております。おふたりにはいくら感謝してもし切れません。この場を借りて、御礼申し上げます。

それではまた、二巻のあとがきでお会いできますように。

二〇二四年十月　黄昏《たそがれ》に染まる七里《しちり》ヶ浜《はま》より　愛をこめて

九条《くじょう》 蓮《れん》

最後まで読んでくださってありがとうございます！　イラストを担当させていただいた、ゆがーです。

九条《くじょう》先生との出会いは約1年前。

サークル参加していたイベントに、私のラノベ担当作をご覧いただいたことがきっかけで、ご挨拶に来てくださりました。

その際に、いつかお仕事でご一緒できると良いですね！　とお話したのを覚えております。

それから1年後、その話が現実になるなんて夢みたいでした。人生何が起こるかわかりませんね。

そんな九条先生との作品、先生の1ファンとしても大切に描かせていただきました。

ところで、祈織《いのり》と愛華《あいか》、皆さんはどちら推しか気になります！

2人とも違った魅力があるのでとっても悩ましいですが、私は現時点では愛華推しです！　性格が良くて明るいギャル最高。

作中で、愛華は笑顔のシーンが多かったのですが、祈織は泣いていたり怒っていたり喜怒哀楽が激しめなお顔が多く、普通の表情が少なかったので、最後に祈織の可愛《かわい》い笑顔を置いておきます。

MF文庫J

壊れそうな君と、あの約束をもう一度

2024 年 10 月 25 日　初版発行

著者　九条蓮

発行者　山下直久

発行　株式会社 KADOKAWA
〒 102-8177 東京都千代田区富士見 2-13-3
0570-002-301（ナビダイヤル）

印刷　株式会社広済堂ネクスト

製本　株式会社広済堂ネクスト

Printed in Japan　ISBN 978-4-04-684171-1 C0193

【 ファンレター、作品のご感想をお待ちしています 】
〒102-0071 東京都千代田区富士見2-13-12
株式会社KADOKAWA　MF文庫J編集部気付「九条蓮先生」係「ゆがー先生」係

義妹生活

好 評 発 売 中

著者：三河ごーすと　イラスト：Hiten

同級生から、兄妹へ。
一つ屋根の下の日々。

死亡遊戯で飯を食う。

好評発売中

著者：鵜飼有志　イラスト：ねこめたる

自分で言うのもなんだけど、
殺人ゲームのプロフェッショナル。

INFORMATION

グッバイ宣言シリーズ

好評発売中

著者：三月みどり　イラスト：アルセチカ

原作・監修：Chinozo

青い春に狂い咲け!

MF文庫J

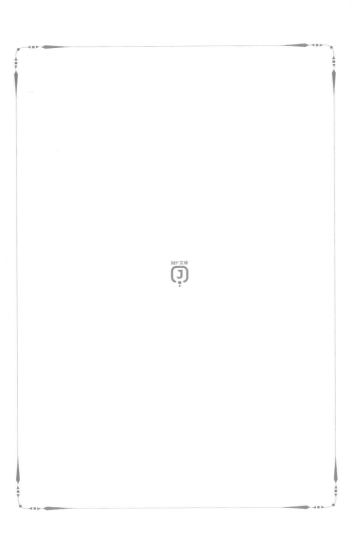